◊ 西安音乐学院科研出版基金资助项目
◊ 西安音乐学院重点学科建设项目成果

仵埂 著

惊诧与漠视

Astonishment and Neglection

人民文学出版社

图书在版编目（CIP）数据

惊诧与漠视 / 作梗著. -- 北京 ：人民文学出版社，2023
ISBN 978-7-02-018272-5

Ⅰ. ①惊… Ⅱ. ①作… Ⅲ. ①随笔-作品集-中国-当代 Ⅳ. ①I267.1

中国国家版本馆 CIP 数据核字(2023)第 185570 号

策划编辑 脚 印
责任编辑 张梦瑶
装帧设计 李思安
责任印制 王重艺

出版发行 人民文学出版社
社 址 北京市朝内大街 166 号
邮政编码 100705

印 刷 三河市中晟雅豪印务有限公司
经 销 全国新华书店等

字 数 225 千字
开 本 850 毫米×1168 毫米 1/32
印 张 11.875 插页 3
版 次 2023 年 11 月北京第 1 版
印 次 2023 年 11 月第 1 次印刷

书 号 978-7-02-018272-5
定 价 49.00 元

目录

谛听天界的那一缕讯息

缄默与沉思

惊诧与漠视

谛听天界的那一缕讯息

闲暇与诗意化生活[①]

关中方言里，对那些急急火火而将事做糟的人，有一句损话：急得死呀！这口语从啥时候说起，虽无法考证，但我很自信地推测，两千三百年前的关中人，大约就是这样说话的。因为我在《庄子》里，发现了好多关中方言句式，比如“得是”这句口头语，《庄子》篇章里同字同意出现多处，这句话里包含有道家的处世之态。司马迁说孔子拜访老子，老子说，“去子之骄气与多欲，态色与淫志”，我能告诉你的仅此而已。所谓的“多欲”与“淫志”，翻译成现代汉语，就是远大志向和宏伟理想吧。老子让孔子将这些东西去除，真是道不同，不相为谋。去除这些，那还是孔子吗？由此可见儒道各自不同的生命态度。所以，当你凝视这句损人话，会觉得其中潜藏着许多生命信息，它是道家的生活态度，让人从容安闲，慢慢消受安享生命时光。人一辈子，就这么七八十年，你急急火火干吗呢？归路终是一条，急什么急？

---

① 原载于《西安晚报》2017年1月20日。

对时间的消闲化使用，我以为还是唐宋之人为上，那种安享生命的怡然之乐，将日常性的日子，变为诗意化的审美，的确让人艳羡。你想想，杜甫想从凤翔回鄜州看望家人，路途遥远，要向李嗣业将军借马一匹，于是打借条，借条是一首诗："明公壮年值时危，经济实藉英雄姿……青袍朝士最困者，白头拾遗徒步归。人生交契无老少，论交何必先同调。妻子山中哭向天，须公枥上追风骠。"真是奢侈！我想说的是，在时间支配上的奢侈。既能表情达意，又合平仄韵律，那不是一时半会儿能搞定的。朋友刘郎、强沫者，常有短信赋诗示之，和诗美意，每每蠢蠢欲动，但大多时候，总是几句白话应之。为何？作诗费时间。若以贾岛那样推敲，还不得"两句三年得，一吟双泪流"。唐人那种生活状态，今人难以想象。我细察之，闲暇为本也。其生活的纯一性，延长了人的生命感知。

古代士人这个阶层，作为知识文化的承续传递者，隶属社会的精英阶层。即使他身旁有军政大权在握的炙手可热之人，即使这显赫之势被当朝皇帝倚重，但若其仅为赳赳武夫，总难免显出未化之状。而具有艺术化趣味的文人雅士，倒真正成为历史垂青的对象。时间的选择性记忆，留下来的也多是他们的身影。典雅而富于诗意的生活，成为农耕文明时代令人赞叹不已的吟唱，唐宋则是其难以企及的高峰，人们有时间细细观山赏景，还有余裕停下来慢慢琢磨那一个个如精灵舞蹈一般的字句。

即使政治人物，其慢节奏的生活模态，也能使其从容品藻文字，推敲诗句。皇帝也不例外，尽管他们也常常日理万机，但是那个“万机”和今日之政事相比，还真是单一多了。他们能成为艺术品真正的鉴赏家、参与者，也许其本人就是艺术的创造者。这些恰能说明，在个人时间的支配中，他拥有自由，拥有充分的余裕。人们耳熟能详的有盛唐李隆基，他真是艺术品鉴大师，懂音律、善歌舞，爱诗文；宋徽宗也是，艺术天赋极高，本身就是极为出色的书画家，书法上自创“瘦金体”；魏文帝曹丕，尽管世传其才拙而妒其弟曹植欲杀之，但其文《典论·论文》、其诗《燕歌行》，在中国文学史的构架里，也不能不列之于佳作上品；南唐后主李煜的词，至今读来，犹感天动地。有的皇帝，尽管自个儿非有艺术禀赋，但其对艺术的鉴赏喜爱之甚，有时达到变态的地步。譬如唐太宗李世民，酷爱王羲之书法，遍求羲之珍品墨宝，得《兰亭序》后爱不释手，据说他生前立遗嘱，要用《兰亭序》陪葬。还有一说：他的儿子李治，也就是后来的唐高宗，与其父皇一样痴迷书法，故违父命将《兰亭序》留了下来，给自己陪葬了。

真正对艺术的品鉴和赏玩，需要闲暇，需要诗心，需要虚静。就是对生活本身，也须细细地品味和感知。“人闲桂花落，夜静春山空。月出惊山鸟，时鸣春涧中。”“人闲”和“夜静”，是在一种优裕的消闲心态下，细细品咂山川鸟兽，从而才能感知万象之美，于是才能有这样的诗美和佳句。

时间，就在每个人手指间，不管你是在昏天黑地的匆忙中让它从指间溜走，还是在夕阳下对它静静凝视，你须明白，它真的是人世间最为顶级的奢侈品。

历史流变中的文人地位 ①

中国自古以来，第一流的文人大都是国家之栋梁，是君王身边的人，帮助君王管理天下，“入则与王图议国事，以出号令；出则接遇宾客，应对诸侯。”不仅屈原如此，东方朔、司马相如亦如此；曹操父子既是政治领袖，又是建安文学的主将；魏晋七贤中，嵇康、阮籍、刘伶、山涛，哪个不是卷入国家政治激流中的角色？陶渊明例外，他要远离政治，过他的“桃花源”般的生活。苏轼年纪轻轻就是大学士了，做过杭州通判、湖州太守、密州太守等，在朝廷做过中书舍人、知制诰、吏部尚书。吏部尚书相当于今天的中央组织部部长，参与国家重大的人事任免。唐代的王维、李白、杜甫、白居易，哪个没在皇帝身边待过？南宋的陆游、辛弃疾本来就是王朝里的大员。只是到元代之后，文人地位下降，市井化之气日盛，成了所谓的“下九流”。南宋遗民郑所南记：“鞑法：一官、二吏、三僧、四道、五医、六工、七猎、八民、九儒、十丐。”“文革”中所谓的“臭老九”，

① 原载于《西安晚报》2016 年 12 月 23 日。

其出处大约就来自于此。文人与政治圈子渐相背离，戏剧家关汉卿、王实甫、白朴渐趋平民化、市井化，与国家政治的关涉少了许多。明清之际的小说，真成了小说家言，不管是曹雪芹还是施耐庵，罗贯中抑或吴承恩，论其出身和阅历，无有进入国家政治中心者。于是，我们至今都有点搞不清《红楼梦》的作者，这恰是文人地位低下、易被忽略之表征。这一趋向，在晚清和民国初年有了些许改变。

民国时期，由于传统旧制日渐溃败，新生政权还未能及时有效地掌控所有区域，民间思想活跃，各派各家竞相立言，文学艺术百花纷呈。一些文学大家，与政治的关联度日趋密切，参与政治的热情高涨。新锐先锋作家，如蒋光慈、殷夫、冯雪峰、周扬、夏衍等，就直接上阵成为革命者，有的成为职业革命家。鲁迅、茅盾也很深地掺入到政治的漩涡里，也在或浅或深地影响着历史的进程。郭沫若被称为狂飙突进的五四精神的旗手之一，他在北伐时期就任国民革命军政治部副主任，抗战时期任军事委员会政治部第三厅厅长，后改任政府的文化工作委员会主任，领导全国进步文化人士进行抗日救亡运动。其他人物，比如胡适之，任驻美大使、北大校长，也是左右社会舆情的人物。何其芳、丁玲等，就直接投奔了延安，成为新的政治力量的骨干。

其后，文人的地位下滑，当然有政治原因，比如思想改造和“反右”运动。但除此之外，现代社会科技的发展和分工的细化，也促使文人从众星捧月一般的位置，变身为百业之一，各行各业也都分享了文人曾有的光辉。比如，科学家、工程师、教师、医生、干部、企业家等，他们也是有知识有文化的人，但他们所从事的职业，已经与文人有了决然不同的分界。社会真正地处于百业分流的时代，且这个百业的地位与文人越来越平等，甚至许多职业的位置如科学家、企业家等，大大超越文人而处于上位。文人曾有的那种自豪渐趋消失，一去难返了。曹丕曾自豪地说："盖文章，经国之大业，不朽之盛事。"现在看来，真是一去不复返了。

当然，文人还在，文人中的佼佼者还在很大程度上影响着社会大众，但有一个显在的事实是，文人的边界正在模糊。因为，会写文章的人实在太多了。在一个百分之七十的适龄青年都能读大学的时代，在一个人人都会在网络、微信上发表感言的时代，文人渐渐消泯于大众之中，成为一个普通公民，再也回不到那种显赫的位置上去。而作为一个公民，文人想要与众不同，在海量的文字喧哗中，讲出让人眼前一亮的识见，且用让人眼前一亮的文字来讲，那须付出多大的辛劳和努力？！难哪，文人！

故乡，渐趋消散的吟唱[①]

西方小说的鼻祖塞万提斯，西班牙人，四百年前写了一部长篇小说，叫《堂吉诃德》，他是故事的主人公。小说写他从故乡出发，要像骑士一样闯荡世界，后来他还说服了乡邻桑丘做他的跟班，一起做游侠冒险走天下。读者就跟着他的足迹，见识了整个西班牙社会。从平原到深山，从乡村到城镇，从僻陋的客栈到豪华的城堡。也见识了各种各样的人，贵族、僧侣、地主、农民、商人、苦役犯、妓女、强盗等。见识自己从未见识之陌生世界，大约是人类心理之共同冲动，不然，塞万提斯不会这样写他的小说，人们也不会这样喜欢读它。塞万提斯能如此选择，也是深有因缘。他的童年，就如小说主人公堂吉诃德一样，跟着他的游医父亲四处游荡。他成年之后的个人生活，也同样动荡不宁，就连这部小说最开始也是在牢房里诞生的。我所感兴趣的，是作者的经历和小说故事之间的关联，一个在童年居无定所的人，哪儿是故乡呢？处处皆故乡，于是便没有

① 原载于《西安晚报》2016 年 12 月 16 日。

故乡，他难以建立起深沉的故乡意识。故乡意识的建立，追根溯源，大约要追溯到人类定居生活的开始。狩猎阶段不是定居生活，游牧状态也非定居，采摘野果的生活也难算得上，只有到了种植耕作阶段，人类才学会在一个地方将自己安顿下来。所以说，农耕文明的诞生，即是故乡意识的诞生。

定居之后，有了家，有了村落，有了故乡。在《诗经》时代，我们就看到了对于家室的描写。“桃之夭夭，有蕡其实。之子于归，宜其家室。”有了家室，人们重土而不轻易远迁。老子说，“使民重死而不远徙”。故土难离，大约就是这样慢慢形成的。既然从小生在一个地方，长在一个地方，自然会对这个地方充满深情。长大之后，即使走得再远，也会对故乡生出深深的眷念，因为故乡留存着童年最为鲜明美好的回忆。

但是，人总是有走出故乡的冲动，就像堂吉诃德渴望闯荡外面的世界一样。中国人也一样，《白鹿原》里，白孝文说：“谁走不出这原谁一辈子都没出息。”只有走出故乡，才有故乡意识，这是极为有趣的事情。一个人一辈子不离故土，他便成了这片土地的一部分，也无从谈起故乡意识。李白的思乡诗和别离诗写得最好，他二十五岁（开元十三年）那年秋天，“仗剑去国，辞亲远游”，此后再也没有回到故乡。他一生都在歌吟故乡，而且写出了最为动人的乡愁：“床前明月光，疑是地上霜。举头望明月，低头思故乡。”我们对故乡的情感，一往情深。于右任离开大陆，身居孤岛，这才吟出最为动人的《望乡词》：“葬我于高山之上兮，望我故乡；故乡不可见兮，永不能忘……”

人的天性里，一定有着双重冲动，走出故乡和回归故乡。走出故乡，走向一个更为广阔的世界，去看看外面的风景，去经历那个陌生而异己的生活。对新鲜事物的体验尝试，也是古老的冲动,人类基因里就带着游走天下的好奇心。据人类学家说，地球人都是从非洲森林里走出来的，他们此后走遍了地球的任一角落，多么浩大壮观的迁徙。想去外面的世界看看，是一种强烈的内在冲动。想回到故乡，又是另一种强烈的冲动。《白鹿原》中的人物白嘉轩，看到黑娃最终回到白鹿原寻根问祖时说：“凡是生在白鹿村炕脚地上的任何人，只要是人，迟早都要跪倒到祠堂里头的。”楚霸王项羽攻占咸阳后，若定都咸阳，历史可能会改写。但是他却因思乡心切,急于东归,认为富贵不归乡里，犹如“锦衣夜行”，无人知之。于是，急匆匆回故乡炫耀自己的显赫荣华，倒是十分可爱，只是最终丢了天下。

在人类的认知里，男女对故乡的感知是极不相同的。据我观察，男人的故乡意识更为浓烈执着一些，而女人对故乡则相对淡漠一些。对于走出故乡，拥抱新世界，女人比男人更为决绝和有力。在西方的小说里,你看看,正是那些小镇小城的女子，成为出走的先锋，而敏感的作家，常常捕捉到这些人物。比如，福楼拜笔下处于外省乡下的耽于幻想的包法利夫人，米兰·昆德拉笔下那个小镇上的女招待特丽莎等，她们生活在平庸乏味的日子里，总是希望抓住生活中带来希望的东西，从而改变自身的生活。所以常常义无反顾地走出家门，走出故乡。

令人感慨唏嘘的是，这样一个几千年构成的传统价值，却正在渐渐消失。现代化的标识之一，就是都市化。农村人口大量涌入都市，乡村诗意正在失去。当然，这个变化谁也无法阻挡，既然城市的钱好挣，生活质量又高，没有道理阻碍那些寻求新生活的新一代农民。只是生活在都市的人群，从此失去了故乡而已。那么，都市不是故乡吗？的确，都市难以建立起来故乡意识。故乡意识与田野土地相关,与天空相关,与乡邻相关,与村舍相关，与鸡狗牛羊相关……这一切物象，才集合起来我们的故乡意识。都市是截然不同的人造之庞然大物。我们正行进在失去故乡的途中，并且正在为这一失去而欢欣鼓舞。

以后的日子里，大多数中国人，将在都市出生，进入没有故乡的时代。失去故乡的现代人,从理论意义上说,怀揣身份证,可以居住在中国的任一地方，甚至可以居住在世界上的任一地方,将流浪化为一种诗意化常态。故乡不存在了,家园不存在了,国家不存在了，这些不存在到达的那一天，是不是马克思所勾勒的世界大同？兄弟姐妹们，等到那一天来临，我或许就移居到普罗旺斯去，据说那里风光明媚，民风淳厚，有一座什么山，山脚下有一户人家，这户人家葡萄酒酿得好，搬去做他的邻居，喝葡萄酒总是方便些。

宿命是生命的结构方式[①]

宿命，是万象世界呈现于人的最神秘最不可解的密码，它的复杂与个我生命的超验性感知，你难以用“迷信”二字一言以蔽之。特别有趣的是，人越到晚年，越能通过自己的生命体验，验证出那种你无法脱逃的宿命之感。艺术家大都早慧，不用到知天命之年就知了天命，不然创作不出上品佳作来。我曾获得一句颇为自得的理论结语：一个小说家，若没有宿命之感，就无法结构自己的作品。

“宿命”二字，第一次深深震惊我并镌刻我大脑深处，是上世纪八十年代。那时,雨果小说改编的电影《巴黎圣母院》上映，电影开头，是一段画外音，以小说作者雨果的口吻说道：不知何年何日，巴黎圣母院的塔楼一处阴暗的拐角，刻着一个拉丁字符——宿命。这个词引起雨果深深的思索，他浮想联翩，最后于 1831 年 2 月创作出《巴黎圣母院》这部经典长篇。宿命之感，让雨果创造出弗罗洛神甫这个小说形象。神甫这个圣职要

① 原载于《西安晚报》2017 年 1 月 6 日。

求他弃绝欲望，帮助信徒诵读《圣经》。但他却在见到美丽的吉卜赛姑娘艾丝美拉达时，燃烧起欲念，从而烧毁了自己也害了别人。他的宿命是什么呢？是他不该到圣母院做神甫，还是不该见到如此美丽的艾丝美拉达？他的宿命，在雨果看来，是这两个对立的东西被他同时遭遇，于是，悲剧发生了。

人若仔细打量自己的一生，会蓦然发觉，自己仿佛逃不出既定的宿命。这个宿命，就是你生下来，你的出身教养、个性气质、周遭境遇决定了你未来的走向，其中有着不得不如此的定数。比如张爱玲，门第显赫，出身高贵，祖父张佩纶是清末名臣，祖母李菊耦是李鸿章的长女。就创作才华而论，上天是多么厚爱她，让她在二十多岁就爆得大名。她雕刻世间的男女之爱，笔力简直惊为天人。我非常叹服这个女人写起男人来，怎么会有这样犀利尖刻的洞察力？！比如，她写《红玫瑰与白玫瑰》时，是1944年，仅仅二十四岁。小说里的男人佟振保，身边有两个女人，一个是“红玫瑰”王娇蕊，一个是“白玫瑰”孟烟鹂。小说这样起笔：“也许每一个男子全都有过这样的两个女人，至少两个。娶了红玫瑰，久而久之，红的变成墙上的一抹蚊子血，白的还是‘床前明月光’；娶了白玫瑰，白的便是衣服上的一粒饭粘子，红的却是心口上的一颗朱砂痣。”她对人性的烛照和洞察，她笔下佟振保打量女人的眼神，称女人斤两的算计，简直像刀子一般，直戳男人那隐秘的内心底里而不留情面。多么好的文字，多么棒的小说人物刻画！但是，正因为这样，正因为上天给了她这样一副敏锐到不留情面的眼睛和洞察力，于是，才有她大半生的孤身枯寂。这样的洞察力，让人性中的小九九无法遁形。你说，这样的人，如何拥有婚姻？如何能平凡淡泊地跟一个男人相处？她的命运就埋藏在她那巨大耀眼的才华里，她的才华里就埋藏着她未来的宿命。1995年中秋节她去世时，身边竟无一人，死后一周才被发现。她的一生，怎能不使人感喟无限。

鲁迅的激烈深刻与胡适的宽厚谦和也构成鲜明的映对，其中既藏着各自命运气质的由来，又暗藏着各自生命的走向。

唐代诗人李贺的命运，也不由不使人废书而叹。李贺那年二十一岁，去参加“应进士举”考试，结果被取消考试资格。原因是他的父亲李晋肃，姓名中“晋”和“进”谐音。唐代应试，极重家讳。既然父亲名中有晋，李贺便不能考取进士了。这种打击实在是太大了，而且是宿命性的。你无法决定自己父亲的名字，但父亲的名字却可以决定你的命运。李贺不知所措。他也做过努力，也有替他打抱不平者，比如韩愈，就很是气愤这种僵硬的毫无道理的规定，于是大声呼吁，甚至为李贺辩解说：难道一个人的父亲名字里有“仁”字，他的儿子就不能为“人”乎？辩解的确有力，而且韩愈的身份也颇有分量，但终究敌不过既成的规矩，李贺最终未能参加考试。这种悬挂在头上的命运之剑，让李贺写出了一大堆惊艳凄冷、惊天地泣鬼神的佳作。所以，在他只有二十七岁的短暂生命里，留下了那么冷艳的令人凄楚感伤的诗篇，命运之神站在他的对立面成就了他。我想，这二十七岁的生命历程,一定与他不能参加科举考试相关。短命而天才的诗人，遭际真乃“黑云压城城欲摧”，又若“衰兰送客咸阳道，天若有情天亦老”。这些诗句不正是自我行状的写照？

《楞伽经》中说，“境无非实有，唯心无外境”。意思是，万象皆为心造。这话说得实在太唯心了，唯心到否定了活生生站立于你面前的所有现实。但是细想想，那么一位大慧者，却说出这样连三岁小儿也会反驳的话，一定有他的道理。这个道理就是，与个我发生关系的这个世界，的确是个我之心的映象。而驱使人行动的力量，哪能脱离心的驱动！而宿命，正是心造之境，它从一开始，就仿若脐带，连着我们命运的血脉。

孟子是这样理解天命的，他说：“尽其心者，知其性也。知其性，则知天矣。”只有尽心努力，才能知道上天赋予自己的才智（性）是什么；知道了上天赋予的才智（性），也就知道了自己的天命，知道了一生可做什么不可做什么，什么地方自己可以出彩,什么地方自己天赋平庸。遗憾的是,我们往往倾其一生，不明天命，觉得别人行，为什么我就不行，非要在自己不擅长处挣出个样儿来,结果多数时候事与愿违,劳顿半生,无所成就。

命运的奇诡之处就在于，你须得努力在不同的方面敲打，你才能知道哪一面可以敲打出美妙的音乐来。但等你知道的那一天，往往已年过不惑。那些幸运的人，是在一开始就知道自己能做什么，并且倾其一生做了下去。这是让人心生艳羡的。

纵横捭阖鬼谷子①

春秋战国，真是一个热闹得非同凡响的时代，各类大师云集竞出，各种学说纷呈媲美，孔孟老庄自不必说，其他杂家也纷纷登台。我这样叙说，其实是有问题的，是后人的眼光。后人将孔孟归于儒，将老庄归于道，然后将儒家作为正宗，将道术作为补充，似乎理出了一条明晰的主线和副线。其他呢，都归之于杂家。一幅明明白白的思想发展图景。但是在当时却大谬不然，墨子是显学，兵家自不必说，法家也大受青睐，还有纵横家等，哪个在政治舞台上不是耀眼亮相？就说鬼谷子，似乎挂不上串，但细究起来，却也是一个了不得的人物。我们知道他培养了一批学生，个个都是搅动天下的人，尽管他自己神龙见首不见尾，其生平我们也知之甚少，但孙膑、庞涓、苏秦、张仪，名字却如雷贯耳。这四位，据说都出自他的门下。这些纵横家，在《战国策》里有着鲜明生动的身影。鬼谷子这样一位师长，能培养出如此一批重量级人物，真让人张大眼睛，为

---

① 原载于《华商报》2012年8月19日。

之叫绝。

鬼谷子写有一本书，也叫《鬼谷子》，明代宋濂在《诸子辨》中说：鬼谷子向苏秦、张仪“授《捭阖》之术十三章，又授《转圆》《胠箧》及《本经》《持枢》《中经》三篇”。除《转圆》《胠箧》两篇亡佚，剩下的就是现今我们能看到的篇章了。首篇《捭阖》中言，世间万物存有差异，关键是你怎样对待这样的差异，人有贤良与不肖、聪明和愚蠢、勇敢与怯懦之分，你怎样运用开合之法，达自己之目标。所以，在鬼谷子眼里，世界倒是蛮唯物的，他先是承认天下有大趋势，然后寻找这种势；再审时度势，洞明世事，借势而为，达我目的。以成功论英雄的话，鬼谷子当然是一个成功者，他所教出的学生，苏秦挂了六国相印，奉行“合纵”抗秦之法；张仪身为秦国卿相，奉行“连横”之术，事一强以攻众弱；孙膑效齐，庞涓事魏。天下大事皆出鬼谷子之门。

以苏秦为例，看看他的作为，他扛起合纵抗秦大旗，并不是他跟秦国有仇，或者他看虎狼之秦国不顺眼，于是同情弱小，联合抗秦，如同墨子的“非攻”。不，他的出手路线，本首选秦国，见到秦王，先一番天下大势、秦国地理，然后出策：“以秦士民之众，兵法之教，可以吞天下，称帝而治。”幸亏这时候秦王未曾发昏，他清醒地说：“毛羽未成，不可以高蜚；文理未明，不可以并兼。”于是“疾辩士”而弃置不用。向强秦推销兼并天下之策未成，苏秦并不气馁，转而蛰居数载，变换策略，反过来游说六国合纵抗秦。苏秦的理想是出人头地，没有什么可以坚守，也没有什么不可以放弃。关于他第一次游秦失败的记载，也充满着这种世俗化的逻辑，失败归来，“妻不下纴，嫂不为炊，父母不与言”。于是头悬梁、锥刺股，用功苦读，待到衣锦还乡，妻、嫂跪地，不敢抬头仰视。这些势利的故事里，当然含有这种以成败论英雄的逻辑。

孔子坚守着自己的社会理想，周游列国，艰难传播；孟子苦口婆心地为齐宣王区分“霸道”和“王道”，但在当政者看来，这些都是迂阔之论，他们需要刀下见菜，经世致用。你能帮我挽救国之颓势，你能帮我富国强兵，就是人才。所以，鬼谷子的学生们不愁没饭吃，他教给学生们的是实战训练。这不，孙膑和庞涓都派上了用场，二人分别效命于齐魏，皆国之栋梁。既然同属高端人才，又效命于不同君主，难免各为其主，最后成为敌人。齐魏交战，实际上变为鬼谷子门生之间的高下之争。孙膑两败庞涓，先用“围魏救赵”之计，大败魏军。隔数年，当魏国攻打韩国之际，齐国又救韩，抓住魏军轻敌之心，采用增兵减灶之计，使魏军冒进而中埋伏，庞涓兵败自杀。

鬼谷子门下这些军事家、谋略家，可以说是经世致用之才，而不是“明知不可为而为之”的文化理想主义者。所以说，鬼谷子之学问，也可称之为机会主义，投机取巧，欺骗蒙蔽，朝秦暮楚，背信弃义。因为他没有原则，成功就是原则，把事情干成就是原则，什么样的方法有利于成功就用什么样的方法。孔孟则不然，有着自己执着的坚守，“道不行，乘桴浮于海”。为这个道，可以“朝闻”而“夕死”。墨子也是，他提出“非攻”，并尽力践行，碰到大国打小国，可以带领兄弟们赴死以救，不为什么功利，只为他的道德理想、他的学说主张。

鬼谷子在自己的主张中，赫然宣称：世间的情势，如同戏法，就看你会不会变。所以，黑的为白，白的为黑，全凭三寸不烂之舌。“重之袭之，反之复之，万事不失其辞。圣人所愚智，事皆不疑。”好一个“万事不失其辞”，言辞何等重要！这一点被其弟子深刻领悟。据说张仪学成之后，出门游说，一次被疑“盗相君之璧”，于是被抓住暴打一顿。回到家里，其妻嘲笑道：“‘嘻！子毋读书游说，安得此辱乎？’张仪谓其妻曰：‘视吾舌尚在不？’其妻笑曰：‘舌在也。’仪曰：‘足矣。’”这就是辩士，凭舌头吃饭的辩士。而孔子对能言善辩的人，非常警惕，他说：“刚毅木讷，近仁。”认为大凡君子，应该“讷于言而敏于行”。老子也说到这一点：“圣人处无为之事，行不言之教。”是不是孔丘老聃都在泛滥了的言辞里，见到了扭曲的现实？

鬼谷子自己一生并未出山，静悄悄隐身于云梦山中，居于清溪鬼谷之地，笑眯眯观看弟子们在天下相互厮杀。我不知道，假若他听到孙膑与庞涓斗智，且斗得你死我活，庞涓害孙膑未了，后自己兵败羞愤自杀；苏秦被车裂而死，学生这样的下场，他会做何感想？老师毕竟是老师，他倒是遁身世外，采药修道，持身养性，享得天年。他的那一套纵横之术、奇门八卦、兵法道术，被弟子们发扬光大，着实让天下人长了一番人性之恶的见识。

西门庆与唐璜[①]

在中西人物画廊里，因猎艳而著称于世的，当数《金瓶梅》中的西门庆和拜伦笔下的唐璜。但是，两人虽同为猎艳高手，却又是那样不同。在拜伦的《唐璜》里，放纵是追寻的力量，是上天入地的漫游奇遇和享乐追寻。唐璜是一个肯定性人物，他具有正义感，善良勇敢，热爱妇女。尽管他的奇遇里，破除了社会的纲常伦理，不断的艳遇使他成为花花公子，但是他身上放射出的人格魅力，使人们对他的评价变得复杂。在这种语境下，拜伦笔下的唐璜，即使不是肯定性人物，那也至少是一个中间人物——充满着人生意义追寻的人物，或者说，是对人生意义的探索性追寻。假如我们的人生不仅仅是恪守成规、谨小慎微的平庸一生，有时甚至失去人生意义的话，那唐璜的及时行乐就成为意义了。正因为这样，在唐璜眼里，只有不断向前，不断开拓尝试陌生的人生境遇，打破沉闷的现实生活，使他的每一天都充满新鲜的太阳。不去流连昨天，也不去思虑未来，

---

① 原载于《西安晚报》2016年12月23日。

自我足下走出的就是自己的历史，他雄心满满地说：“世界历史是从我出生的那一天开始的”。这样一个大胆的反叛世俗的规范、法律，反叛基督教精神，而以欲望的及时满足和无限探索作为唯一目标的人物，透露出人在陷入庸常乏味的日常性虚无中而无解之时，所采取的一种激烈绝望的反抗方式。所以，唐璜在西方价值体系里，是具有正面意义的。

在猎艳之行中，西门庆的做法尽管与唐璜如出一辙，对心仪的女人攻城略地，也收获了一大把尤物，但是在人物的心量格局上，两者却截然相反，这是人物所处的文化背景不同所致。在《金瓶梅》中，西门庆是作为一个反面人物形象出现的，不仅在《金瓶梅》所获评价中，他是一个被批判的负面形象，即使在作者的眼里，自己笔下这个人物也难以获得真正的价值和意义。从作者的创作心理说，他无法为自己笔下的人物定位，无法安顿这个人物；或者说，在兰陵笑笑生的价值体系里，还生不出唐璜这样的人物。那时的文明，还没有这样的思想意识资源，没有一个对人的欲望放纵探寻的合理性支撑，至少是没有人对欲望进行公开的理直气壮的辩护。先秦诸子里，百家鸣放，但是没有哪个先哲能抛出快乐原则，或者建立起伊壁鸠鲁那样的快乐哲学来为人的这些行为辩护，使人欲具有一个合理性的跃动区间。这样一来，人欲就成为孔孟老庄韩墨诸家警惕抑制的对象。

对欲望的放纵满足，在古今中外的道德秩序里，的确是被惩戒的对象。但是，西方与中国的不同在于，中国从先秦诸子到明清之际，没有人敢为其合理性部分释绑，甚至没有人敢于正视，诸子都看到了欲望对族群的腐蚀与破坏性力量。西方却不大相同，尽管其主流是否定性的，但在其历史沿革中，总有另一种声音发出。亚里士多德为艺术辩护的理由之一，就是它具有泄导情感的功能，以后有伊壁鸠鲁明确为生命快乐张目，文艺复兴之后更如此。薄伽丘的《十日谈》，就是以人欲对抗禁欲的典型标本；歌德的“浮士德”，就是人类无限追寻的象征。近代以来，弗洛伊德的潜意识对前意识的支配，更是给予人性解放以科学实证性的理由，使其成为一种生理需要，与道德无关。在这一路径下，唐璜这样的人物，就成为力量的宣泄、魅力的象征，成为征服者，女人的渴慕者。而不会简单地成为道德攻伐的对象，也就不会成为一个简单的否定性形象。

但是，西门庆的境遇就完全不同了，即使在兰陵笑笑生笔下，也出现矛盾。一方面，尽情细致刻画西门庆大官人与多位女子的纵情艳享，且不乏偷窥暗赏心理；另一方面，又举起道德的刀斧，对其进行鞭挞杀伐，在其序言中，反复强调这部小说是“盖为世戒，非为世劝也”。东吴弄珠客所题序言，寥寥三百余言，只是强调这一句话，说“读《金瓶梅》生怜悯心者，菩萨也；生畏惧心者，君子也；生欢喜心者，小人也；生效法心者，乃禽兽也”。可见在一个具有文化文字能力的人心中，敢于下笔写这样的东西，需要冒多么大的风险。因之，直到今日，我们也不知道兰陵笑笑生是何许人也，他不敢露面，活着不敢，即使死了，也不敢。他想有一个清名，于是云遮雾罩，永远把自己掩身于安全的状态下，使伦理之刀斧不会砍向自己。即使有序言这样的说明文字，他也不敢露出自己的真容来。他的名字，据专家们考证，兰陵是地名，一为今日山东省临沂市兰陵县，一为浙江绍兴；名为笑笑生，嬉笑人生，似为解嘲，书中所写人与事，作者以“笑笑”之态待之而已。

西门庆与唐璜不同还在于，西门庆置身乡里，在这个方圆不到十几里的范围称王称雄，谋算别人的女人和钱财，成为为害一方的恶霸。唐璜则是漫游诸国，是连带起世界历史的人物。这样，他的寻欢作乐，就有点不同寻常，有了一定的社会意义，他就不是一个简单的否定型形象。他身上具有了参与历史的要素，个人的行为进入了历史，也就具有一定的魅力。这种魅力，是我们跟随这个人物看到了广阔的社会历史画卷。西门庆却不是这样，他在作家笔下就已经被定位。在作者兰陵笑笑生的心灵旷野里，无法安顿这个人物，他能够安顿的是自我情欲的泄导，他把西门庆这个人物作为自我泄导情欲的对象。遗憾的是，在所有小说的叙事里，只要这个人物是主人公，因其叙事视角，便自然地获得同情理解。读者的情感立场，一般会偏向理解这个人物。但因作者的境界眼光局限，无法从这个人物身上开掘出合理要素，于是也就无法安放给他一个恰切的位置，读者在自己的心理世界也一样无法将他妥帖安放。

于是，其序言的第一句话是：《金瓶梅》，秽书也。

有没有钱所不能交换的价值？[①]

我无法确切地说出，人类的情感从何时产生？依据科学家的研究成果，我们大体知道，人类发展最晚近时期的证明，是智人阶段。早期智人生活在距今二十万年前，那时他们已经会取火了，史家称其为旧石器时代。晚期智人生活在距今五万年前的东非地区，那时他们就已经会雕刻和绘画，还学会了装饰，其骨骼、行为与今人无异，我们称之为新石器时代。最令我惊异的是，考古学家发现的一例智人儿童骨骸，其头骨有着明显的光泽，似乎被经常触摸，有可能是被用作装饰品或者器皿，说明这具头骨被留作纪念。若如此，则是人类对死亡产生认知并具情感反应的证明。

五万年前人类已经有了如此丰富复杂的情感，并一直延展至今，由此发展出一系列人类才会有的神圣圣洁的情感，并将之视为不可让渡的绝对价值。这些情感价值包括生命的珍贵、爱的深情、朋友的忠诚、自我的尊严、自由的价值等，这些似

---

① 原载于《西安晚报》2017年1月13日。

乎看不见摸不着的东西，使人之成为人，并由之发展出来一个复杂的人类社会系统。表面看来，这些情感要素，不如物理事实那样具有客观确定性，实在太主观，既无法估衡，也难以度量，但它又对人类生活产生了巨大的影响。应该说，这些看不见的东西，影响了那些看得见的东西。

人类几万年积攒下来的珍稀价值，有渐趋衰微之势。它的神圣感已经不复存在了，它逐渐被一些等价物替代。当爱、友谊、忠诚、尊严、自由甚至生命，不具有绝对价值，能够被一些等价物替代时，这是一种可喜的进步还是一种令人担忧的改变？这些不可轻易让渡之珍稀价值，是人类从智人以来，历经数万年所发展而来的，正因为这样，它深邃的历史存在让你敬畏。当我说这些话的时候，这些人类赖以寄托的情感，已经失去了它的无上性，失去了它曾有的绝对性。比如男女之爱，曾经多么神圣，汉乐府诗里记载了一位女子对爱的倾情表达："上邪！我欲与君相知，长命无绝衰。山无陵，江水为竭，冬雷震震，夏雨雪，天地合，乃敢与君绝！"什么样的情感，能够如此惊天动地？能够与江河断流、隆冬打雷、夏季飘雪、天地翻覆相较？如此情状之男女之爱，堪称奇观。但在今人看来，简直就是搞笑：人哪能在一棵树上吊死，走个穿红的，来个穿绿的。假如要难过，那是离婚有财产分割之虞，除此，别无二致。闪婚闪离，似乎已经成为常态，早已不具有新闻性了。但你无法想象，那种不离不弃的古典爱情，那种纯美的执着的"一人之心"。还有那些走得更远的，你说贞节是一种珍稀之情愫，他问：值几个钱？一万、十万还是百万？有什么东西不是钱解决不了的？一切圣洁与珍稀，瞬间荡然。

现代人发明了一种历史观，如矢量一般，从古到今向未来，称之为“进步”。将过去的人类行为称之为愚昧落后，这是欧洲十八世纪启蒙运动以来的成果，风靡全球。所谓启蒙，就是启迪蒙昧之意。人类科技的发展，渐渐使生活环境大为改观，当人感觉到自身比神还强大的时候，神性离人而去。那些崇高、神圣、敬畏之感渐渐丧失，珍稀价值慢慢销蚀，一切都变成可以替代、可以交换。凡能够以钱换取之物，就可以另一种形态存在。当替代者以另一种面貌存在时，唯一性就消失了。没有了唯一性，珍稀、神圣、圣洁、敬畏就没有了从内心生长出的神性之感，一切被平庸和日常湮没。

不说男女之爱，即使情谊，也曾一样生长出令人炫目的惊艳光彩，也一样具有强大的震撼。燕太子丹在秦国破赵之后，忧虑燕国迟早会步赵之后尘，于是荆轲自愿前往，欲以一己之躯刺杀秦王。那种“风萧萧兮易水寒，壮士一去兮不复还”的凛然之气，至今读之，令人感怀至极。与之相关的还有樊於期，这个被秦王以千金万户之赏追杀的士子，听说荆轲有此壮行，毅然将自己的头颅给他，帮荆轲借此靠近秦王，完成刺杀壮举。士为知己者死的从容与旷达，辉映着历史暗淡的天空。

你想想，一个人拿着自己的生命践行知遇之恩，那是什么样的情怀?

这一切都在失去,爱的唯一性不复存在,士的精神不复存在,忠诚的无上价值不复存在,神性之感不复存在,一切都以钱作为尺度和衡量。这样的进步,有时让人五味杂陈,辨不清滋味。

敬虔之心[①]

奶奶是一个极其虔诚的有神论者，但她不是信某一个神，而是什么神都信。我为长孙，小时候经常被她带在身边，走很长的路，到附近的流曲镇赶集。当然，离我们村更近的是王寮镇，但比起流曲镇来，规模小很多，交易品类也不大齐全，于是村民们常常选择去流曲镇。从件家堡到流曲镇有十五里远，没有交通工具，全是步行。我也就是七八岁的模样，给奶奶当跟班。这十五里地，沿途大大小小有许多庙宇，最多的是簸掌村，几乎三五百米就会有一个。每逢见一个庙，奶奶便要停下她的小脚，进到庙里，虔敬地磕个头，然后继续赶路。不管庙里供奉的是哪一路神灵，奶奶不问东西，不分高下，定要膜拜一番。童年的我，常常不大敢进到庙里，对庙里泥塑的各种狰狞的神祇甚为害怕。神祇两旁，常常是护法者，他们圆睁双眼，手里还持有兵器，非常吓人的样子，让我无法亲近起来。不知道是不是这个原因，我对神秘的东西，有点先天抗拒，不亲不信。

---

① 原载于《海外文摘》2022 年第 12 期。

奶奶就不同了,她信。她会讲一些很神秘的现象,让我惊恐莫名。比如她数次说起自己童年的一段经历，说有一次她在院子里看到了穿着花衣裳的灶火爷，一个小人儿，从厨房里一扭一扭地走出来，她惊恐大叫，甚至摔了一跤，家人赶来，却又不见了小人儿的影子。她十分肯定地说，就是从厨房案板下走出来的。这样的故事，让我害怕。每当家里只剩我一人时，总不由得往厨房多瞄两眼，担心走出一个穿花衣服的一扭一扭的小人儿来。

奶奶的虔诚自有说辞，我也反驳不了。她赶集途中进庙拜神时，是上世纪六十年代初，尽管庙宇已经破烂，里面也没有碰到主持，好赖庙还有，神还在。后来“文革”开始了，大小庙宇，被红卫兵拆除，神像也被砸碎了。我看见改天换地的折腾，很是兴奋，跟在游行队伍后面看热闹。那时，红卫兵动不动就上街，押着五类分子游行，沿途高呼口号。或者半夜三更，广播响了，说有最高指示，于是一群人欢呼雀跃，祝贺语录发表。日子过得激动人心。小孩子们，觉得隔三岔五总有热闹看，真好。这样的日子多有意思呀，每天敲锣打鼓的，人声鼎沸，像打了鸡血似的，个个兴奋得不行。奶奶的反应却不同，她似乎不大高兴，说：这些年轻娃胡整哩！她特别不赞成毁掉庙宇。一次,我与她辩白,说:“你老说神多厉害,不敬神小心‘招祸’。我看伟大领袖让人把神庙拆了，神像砸了，怎么也不见神把他咋样呢？”我很得意，觉得一下子将奶奶呛住了。少顿片刻，奶奶讪讪地说:“毛主席也是一个神。”我没有想到她会这样说,嘴里一下子没了词。

我后来还真是在神庙里见到了被作为神供奉的这个伟大的人。2013 年 6 月下旬，我去陕北采访防沙绿化工程，到了子长县城，一大早爬将军山，在山顶的庙里，见到了一面锦旗的右上方写着："敬献毛泽东子唯神"，中间四字是"有求必应"。这当然是自发的行为，且为民间个人所为，锦旗的左下方缀有村民的名字。他当然也是虔诚的，想着有求必应，大神会护佑自己，达其所愿。细一想，果如奶奶所言，领袖已进入了神祇的序列。

我从小被教育，说鬼神是迷信，说宗教是鸦片，是统治阶级欺骗劳动人民的把戏。于是相信科学，相信真理。但奶奶不一样，她相信"离头三尺有神明"，相信"积德行善，必有后福"。不仅相信，而且她身体力行，按照所信的去做。奶奶非常干练，村邻们都说她是个"能行人"。能持家、能吃苦、有见识，针线做得好，饭菜做得更好，还会接生。小时候，常看到她被村里村外的人请去接生，往往一去一个晚上，回来后疲惫不堪，但下次有人叫，她二话不说就走。有时奶奶会跟母亲讲起接生的见闻，包括那些难产的，她怎么处理应对，使得大人小孩都平安。我关心的只是她带回来的"烫烙馍"，那是主家为坐月子女人准备的吃食，作为礼物，主家会馈赠一些给奶奶，这就成为我和弟弟妹妹们口中的美食。奶奶就这样，用她的虔诚，为他人做好事，为自家积"后福"。

我喜欢听奶奶讲过去的事情，也很好奇，旧社会是个什么样儿？每每问起奶奶，她总是不多置评。有一次我问："旧社会是不是坏得很？"她犹豫了一下说："新社会啥都好，没土匪了，这是最大的好。可不让人做生意，不好。"她很向往过去的集市，说一街两行，各种吃食都有。那时，她带着大伯大妈，赶集卖饸饹，挣几个活便钱，供养父亲读书。父亲曾不无得意地说，咱家虽穷，王守卫的儿子还向我借钱呢。王守卫是方圆几十里有名的大财东，勤俭抠门却出了名，儿子的零花钱竟然没有我父亲多，可见我奶奶对这个读书的小儿子是多么心重。王守卫的儿子后来在西北大学当教授，父亲则在陕西省歌舞剧院做舞台美术设计，他们俩还多有来往。

"文革"后，庙没了，神没了，奶奶心中的敬虔却没有中断，一直延续到她去世。每到清明或年节，奶奶会让大伯买一些四四方方的黄色烧纸回来，然后找出一枚铜钱，用一个一尺长的圆形铁器摁住铜钱，然后用粗木棍砸铁器，铁器下的铜钱就会在烧纸上印出铜钱的印痕。大伯砸得很认真，一沓烧纸，分为多份，一一印上铜钱。铜钱就瓶盖大小，一排一排地砸过去，很是费神。我蹲在旁边，看着大伯那种用心的样儿，心生好奇，想：神也看不见你砸了一行还是十行，为什么要这么死板呢？大伯听奶奶的，信神信命。家里一进门迎面的墙上，有一个神龛，放着一个看不清眉目的土地爷。大伯带着我们孩子开始烧纸，从敬门神、敬土地爷、敬灶神，到最后敬先人。奶奶和大伯的这份敬虔，不知道那些神祇收到了没有？奶奶说，敬神神就在。

1976年3月，奶奶去世了。她说自己是“光绪手里的人”，属猪。细算起来，她是1899年（清光绪二十五年）出生，终年七十八岁。村里唯一一个“文革”前的大学生仵秦州，回家探亲，转悠到我家来，对母亲说：“好着呢，周总理才活了七十八岁，婶子跟总理一个寿，值了！”农村人纪年以虚龄，其实奶奶实龄是七十七岁，但奶奶那时是村子里最长寿的人。后来长寿者渐渐多起来，九十岁以上者达十数人，有一人竟寿昌百岁。

奶奶去世前，村里死了人，都是埋在祖坟里，祖坟大都在自家田地里。解放后，自家的地没了，都是社里的地，但村民还是埋在祖坟里。那年我刚刚上任当生产队队长，于是决定建个公共墓地。奶奶临死前竟然痛快地答应，愿意第一个埋在公坟里，说是再浇地，墓穴也不致被灌。我没想到奶奶思想竟然这样开通，也算是支持了孙儿上任的第一个决策。奶奶就这样成为公共墓地的第一人，距今已经近半个世纪了。墓地林荫覆盖，坟茔绵延，扩展几许。奶奶的同代人都走了，第二代所余也寥寥无几，约有近百村民与奶奶一起安息在公共墓地。父亲去世后，也从西安回去，埋在故乡这片土地上，躺在他母亲的身边。我想，奶奶不会寂寞的。

人上人与人中人

有一回，同一位报社总编吃饭，席间有一位腼腆的美国小伙子。此时，这位美国小伙子正在热恋着报社的一位爱写诗的姑娘，后来这位美利坚小伙儿最终被我大中华姑娘征服，便带着中华文明的成果“双双把家还”了。这是后话。我说的是在席间吃饭时，这位总编问起美国小伙子的理想，这位小伙儿用他结结巴巴的汉语说：“找一份薪水高的工作，幸幸福福过日子。”总编听后大不以为然，突然很激动地说：“不，不，人要做大事，你为什么不能竞选美国总统呢？”他说得很认真，很动情。他不断地鼓动小伙子树雄心立大志，仿佛这一生不干出点名堂来，就白来世间一趟似的。但美国小伙儿也很较真，就是坚持要过他的平民化的幸福生活，不给老总一点儿下台的面子和余地。而且还坚持说，自己这样没有什么不好呀！

国人的文化基因里，彰显的是成就一番伟业，为此可以发愤，头悬梁锥刺股；可以忍辱，胯下爬行，唾面自干；可以寒窗十载，可以违心藏谋。默念“天将降大任于斯人也，必先苦其心志，劳其筋骨，饿其体肤……然后知生于忧患而死于安乐也”。这是亚圣孟子的教导，大家司马迁亦如此说：“昔西伯拘羑里，演《周易》；孔子戹陈蔡，作《春秋》；屈原放逐，著《离骚》……《诗》三百篇，大抵贤圣发愤之所为作也。”我们所受的教育，是从先贤一路走来，先贤们所说的这些，当时是说给那些社会精英的。几千年的农耕文明里，能读书的只是极少数的社会统治阶层。现在，连大学教育都已经是通识教育了，更遑论中学。

我们的文化精神里，充斥着虚幻的理想、成功者的法门宝典、奇异人生的雄才大略，一句话，非普通人的东西。教育里树立的楷模，都是让人树立宏伟远大目标，缺乏的是教人怎样设计自己切实的生活。不是当多大的官、挣多少钱、成为怎样一个名人，为什么不教给人最为本质的生活呢？就是说，为什么我们不教人怎样切实愉快地度其一生呢？文化基因里传递塑造的榜样楷模，往往大而无当，凡人须得仰视，是革命年月里“高”“大”“全”的余绪。

如此榜样，会带来什么样的后果呢？就是很多人热衷于争权夺利，热衷于尔虞我诈、算计斗法。全民对考录公务员趋之若鹜，痛恨特权而又崇拜特权，就是这一畸形扭曲心态的典型表达。当个人没有一个合理的生活信仰，没有一个和自己基本生活关联的切实追求，就会成为一个精神理想的狂妄者、愤世者。因为那些日常的生活化追求，被文化定义为凡庸无为，鼠目寸光、不思进取。做一个“人上人”，才是正大的理想和潜在愿望。

在现代国家理念下，允许不允许超越大众之上的“人上人”？回答是否定的。因为这是一个个人的权利获得普遍尊重的时代，是人人追求平等自由的时代，每个人都有尊严，都凛然不可侵犯，都不容忽视。当全体公民普遍接受了一定的教育、具备了一定的素养、有一份工作可以体面地生活时，他怎么可能甘为一人在上、万众在下的顺民来仰视你的存在？他会为自己组建自己认可而满意的生活，打造极其个我化的生活方式。

古典主义的人文原则是“舍小我，救天下，济苍生，名四海”，几千年精英文化的基本原则，在现阶段打造公民文化时，应赋予其新的内容。我们应该重建现代价值，建构公民完善的精神生活。若以此为标杆，我们会发现许多过去被我们遮蔽了的文化宝藏，也可发现在上述这位总编与美利坚小伙儿的冲突中，包蕴着意味深长的两种文化的冲突。

2012 年 12 月 26 日初稿

2023 年 5 月 5 日修改

西安，万象皆容始为大[①]

西安要建成国际大都市，于是想说说都市之大。

作家贾平凹是陕西人，居住在西安城里，仅长篇小说他就写了十四部，写小说当然离不开人物活动的环境和故事背景，不是商洛山中，就是古城西安。但是，作家的大部分小说隐藏了人物活动的背景，故事要么发生在“西京城里”，要么展开在“古城”，如此等等。不仅大家贾平凹，其他作家亦如是，方英文的《落红》写的也是西安故事，但在小说里，他不写西安，而写成“百陵市”，人物就活动在这样一个虚构的环境里。马玉琛的《金石记》，是获了陕西文艺大奖的长篇，故事写得蛮好看，背景也是一个虚构的“长安城”。不知为何？作家们都不敢用真实的地名作为故事展开的背景。

欧美的艺术作品却大为不同，虚构的故事却非拉出一个真实的地名来，唯恐不用真名就不能将虚构变为真实一样。这样

---

① 原载于《华商报》2013 年 2 月 18 日，原题为《在钟楼里虚构个鬼怪故事也无妨》。

的结果，使这个城市堆积起重重叠叠的文化遗迹和密码，任何犄里拐角儿都充满故事和值得言说的景观，大都市就是这样用故事构筑的。比如，你行走在巴黎香榭丽舍大街（也叫爱丽舍田园大街）上，会想起来许多故事，法国许多文学家、音乐家、画家、导演将这条大街演绎在自己的作品里，使它传遍全世界。远在十九世纪，雨果的第一部长篇小说《巴黎圣母院》，正如其书名一样，故事就是围绕巴黎的圣母院大教堂而展开，以真实的地点展开虚构的故事。巴尔扎克的名作《高老头》，其故事发生地也言之凿凿地说是巴黎。这些带有强烈的社会批判色彩的小说，并没有因为不歌颂巴黎而使巴黎遭受污损，反而，这样的大著使巴黎名扬天下。

提起美国的纽约，我们会想到多少故事，不管是灾难故事还是黑帮故事抑或是动人的爱情故事，纽约的每一条大街几乎都被文学艺术家触摸过。电影《美国往事》表现的是纽约犹太社区一个黑帮成长的故事，内容涉及忠诚与背叛、阴谋与友谊。获取奥斯卡金像奖的《教父》，叙述的也是黑帮故事，其背景还是纽约。纽约没有因为承载了这些演绎戏说，甚至非正面的演绎故事而成为一个人人躲避的城市，反而成为一个世界著名的大都会。都会之大，仿若浩瀚深邃的海洋，能藏起各式各样的鱼鳖海怪，小河里能存活的只是小鱼小虾。没有大，就没有多样性丰富性，也就无法承载不同的异质文化。都会之大，仿若庞然大物，任何的言说和演绎也就经受得起，就像是一个历史伟人，经得起后代的不断言说、赞颂和质疑。

《人工智能》是斯皮尔伯格导演的一部大片，他不仅把故事放在纽约，还放在了最富有的曼哈顿区，人物对话说：曼哈顿是人类世界尽头的地方，是雄狮落泪的地方，是月亮升起的地方，是美梦诞生的地方。曼哈顿后来被海水淹没了，人类也消亡了。美国人就这样以真实的地点演绎虚构的故事。那些灾难片，动辄是一个城市的毁灭，而且这城市就是纽约。罗兰·艾默里奇的灾难片《后天》，表现温室效应带来的极端化天气，严寒从纽约开始，很快整个纽约变成一片冰雪荒原，在冰雪掩埋下的自由女神像只露出上半截身子。以中国人的眼光来看，这样演绎，真是太不吉利了，没有哪个市长会坐视这样的影片上映而无动于衷，我的朋友就因为拍了一部反映大地震的影片而无法上映。美国导演还往往以华盛顿国会山的圆形国会大厦为背景，以使影片显得更为真实。

都会之大，体现的是海纳百川的包容，其经济成分多种多样，人种也五颜六色，黑的白的、黄的棕的，什么肤色都有。它能包容各种不同文化，容纳各种不同观点，适宜各种不同生活方式，呈现各种不同艺术形式，竞放各种不同艺术流派。一个染着蓝发、留着朋克头的小年轻行走在村子里，会被乡民们侧目而视；他如果行走在大都会的街道上，潮涌般的人流，没人稀罕多瞧他一眼，这就是都会。上海算得上国际大都会，提起上海，人们会想到茅盾笔下的十里洋场，想到鲁迅笔下的亭子间、张爱玲笔下的各式人物。除此，还有另一个印象：创业冒险的乐园。这里还生长着杜月笙和黄金荣,洋场里也少不了歌伎舞伎们，他们一起演绎了一个语意繁复、幽深晦蒙的上海。大都会里当然有醉生梦死、沉醉糜烂，弥散着混合的气味。同时，它一定生长着与之相对的另一种健康的力量，承载着另一种未来希望，这种文化恰恰在这种混合土壤里成长。正因为此，这个丰富复杂的大上海，中国共产党可以在望志路法租界里诞生，其学说可以在其中传播。

我希望，陕西的文学艺术家们，不管用什么形式构筑你的作品，镜头也好，画笔也好，码字也好，只管将故事的发生地写上西安，哪怕是一个鬼怪故事，把它虚构在钟楼里也无大妨。希望陕西官员不要因之而责怪他们，林子大了，总有一些稀奇古怪的鸟儿出现，它能出现，说明林子真的大了。

乞丐的尊严

一个国家的尊严需要强大的经济、政治、军事等方面力量作为依托，同时也需要深厚的文化精神作为灵魂来导引和支撑。个人也有个人的尊严，个人的尊严当然也需要以经济条件作为保障，但人毕竟是文化的动物，人之行为的社会性受着文化的强烈影响，也因此决定其价值取向。一个充满尊严感的民族，假使其遇到挫折或屈辱，会在其民族内心积聚起巨大的心理能量，并且可转化为社会力量，从而发奋磨砺，急起直追，而自立于民族之林。中华民族就是这样一个民族，你看看晚清至民国初年，那个积贫积弱的年代，所产生的那一批批为改变民族屈辱历史的仁人志士，你不由不感慨唏嘘。这是民族传统文化的力量！耻感是儒家思想中被反复强化的一个意识。孟子说："耻之于人大矣。""人不可以无耻。无耻之耻，无耻矣。"儒家文化建立起耻感，感受耻辱，也就建立起尊严。当群体普遍获得尊严感时，功利欲求就不会成为活着的唯一目标，钱财也不会僭越为生命意识的第一需要，从而人间的许多悲剧就可以避免，我们的生活就会多一些闲适而更富于诗意。这是我对未来的一个小小的期待,也是一个大大的梦想。

不断刺激我思考这一问题的缘由来自现实生活，生活中太多那些没有尊严、不顾羞耻而只要钱财的人。我选择大都市中的乞丐群落，来讨论这一问题。每座城市的繁华地段，你总是能看到一群人，守在饭店、宾馆的门口，向行人、旅客乞讨。当然，乞讨不足为怪，它不是中国的独有产物，全世界有人的地方，或多或少都有乞丐，但是不同的地方，乞讨的方式却大不一样。我们所看到的自身现实是，乞讨者守在饭店门口，见人出来，便冲上去，他知道请客聚餐的人是要面子的。朋友请完客，正在相互作别，他兀自伸出一只手，直戳戳到你面前，让你不能不回应。你在乎脸面，也不好意思一块两块打发，于是他近乎索要的手段就大大见了成效。乞讨者放下自己的尊严，抓住客人不好回绝的时机，拿这一点做文章，你下不来台，只好掏钱。这是他们的讨要之术，就是死缠软磨，堵着你，追着你，让你尴尬，让你没面子，然后达其目的，掏出腰包。他用不顾一切的手段，获得你的施舍。这个时候，几乎不能算施舍，施舍是自愿的，他将自愿变成了强索。更有甚者，你正在开车，他拦你在十字街头,敲着你的车玻璃,向你索要。没有什么脸面，更谈不到尊严，只要能有钱，就什么都不顾了。曾经被媒体广泛报道，被称之为“中国第一乞丐村”的甘肃岷县小寨村，许多人凭讨要发了财，在家里盖上二层小楼，引得村邻羡慕，纷纷效法。于是，一村带起周边几村，走讨要的致富路。

这样的行为,使社会失去什么呢？失去同情恻隐之心。最终，伤害的是人心。他将人心最为柔软的部分颠覆，变得粗粝坚硬。同情恻隐之心，是人性之根，是建立人与人之间关系的基石，是人对这个世界有信心的来源。乞讨者也是人，他伸出困难之手，我信赖他的困窘，是我对人的基本情感方式的信赖。人不到万难，谁会这样低下高贵的头颅，向人乞讨？人对人的信赖也是人之幸福感的基本来源。但是，如此方式的乞讨，却让你难堪，让你不快，让你内心深处的怜悯和同情钝化，你常常会发现他们欺骗了你的情感。更让人尴尬的是，你不是发自内心自觉自愿地帮助他们，而是在窘迫无奈的情况下，被强人所难，而所做的无奈之举。这将人的慈善之举，变成了一种让人不快的索要。实际上瓦解了人心灵深处的慈善义举的自愿性，瓦解了人与人的信赖感和怜悯心。

世界上哪个国家都有乞讨者，包括美国这样的头号强国。我在纽约的一周时间里，看到过三个乞丐。一个是在旅客排队参观自由女神像的岸边，这个乞丐年龄大约五十岁，留着花白的胡子，神态自若，在弹着吉他，边弹边唱，面前放个玻璃小罐子。他在弹唱时，对于蜂拥而至的旅客，看也不看，理也不理，只管拨弄琴弦，唱着歌儿，完全一个流浪艺术家的范儿。你可以往他的罐子里扔钱，也可以不扔，他只专注于他的表演，仿若他不是乞讨，而是邀你欣赏音乐，他将自己沉浸在艺术创造里。我见到的第二个乞讨者是在国家博物馆门前的广场上，这是一个黑人，身穿黑色西服，站在那里吹奏萨克斯。见我们走过来，认出我们是中国人，曲调一变，改为中国国歌，并且微笑着向我们示意。但他没有挪动脚步，也没有停止他的吹奏。他面前放着装萨克斯的盒子，里面有一些零钱。他身边只有行人匆匆，没有人停留，也没有人观赏，他也并不挪向人多的地方，仿若一个孤独的演奏者。第三个乞讨者，出现在纽约地铁站，这个乞讨者是一个华人，坐在一个小凳子上拉着二胡，曲子是从“文革”中过来的人耳熟能详的《喜送公粮》。我想他该有五十岁了，是对老歌有记忆的人。他也是静静地坐在那儿，只管埋头拉着。

三位乞讨者，没有索要，没有堵截行人，尽管讨要本身也是有失尊严的行为，但是他们没有丧失自己人格尊严的底线，并且还都有自己可以乞讨的工具——乐器，用取悦人群而换取酬劳。这一幕，在我内心留下深刻印象。假若说乞讨者是社会中最弱势最底层的群体，是一个民族机体里比较疼痛的部分，那么在这个群体里，我们一样看到一个民族的文化呈现，看到了个体的尊严感。人在什么地方可以越线？越线到什么程度？可以因为什么东西而低下自己高贵的头颅，而不顾忌任何尊严脸面？

我希望有一天，中国的乞讨者也具有了强烈的人格尊严，不索要，不卑微，不强人所难，将空间留给施与者，让人有选择施与的自由，也有选择不施与的自由。我觉得，到了那一天，中国一定是一个强大而无与伦比的国家。中国人的精神世界，也一定强健而旺盛，充满尊严，也充满自信和自豪。连乞丐也具有了尊严感的民族，想不强大都不由你。

2013 年 5 月 15 日于西安

统万城：一座城池的命运

陕北无定河北岸，有一座气势雄浑的古城——统万城。站在这座古城遗址边，耳听远古的厮杀，眼前浮现那位相貌堂堂，却又残暴威武的赫连勃勃。是他，像一位无敌英雄，却又如一位冷血暴君，建立起大夏王国，在“水草丰茂，牛羊塞道”的故乡，打造了一座万世留名的统万城。

赫连勃勃建造统万这座城池时，何等的雄心，城池取名统万，意为一统天下而君临万邦。这时的赫连勃勃，军事上连连得手，要风得风，要雨得雨，甚而一举拿下长安城。他功业的第一步是背依高平，获得羽毛丰满的机会。那时，他正被仇敌追杀。他的曾祖、祖父、父亲，都曾是十六国时期前赵、后赵、前秦等政权中的官吏，统治过朔方郡。父亲刘卫辰曾雄踞朔方，威震一域。刘卫辰与北魏拓跋珪争战，不幸兵败，反为部下所杀。北魏拓跋珪并不满足于勍敌消失，而执意斩草除根，要防患于未然。赫连勃勃为刘卫辰之少子，自是拓跋珪搜求斩杀之对象。在天下之争中，这样的例子当然并不鲜见，鸿门宴上，项羽放走了刘邦，于是失掉了天下。仁慈之心，可能招来致命后患。所以，中国老百姓见多了权术阴谋和残暴绝情。说起古朝事，唏嘘复唏嘘。

赫连勃勃日夜奔逃躲藏，没人敢留他，留他就是与拓跋珪为敌，当你胜不过追杀者，就只好明哲保身，爱莫能助了。赫连勃勃先是跑到了鲜卑族薛干门下，风声吃紧，薛干不安，又把他护送给盘踞高平的没弈于。在这儿，他运气真好，遇到了救星。没弈于张开双臂拥抱了赫连勃勃的末路投奔，这位驻扎在高平城的后秦诸侯，对赫连勃勃喜欢尤甚，不仅让他有了进退之地、栖身之所，而且还要纳他为婿，把自己心爱的女儿嫁给他。据说勃勃高大魁梧，相貌堂堂，且善于言辞，机警过人。正因此，也获得了秦王姚兴的宠信。史书记载，姚兴“见而奇之，与论军国大事，宠遇逾于勋旧”。好家伙，喜欢勃勃到了超过功勋旧臣的地步！不知道这种喜欢里潜伏着什么。但姚兴的弟弟姚邕不喜欢，对勃勃充满疑虑。姚兴以为“勃勃有济世之才,吾方与之平天下”,弟弟是“逆忌之”。他没有听从弟弟之言，任命勃勃为安远将军，协助没弈于一起镇守高平。后来，姚兴以安国将军、五原公的身份，划拨两万士卒归其指挥，让他镇守朔方。朔方是赫连勃勃祖上经营过的地方,这实在是放虎归山，存心让勃勃重振昔日家族的威风。剩下的，就是时间和时机了。赫连勃勃没有沉醉在温柔之乡和秦王的宠信里，假如他能够安于这个现状，他就不是赫连勃勃了。

对于伺机等待者来说，时机终会降临。公元 407 年，勃勃以后秦与魏相通为由，决意反秦，理由说起来也蛮充分，勃勃的父亲刘卫辰就是死于魏拓跋珪之手，这是家仇国恨呀！此时正好有矛然可汗社伦献给后秦的八千匹马，路过朔方，勃勃趁势夺取，然后又调三万大军，假装围猎，以闪电雷霆之势，沿高平川南下，反戈一击，剑指岳父大人，没奕于糊里糊涂就成了勃勃的刀下鬼。顺理成章，勃勃成为高平王。当然，他不称高平王，这对他的雄心来说太小，他只是暂且定都高平罢了，他自称大夏王、大单于。这就是大夏，中国历史上第一个少数民族建立起来的封建割据政权。赫连勃勃对恩人亲人无情杀戮，在德行上，留下千古污名。只是，人类自古以来的天下争夺，哪有谁顾忌德行？哪有人顾忌伦理？天下归他，政由他出，史由他写，所谓“人为刀俎，我为鱼肉”。在残酷的争斗中，有不忍人之心者，被讥之为“妇人之仁”。

高平即今宁夏固原，自古就是军事战略要地。当勃勃盘踞高平，击败鲜卑族薛干，在对后秦的战争中连连获胜时，似乎剑指关中，即在掌心。但是勃勃在此时，却表现出了极大的眼光和耐心，他认为现在若出击攻打关中，时机不到，如果“我今多顾一城，彼必并力与我，众非其敌，亡可立待”。勃勃的策略是，“以骁骑风驰，出其不意，救前则击后，救后则击前，使彼疲于奔命，我则游食自若。不及十年，岭东、河北尽为我有。”这是典型的游击打法，要把敌人拖垮。而且，对于游牧民族来说，其骑射正是强项，具有极强的机动性，刚好适合于游击战法。他还具有极强的战略耐心，如同大猫静卧老鼠洞前，伺机一举捕获猎物。“待兴既死，嗣子单闇弱，取长安，在吾计中矣。”其实还未曾等待多久，后秦就在四面夹击中灭亡。直接导致后秦灭亡的是东晋刘裕，他击败姚泓，占据长安。勃勃料他不会久留，果然不到年末，刘裕东还，勃勃遂率大军南下，于公元418年，攻克长安。今天我们站在西安城头，遥望这座古老的汉唐京畿之地，竟也有赫连勃勃的足迹。他当年在长安置酒欢庆，大宴群将的豪兴，似乎还停留在历史的天空中。公元418年岁末，勃勃踌躇满志，筑坛于灞上，在长安称皇帝，改元昌武。

勃勃雄踞长安，按理说应当用心经营，以长安为都，图谋天下。毕竟，长安乃历代形胜之地，但勃勃却不这样，执意要返回老巢统万，以统万为自己的都府。他的理由是，固然“长安历世帝王之都，沃饶险固！然晋人僻远，终不能为吾患。魏与我风俗略同，土壤临接，自统万距魏仅百余里，朕在长安，统万必危；若在统万，魏必不敢济河而西。诸卿适未见此耳”。这是他说得出的理由，认为晋人不为患而魏为患，居于统万可以威慑北魏。以我观之，勃勃内心深处的情感是推动他这一决断的动因，朔方草原乃为赫连勃勃发祥之地，也是他魂之所系之所，实乃乡思之切，安魂之结。与项羽占领长安之后，引兵而东，放弃长安一样。如果赫连勃勃定都长安，历史大约会改写，他的大夏国寿命断然不可能那样短暂。长安比起统万城来，战略空间要大得多，但是勃勃似乎决心将自己的历史足迹留在朔方，留在无定河边。

赫连勃勃为什么这样喜欢朔方，喜欢统万城这一块宝地，而不惜放弃有八百里米粮川的关中、放弃长安，要在朔方安心固守这一块心仪之城？建城之始，赫连勃勃一定是花费了心思，勘查了许多地方，作为一个王朝的都城，事关重大，绝无草率之可能。这一块地方能被选中，有它的诸多理由。映现在勃勃眼里的统万城区域，一定是一个自然环境优美的好地方。据确切的资料记载，统万城建造之时，勃勃北游契吴山时，纵目远眺，慨然叹曰："美哉斯阜！临广泽而带清流。吾行地多矣，自马岭以北，大河以南，未有若此之善者也。"契吴山在统万城北七十里，大夏王登高望远，发此慨叹，自当不虚。由此可以想见，当年统万城地区的自然环境有多么好。

正是这样美丽的自然风光，这样浓烈的家乡情愫，勾引着勃勃回归朔方。公元413年春，勃勃命叱干阿利为将作大匠，发关中以北各族民众十余万，在朔方水之北，黑水之南修筑新都，这就是统万城。统万城建成之日，是公元417年，所以当勃勃在418年拿下长安城，决定去留之际，统万城已经建好。看来统万城对他的吸引力更大，他将儿子赫连昌留在长安，封为大将军、雍州牧，录南台尚书事，自己则回到了统万城。勃勃在统万城并没有享受多少好时光，公元425年8月就死了，他在统万城只待了七年。勃勃死后，形势大变，仅两年，大夏王国就崩溃了。公元427年，魏攻其南都长安，6月即兵临统万城下，二皇子赫连昌兵败逃亡，统万城落入魏军之手。

落入魏军之手的统万城，作为一座城池，它的命运远比大夏国和魏国长久，延续了五百八十年。五百八十年中，围绕这座城池，多少英雄豪杰相竞相争，上演了多少曲折离奇、悲欢离合的故事。一直到公元994年，统万城历经隋唐三百余年，已经到了北宋王朝。

是年，宋太宗下诏废毁统万城。

这个时候，统万城名义上是宋的辖区，号为夏州，但它的实权控制在枭雄李彝超李氏政权手中。宋太宗要毁弃统万城也并非一句话就可完成，里面暗藏着杀机，他无非是为自己出兵找到一个合理的理由而已。果然，北宋后来派出五路大军攻打夏州，但这样的军事行动并没有取得实质性胜利，反倒促使了西夏王朝的建立。只是自此以后，统万城的确是废弃了。当时宋太宗欲撤夏州之民而并于绥银，即陕北绥德、横山、米脂一代，统万城在中国的历史上就再也没有出现过，竟至于湮没无闻了。当年宋太宗所言明的毁弃理由是："上以夏州深在沙漠，本奸雄窃踞之地……乙酉，诏隳夏州故城，迁其民于绥银等州。"宋太宗的诏书所透露出来的信息，说明在赫连勃勃死后五百年，他曾经赞叹的"临广泽而带清流"的心爱故乡，已经深陷沙漠之中了。另一个信息是，这座城池，动辄成为"奸雄窃踞之地"，而与中央政权对峙，这样令人不安的心腹之患，废毁自然成为必要的选项了。

2013年8月于西安小寨

斋　号[①]

有一次品茗聊天，方英文兴冲冲聊起他的书房，说他选上西安南郊明德门这一幢高层，全是因为这幢楼的好位置。好在哪儿？临窗远眺，了无挂碍；目之所及，直抵终南。搬进新居后，方子喜不自胜，诗意雅兴，油然而生，见景起意，为书房命名曰：采南台，取“采菊东篱下，悠然见南山”之意。这时，大约是 2003 年，中等阶层开始有了一百平米以上的大房子，文化人也相伴有了自己独立的书房，雅舍斋号应运而生。2000 年之前，大多文人还无法奢望自己独立的空间，盖因物质条件所限。1990 年代，能有六十平的两室一厅，已经心满意足了，哪儿还能有你独立的书房？老婆孩子不言，自己怀玉之雅向何处安排？所以，我慨然于方子住进新居后的喜悦之情。有了书房，方子专门写了《采南台记》，并且以“向晚采南台”一句为起兴，邀众友赋诗。有个叫罗素衣的，竟为之赋五言诗三十首，其一曰：“向晚采南台，白云自去来。禅心无所系，山色有无哉？”多么

---

① 原载于《秦岭》2014 年冬之卷。

优雅的生活情致！方子自己赋诗：“向晚采南台，小园花半开。槛中菊渐老，天际雁初来。坐久星移斗，夜长月落杯。清风最解意，入苑暗相陪。”这才叫诗意化的生活。

朋友中，要说给自己书房最早命名的是邢小利。早在1992年，他在盛名赫然的兴教寺下，建起了一座小院，那里是他老家长安区东江坡村所在。新院建成，他常邀一帮文友呼啸而来，或于少陵原长足漫步，或横卧床榻竟夜神聊，然后乘公交车逶迤而去。2002年，他为这个小院取名“南山居”，我与朋友武中华欣然凑兴附雅，送一“南山居”牌匾悬挂门楣。南山居成了呼朋唤友的据点，也留下了极为美好的回忆。但邢小利在城里的书房雅号，却迟迟未能亮相，直至2011年，他在自己小区的居所旁，专门为自己购置一间书房。今日看来，算是最为“豪奢”。一百二十平米的空间，全由他摆布，两室两厅，尽被书籍堆满。他为书房命名曰：半隐庐。邢小利向以陶渊明自许，这是他最为心爱的人物，以至于他的小儿子对父亲是否最爱自己而困惑，问他：“爸爸你说你最爱我，那你为什么又说最爱陶渊明？”邢小利曾生归隐之念，但是却无法了断尘缘责任。他也实在是浸淫儒家传统太深，为家庭为朋友为事业，终究放不下责任这副担子，于是只好“半隐”，隐于城中，隐在心里。“半隐庐”极为传神地表达出邢小利的内心意趣与人生境遇。

作家朱鸿住进明德门的房子时，是2002年，他将自己书房称之为“窄门堡”。他向朋友们宣示了书房斋号，但是却未讲其由来，只是在大著的末尾或后记中，总是忘不了写上某年某月某日于窄门堡。我没有追问，尽管开始也困思也猜度：为什么是“窄门堡”？朱子为人颇为刚直，行文也极有棱角，但近读新著，却读出从容沉静之象。后来知道“窄门堡”原来出自《圣经》，耶稣说：“你们要进窄门；因为引到灭亡，那门是宽的，路是大的，进去的人也多；引到永生，那门是窄的，路是小的，找着的人也少。”我一下子明白了“窄门堡”的含义。朱子向来怀有浓郁的济世情怀，更是敬仰基督精神，他的母亲与妻子也都是虔诚的基督徒。朱子对书房倾注了极大心思，他为书房专门从广东定做了红花梨木书柜家具，价钱不菲。宁肯贷款，也要让书房荣华一回。书柜上雕刻着浅浅的兰花，精美而雅致，他说母亲名字里有“兰”字，将深爱雕刻其上，在忆念中，爱与美并现。后来，朱子说，窄门堡是他最美的避难所，说这里有光，充盈着大明。

西北大学才子刘炜评，搬进新房时，已到2004年春天，但其斋号命名却在其后数年。大约是2007年的一次聚会上，他宣布斋号为“半通斋”。话音刚落，举座纷纷称赏，无不言妙。刘郎说，斋号得名来自杨乐生教授的戏言，他在《半通斋志》中载：丙戌之冬，二人赴京公干，十余日间，同寓一舍，朝夕相随，聚谈甚欢，某日杨曰：“君固博识，然亦不无囫囵者，活谥‘刘半通’可乎？”刘炜评欣然笑纳，将自己书房号为“半通斋”。刘郎才华横溢，风流蕴藉，身居学府执教，不以“半通”为忤，反而欣然纳之，可见其婉转通达之度。朋友聚谈，刘郎常常语出惊人，且常以自身为例，嬉笑自嘲，皆有妙趣，屡屡赢得朋友喝彩。刘郎于《半通斋志》中，亦道出了文人生活之苦涩，说当年留校任教至今，廿又五年矣。开初“蜗居于一楼，室仅方丈，且去公厕不数步。以年少识陋且家徒四壁，自拟风雅斋号，必为知者哂”。这话再次暗合笔者所言，书房名号虽为精神产物，却与物质富裕紧密相关。

为书房命名最晚的应该是我了，大约因朋友们书房纷纷有了雅号，自己不由得眼热，于是也附庸风雅一回，为自己书房取名曰“梵音阁”。2006 年春，我搬进新屋，有了专属自己的读书天地。书房面南，西南侧即为佛教密宗祖庭兴善寺。既与佛寺相邻，佛徒诵经唱诗之音，信众燃香焚纸之气，常常飘摇而至。夜深人静，打更敲钟之声，也不经意荡漾入耳。这厢是音院学子弹琴唱歌之乐，那边是超脱苦海洗尽凡尘之念。书房中，乐音与梵音交相辉映。书读累了，举目窗外，心领梵音，知道那儿有一方净土，可以静心，可以依持，于是欣然命书房为“梵音阁”。与佛为邻而聆听梵音，乃天造之因缘也。三更天，一座繁华大都市，室外竟能飘飘摇摇传来僧钟，仿若回到了唐代，怀疑是不是“开元三大士”善无畏、金刚智和不空，正居寺中？向佛之心便日益迫近起来。

斋号，古已有之，可纳为国粹之列。当然，古代能有斋号的读书人，亦非普罗大众，至少须得有一定的物质基础，像“五柳先生”那样的贫寒士子，毕竟稀罕，何况他好赖算是做过几天县令的人，在乡下乞食也便当。所以说，朋友们斋号的诞生，定然是在脱贫之后。斋号被今人拾起，本来极为自然平常，毕竟它是老祖宗的遗脉。不平常的地方在于，1950 年代之后，这样的雅致读书生活，在大陆几近绝迹，革命阻断了审美化的风雅生活，也将读书人视为“老九”而改造之，物质生活又因革命而匮乏到衣食堪忧的地步。以 2000 年之后为标志，朋友们的物质生活有了很大提升，对传统的悟觉也恰始醒来，古贤那种读书生活自觉不自觉浸入了心灵，斋号便应运而生。细思之，斋号是文人的一种自我标识，呈现着自我空间和独特的价值认知。从斋号里，可以追踪到斋主的性灵与趣味。这个读书人的读书之地，氤氲荡漾着一个自己的气味划出的疆界，阻止他者侵入，用于自我修身安魂。

2014 年 2 月 6 日夜初稿于梵音阁

波兰之旅[1]

冷面老板

初夏，我们舞蹈团应邀去波兰参加一个艺术节。邀请我们的是杰兹，他是美籍波兰人，我在美国访学时认识的，这个艺术节他即是组织者之一。看来世界通例，你生在哪儿，总要为哪儿的家乡做点贡献，杰兹也不例外。我们住在一个叫隆代克·泽多尔的小市，在我们看来就是一个镇或县的规模，但如果你想到波兰总共才三千七百万人口，与整个陕西省的人口一样，你就会知道，叫个县级市也差不多。当然，人口很少很少，仅仅七千人。

我们所住的旅馆叫 SIELANKA，坐落在市南面，四周被森林包围，环境美极了。旅店老板是个胖女人，大约五十岁，她永远坐在饭厅门口那张椅子上，手里夹根烟，阴沉着脸，谁也不理，从未见有一丝笑容。这种表情，显得反常怪异。与人们

① 原载于《文化艺术报》2014 年 8 月 20 日、8 月 27 日。

的常规生活比起来,就特别刺目。于是,大家都注意到了。我想,她也许就这么个人,冷脸,心或许是热的。吕静老师观察仔细,说第一天刚到时,她还是笑着的呀。于是,我心一紧,将她的冷脸归之于自身:是不是因为我们团队吵闹折腾,令她不快了?

于是,每逢吃完饭,走出餐厅,我都特意扫一眼,想着如要与她对视,我一定用一个笑脸迎过去。可是,每当我注目于她时,发现她的眼睛从来不与人对接,不知道看向哪里,这令我更加小心。国人的高喉咙大嗓门,在国外很是出名。生怕我们也犯这个毛病,让喜欢安静的老外不待见,那从我做起呗,小心点小声点。舞团的团员们大多是学生,年轻,顾不了许多,活力四射,热情洋溢,喊得快意,笑得爽朗。老师们不同,下意识约束着自己,也约束团队。我们没有人会说波兰语,根本无法交流,王鹏老师有办法,每每走向冷面老板,掏出自己的“芙蓉王”,友好地递过去,她也并不推辞,很自然地接过来,但脸还是沉着。不仅自己接过来,还示意王鹏,给她的两个员工也发上,蛮有公平意识,但同样未见换来她脸上的笑意。于是,我心里称她为冷面老板。

第三天晚上,第一场演出结束,几个学生意犹未尽,继续参加PARTY,嗨到12点后方才归来,有人乘酒兴,又是喊又是唱,嗓门高了八度,王老师急了,冲出房间制止。

这一周的活动,我们基本吃在旅馆,是冷面老板准备的餐饮,当然是她们的口味,就像陕西人请外地人吃羊肉泡馍一样。早餐，一桌子肉，有六大盘子。我叫不上名字，将困惑说给李领队，他欣然而起，说我去尝尝，边尝边道：“这个是牛肉，这个嘛是猪肉，这个可能是鸭肉。这个呢，一看就是火腿肠，还有这个，香肠吧。这个呢，说不准……”旁边一盘沙拉，再就是一碗甜果酱，两盘子不同的面包，诸如此类。我们将面包切开抹上果酱加上肉，就算是西式肉夹馍了。天天吃这些，实在受不了，于是大家渴望早晨能有一碗稀饭喝，哪怕自己动手。派邢翻译去磋商，冷面老板拒绝，理由是外人不能进厨房，遂作罢。

三天后，学生们开始到超市买方便面吃。后来，不知道冷面老板在哪儿获得启示，想到了饺子。于是，午饭包了一顿饺子，每人六个，饺子有包子那么大，馅是一大坨子肉，实诚极了，但难以下咽。第二天中午，伙食又有了变化，餐盘上，是一小碗米饭，外加炖肉什么的，类似盖浇饭之类，也好吃不到哪儿去，但是大家的心开始升起了一丝暖意。再看冷面老板，还是那个样子，脸色平平，没有笑意。但其努力之情，历历可见。尽管不好吃，我还硬是吃完了。两场演出结束之后，我们团队去克拉科夫参观旅游，这个城市距离我们的住地很远，来回十多个小时，于是我们早出晚归，回来时已经是晚上 11 点半了。大家原想泡碗方便面吃吃了事，但没想到的是，旅店里还是准备了餐点。更令人意外的是，餐点竟然是空心面，真让人喜出望外。

一点一点地，我们发现，冷面老板的心果然是热的。

从弗洛茨瓦夫回来，第二天我们就该回国了。临行前，宁波老师送给冷面老板一个小挂件，上面是京剧脸谱，同时也给她的员工一人一份。邢翻译将一个精美的剪纸送给她。我们一一与冷面老板告别，她照常坐在餐厅门口的椅子上，没有动，脸上显出一点点笑意。她的身旁，是一双拐杖。

波兰小镇

这是一个波兰小镇，当地人称之为市，名叫隆代克·泽多尔。我们7月6日到，时空颠倒，早晨5点就醒来了，然后去周围转悠，转到了市中心。这时候已经是8点钟的样子，街上空荡荡的，一对夫妇慢悠悠散步，街角有一妇人在等车，我以为等公交，没走两步，一辆黄色小车停在她面前，她上车绝尘而去。“绝尘”是形容词，这儿没有尘土，空气很洁净，到处是郁郁葱葱的森林。我们就住在树林子旁的一个精致小旅馆，距离市中心不到一公里，没有出租车，步行即可。沿途都是一搂也搂不住的高大树木，叫不上来名字，看西方小说，知道欧洲常见的树种有苦楝树，不知是不是？问曼达，曼达也不知。因为从波兰语到英语，再从英语翻译成汉语，译名倒来倒去，不知所云了。曼达是一个美丽且温和的姑娘，是我们的英语翻译。舞团里会说英语的不少，但是没人能听懂一句波兰语。

第三天是一个小型欢迎仪式，市长在市政厅接待了我们。这是一座五百年前的建筑，简朴厚重，四层楼房那么高。楼梯旋转而上，没有大理石或瓷砖贴片，而是粗糙的水泥地，显出了岁月的沧桑与遗痕。市长用波兰语致欢迎词，然后被人翻译成英语，邢之美用英语翻成汉语。李书记代表舞团也讲了话，表达了谢意。

下午曼达带领我们参观这个有六百年历史的小城镇，看了镇上的古迹，有老教堂，有广场雕塑。引起我兴趣的是一根耻辱柱，曼达问大家，这是干什么用的？没人能猜出。曼达解释说，过去若有人犯了罪，就被捆在这根柱子上，受到鞭刑的惩罚。莎士比亚的《李尔王》里，就有这样的一个情节。可见欧洲文明的同源性特征。从对罪犯的侮辱性惩罚到保护犯人的基本人权，显示出历史的文明与进步。

街上很少看到车辆，行人也少，多是老人，慢悠悠走路，即使青壮年也是这样，看起来都像没有事情。到处是咖啡馆和酒吧，随时有人停下来，坐进酒吧里去，要一瓶啤酒或冷饮，慢悠悠地喝起来。我们走累了，也坐进酒吧，一人一瓶饮料，我要了热饮。看见一辆出租车停在身旁，一个大块头钻出车来，走向柜台，要一瓶啤酒，倚在柜台上优哉游哉地喝起来。

镇子北边有一条河流，叫白花河，名字很诗意，据说因为河面总是漂满白色的花，因此而得名。河岸边有一个较大的酒吧，房子里面倒没坐几人，屋外露天搭有凉棚，凉棚下的桌子几乎满员。几个孩子，到河岸边玩。河岸有铁丝网阻隔，大人只顾喝酒，孩子自顾玩耍。看见波兰小孩，学生们总是兴奋不已，非要拍几张照，也实在是可爱极了。这个可爱的感觉，可能来自童年记忆，女孩子谁没有几个芭比娃娃？傍晚无事，我们又遛弯到小镇，还是满街悠闲的人群，或漫步，或坐在街心花园长椅上喁喁私语。

我与王鹏老师住，房子分里外间，刚好一人一间。外间有一个凉台，凉台外是蓝天和森林，我喜欢坐在凉台上，有一杯热茶喝着，真是妙极了。也像波兰人一样，怡然地看着触目可及的树林草坪，天上有白云悠然飘过，想起充满遐思的童年，也曾经这样躺在土地上，望着蓝天出神。很久很久没有这样悠闲的时刻了，真是难得的放松与享受。李书记踱过来，我们一起对饮谈天，都感到了一种久违了的美好。李书记是我的领导，上下之间，平日总难免因敬而疏，忽然间没有了距离，相互亲近了许多。

晚上有美国舞蹈团的演出，我们都去看了。根据大会安排，演出完还有一个各国舞团交流聚会的PARTY，李书记问我去不去，我说想去啊，他开玩笑说：“吃着碗里的，看着锅里的。”我实在是想了解外国人在社交场合的状貌，对这些新奇的未知太有兴趣了。后来大家都累了，没有去。

7月8日是舞团的首场演出，下午就淅淅沥沥下起雨来，因演出地是露天剧场，很担心晚上演出是否能照常进行，心里暗暗祈祷。李书记说，天必助我，到时肯定没事。晚上演出时，果然雨住。

演出开始前，李书记、于主任去化妆间，看见老师们穿戴整齐，正在做《唐乐舞·倾杯乐》演前热身，一身唐官打扮。李颖拿起一顶演出官帽扣在我头上，梁伟瞬间按下快门，一副滑稽的形象被凝固下来。妻子后来看到这张照片，说我“笑得丑死了”。大笑哪能顾及形象，大笑只是透心的快乐。

演出开始，我们几个静静坐在台下，心里为演出暗暗提着劲，担心下雨，担心纰漏。没想到演出很顺利。丁鹤宸的《鹤舞》，赢得波兰观众的热烈掌声和呼好，我感觉中国文化中的一些元素，特别是跟太极气功有关的柔美舞姿，令他们震撼激动。宁波、彭俊宁的新古典舞《伞》，也赢得台下观众的热烈反响。这是宁波精心编排的一个具有古典韵味的双人舞，我很喜欢这个作品。此刻它也赢得了波兰人的倾心呼应，我觉得他们是看懂了。郑子豪的维吾尔族独舞《送你一朵玫瑰花》，也反应热烈。在文化传播的历史长河里，西亚和东欧文化互动叠加，我想他们从中看到了某种陌生的熟悉。

波兰是肖邦的故乡，可以推想其民族良好的艺术素养。演出尽管是在一个小小的市镇，但是台下观众满满当当。中心区域准备的十多排长条凳，在开演前两小时就被观众占满，其后的台阶上也坐满了人，还有远处和两边也站满了人群，总有两千之众吧。这是隆代克·泽多尔的盛大节日！演出成功结束，有几个金发碧眼的少男少女，看见我们，齐刷刷转过头来，兴冲冲叫好，有一个还用汉语说“谢谢”。

克拉科夫的昔日荣耀

演出结束后的第二天，我们就去了克拉科夫（Kraków）。沿途见到大片麦田，麦子正黄，还没有收割，田野里也见不到人影。依稀可见一排排红色的乡间别墅，在眼前一晃而过。波兰没有人口压力，那么好的地方，人口 3700 万，与陕西省人口相当，但是其国土面积为 31 万平方公里，比陕西省面积（20 万平方公里）还大三分之一，大部分土地是平原和丘陵，被称为欧洲粮仓。波兰的社会竞争远不及中国激烈残酷，所以显得从容悠闲，友好和谐。此时波兰虽正值盛夏，却实在凉爽极了，早晚非得穿长袖长裤不可。仔细看看波兰所处地理位置，原来它在北纬 50°—55° 之间，我们活动的区间在波兰南部，与我国黑龙江的黑河纬度相当，当然凉爽了。

克拉科夫是波兰第三大城市，她出名在 1320 年至 1596 年间，这二百七十年，她是波兰首都，也曾经强盛繁华、自豪荣耀。伟大的哥白尼曾就读于克拉科夫的雅盖隆大学，这所大学建立于 1364 年，是世界上最古老的大学之一，距今六百多年了。但遗憾的是，尽管雅盖隆大学就在市区，我们却没能参观。

十八世纪后，波兰不幸遭到奥地利的侵略，并因此而亡国百余年，直到 1918 年才重新独立。但是二战期间，她又被德国与俄国肢解，先是秘密协议瓜分，再后来波兰成为二战战场，德国纳粹那个屠杀犹太人的奥斯维辛集中营就设在波兰，且就在克拉科夫附近。很想去凭吊那个“死亡工厂”，但我的提议被大家否决。年轻人说,还是不去的好,那有什么好看的？阴森森，晚上回去做噩梦。大家热衷逛街购物,于是服从众议,慨然作罢。

波兰在二战中损失最为惨烈，若以人口之比而论，她竟是战争死亡人口最多的国家，达六百万之众！当你知道波兰只有三千多万人口时，你就知道这个死亡数字是多么惊人！有人说波兰人比较冷漠，待人不够热情，当你了解了她的历史，也就明白这是为什么了。波兰历史上被强邻包围，东有俄罗斯，西有日耳曼，南有奥地利，她就夹在这些强敌中间，被左右蹂躏，哪有好日子过!

我鼓动大家来克拉科夫，是冲着她的辉煌历史来的。这儿有古堡，古堡连着瓦维尔宫，它曾经是王室所在地，城堡高高矗立,游人如织。一对新人,新郎蝴蝶结黑西服,新娘洁白婚纱,以古堡为背景拍婚纱照。有凭吊者，放一枝鲜花在城堡下。城堡旁是维斯瓦河，上面有游船游弋，唯有它流淌千年，见证了王宫的兴衰。导游带我们参观了国王加冕的那座大教堂，其富丽堂皇和繁复装饰，令人神晕目眩。我虽第一次来欧洲，也是第一次看到这样的建筑，但似曾相识，好像曾经来过一样。西方这种样式的建筑美术绘画，以前在课本、书籍和画册上，实在见得太多了。

从市中心往城外停车场步行的路上，看到一组铜塑雕像，是四个红军战士，背着枪，身子前倾，行进中的样子，神情警惕，目视前方。学生们感到某种熟悉的亲切，四人一组，纷纷上前摆造型拍照，煞是好玩。临行，回眸一望，这四人之侧，远方还站立一人，构成一个群雕整体，这个人是斯大林，他左手紧握剑柄，面目凝重，遥望战士。一种历史的反讽意味顿然而生。梁伟老师的镜头，留下了这个颇有意味的珍贵画面。梁老师素喜摄影，出门不怕沉重，总是背上一大包相机加镜头，乐呵呵为大家服务。

晚上李颖老师还书来，令我惊讶她看书的速度！想想也是，她本来就是一个善学敏思的人。书叫《藏地情人》，作者李蕾是我熟悉的一位朋友，在上海卫视做主持。行前，我专门托学生买来，好奇她写了些什么内容。原想以此打发长距离飞行的无聊时光，李颖听我介绍，先拿去读了。我接着再读，却没有了吸引，觉得作者在小说叙事方面不够讲究，没有我预想的那样好。

弗罗茨瓦夫寻找蜜蜡

回国前一天，组委会安排我们去游览弗罗茨瓦夫（Wrocław），这个城市距离我们住地只有两小时车程。下了大巴，学生们像鸟儿一样欢叫着，一哄而散，玩儿去了。我与李书记、于主任、李颖、梁伟、王鹏等在后面慢慢走。这里亦是一座古城，虽不及克拉科夫历史悠久，但也显出了岁月的沉积与沧桑。旧城区保护得很好，街上是慢悠悠的人，三三两两，未见行色匆匆，处处安详宁静。街边长椅上，一个满头白发的老妇人，拿着一块面包，一点一点抠着喂鸽子。我对于主任说：“到处都能看到喂鸽子的老人。”于主任接口道：“喂的都是寂寞。”说得真妙！我想补充一句：“喂的也是安详。”一件事，总是有多个角度，仿若人生的有趣竞猜。

这次逛弗罗茨瓦夫，大家起先已有目标，就是购买蜜蜡。国人都知道波兰是蜜蜡的产地，起先我不知道蜜蜡为何物，经补课，才知是在地质沧桑变化中，亿万年在水中构成的宝贝。行前妻子谆谆叮嘱，说一定要为她买一件蜜蜡饰品。真是好运气，我们在转街时，看到了一家中餐馆，转进去，见到了这个快人快语的中国女老板，是她帮我实现了愿望。她很热情，见面自我介绍，说自己“叫高艳峰，艳丽的艳，山峰的峰。你在网上搜搜，有我的资料”；说自己是山东人，山东大学中文系毕业，来波兰二十年了。我们说想买蜜蜡，但是担心自己看不准。她欣然当导购，带领我们转街，跑了三家蜜蜡店，其中一家店在广场一角，她指了指柜台里的三件手链，说：“就这三件可以买。”大家起哄说，仵老师该出手了，撺掇我为媳妇拿下。我心一热，便将其中一条攥在手里，再也没放下，不到二百欧元，大家说值。转完商店，高老板便带领几位去家里看蜜蜡了。大家期待有更好的选择，回来后，却后悔连连，认为远不如商店的好。大家便羡慕起梁伟来，原来在高老板带我们逛古董店时，梁伟眼尖，看到一块未经雕琢的蜜蜡，问过价格，说是七十兹罗提（波兰币），合人民币一百四十元。梁伟转头问高老板："值不值？"高老板说："快拿下吧，你不拿，我就拿了。你可捡了个大漏。放在国内，少说也得两千元。"后来知道，这个古董店老头是个酒鬼，有点东西，给钱便出手，也许急着换酒喝呢。这块蜜蜡，令王鹏爱不释手，坐在车上，王鹏央求梁伟拿出来再瞧瞧，又一次在手里细细把玩，说："羡慕嫉妒没了，只剩下了'恨'。"大家哈哈大笑。

7月12日，我们启程回国，去机场的路上，李超、吕静两位青年女教师窃窃私语，聊得缠绵而热烈。我打趣道："女人的悄悄话是迷人的。"李超回应："文人腔。"吕静笑语："仵老师插不上嘴，着急。"我随口诌道："这是普希金的诗句。"宁波搅进来恶搞："普希来包。"

到了机场，眼看就要离境，王鹏手中的兹罗提还没有花出去，因为昨日没买成蜜蜡。他手握黑色大钱包，四处转悠，但仿佛"兹罗提"与他产生了情感，硬是黏在了他的身上，终究没能出手。

钟楼的记忆[①]

那年我十五岁，从富平老家来西安看望父亲。也许是父亲想我了，写信要我来，他想见我。一天，他高兴地说："今天爸爸带你去看钟楼。"我知道钟楼，高高矗立在东西南北四条大街的交汇处，那时钟楼的确很高，四周没有楼房，有也不过四层。父亲在陕西省歌舞剧院，文艺路北口上，住在简易的四层楼上。在当时，那简直是令人艳羡的住处了。四层楼高不过钟楼的。

登临钟楼，让我兴奋。这样一个带点神秘的地方，于是我便随父亲去了。

到达钟楼，从北边下面的洞子里进去，上到第二层，靠西边的房子里，有一个管理人出来，同父亲聊了几句，然后打开栅门，让我们上去参观。

整个钟楼上就我和父亲，两个人。

此时是 1970 年，"文革"正轰轰烈烈。钟楼，因了它的模样，也不受待见，显得寂寞无主，默默注视戴着红袖章奔来奔

---

① 原载于《西安晚报》2015 年 8 月 31 日。

去的年轻人。大约它的位置显赫，虽无革命光环，又尚在“四旧”之列，但能自身保全，确属万幸，绝无引起他人注意的骄矜。这个时候，我的目光静静地停留在它身上，尽管，我并不甚懂它。

神秘，是我的第一感受。过去许多时候总打它身边经过，有心无心望它一眼，似乎与我毫无关联。世界上许多事情就这样，它尽管进入了你的视野，但你却熟视无睹，仿若不存在，与你相隔在另一遥远的国度。之前的钟楼与我亦如此。

第一次爬上钟楼，肃穆之感油然伴生。父亲说，钟楼建造于明代，距今四百年了。四百年的感觉，地老天荒。富平老家的古村落也有老房子，但哪儿能和钟楼的宏伟相比。更令我自豪的是，伙伴里也许有人见过钟楼，绝无人上去过。钟楼那时压根儿不开放。

登临二楼，我首先注意到西北角置放的那一顶大钟，锈迹斑斑。我自语道：晨钟暮鼓。古人早晨敲钟，傍晚擂鼓，报告时辰。父亲看着我，脸上露着笑意。我过去轻轻抚摸了一下，拳起手指敲了敲，仿佛听见它遥远的回鸣，一层层荡开来。后来知道，钟楼上的古钟，铸造于唐睿宗景云二年(711 年)，实在珍稀，被移到碑林博物馆保藏。后来这一顶钟，是依原样复制而成。西墙上，有一“钟楼碑”，记载钟楼迁建过程。原来它最早建于明朝洪武十七年(1384 年)，原址在西大街广济街口，与鼓楼相对。明神宗万历十年(1582 年)，由巡抚御使龚懋贤主持，移钟楼于今址。文言文读起来费力，似懂非懂。感受深切的是苍凉和久远。抬眼远望，南大街历历在目，居高临下，车如流水。自行车流里夹杂着马车和偶然一辆卡车。马车不同乡下，马屁股后绑了布兜，看了令人发笑。父亲说："周恩来、朱德也登过钟楼。我们站的这块地方，他们也站过。"时空就这样叠加，细细辨识，你能否闻到明人的话语和气息？

钟楼故事里，最引人遐想的是它的建制。地方建制，不能高于皇都，朱元璋建都于南京，但钟楼却是以皇家的规制建造的，实为罕见。原来朱元璋曾有心移都于长安，派了太子朱标来考察，朱标对西安印象极佳，回去向父王历数西安之雄。然而不巧的是，朱标英年早亡，朱元璋老迈之年丧子，心灰意冷，迁都之事便搁置下来。但钟楼的建造，却因了迁都之议破例依了皇制。钟楼命运，如此这般，若朱标不死，西安不知又会是何等模样？

看完钟楼，回到住所，心里有一种气息氤氲开来，钟楼的宏伟气派，将我震慑击倒。上面的物件和文字，伴随岁月流逝，已经模糊，唯有这种感受依然清晰，仿若为我注入了一股力量和生气，这是我完全没有想到的。心中升腾出别样的意绪，说不清道不明，觉得自己忽然和以前不一样了似的，是钟楼导入给我，催我升华了。一日读到刘勰的话："登山则情满于山，观海则意溢于海。"方始明白游历对象会在某一刻召唤你，赋予你元气。

四十余年过去了，父亲早已作古。忆起往事，总会不由自主地想，父亲当时为什么要费那么大劲，带我去登钟楼？我不知他通过什么渠道，费了多少周折找到熟人办成此事。真想当面问问他，当时作何思量？但一切已不可能，我只有在夕阳中，遥想、缅怀和猜度了。让父亲留下的那一抹余晖时时温暖我的记忆。

阴性文化之思[①]

——写于 2015 年中秋之际

在中国古老的文化里，可以说是在《易经》里，第一卦为乾卦，第二卦为坤卦。坤卦卦辞："坤，元亨。利牝马之贞。"元亨是指有无限生机和进化过程，后句表达着对于万物的爱的均衡。所以在《彖辞》里，有"至哉坤元，万物资生"，意思是至仁至爱的坤元，万物在她身上繁衍，她是万物的母亲。《象辞》："地势坤，君子以厚德载物。"相对应的是乾卦的"天行健，君子以自强不息"。乾坤，乃一阴一阳，合而谓之道，阴之代表即月亮也，阳之表征为太阳。尽管先秦已进入父系权力掌控社会生活的阶段，但中国的智者如老子者，却对阴性文化极为赞美。老子的哲学，假如从一个角度概括的话，可以说是尚阴的哲学，他赞成处下、处柔、处弱、处雌、处阴，处静。"天门开合，能为雌乎？""我独异于人，而贵求食于母""知其雄，守其雌，

---

① 2015 年 9 月 25 日（阴历八月十三日），陕西民间文艺家协会与陕西节庆文化促进会在关中民俗艺术博物院举办"我们的节日——乡愁 · 家风 · 国泰 中秋论坛暨赏月吟诗会"，此文为论坛上的发言。

为天下溪”“谷神不死，是谓玄牝。玄牝之门，是谓天地根。绵绵若存，用之不勤”“柔弱胜刚强”等。

男人代表阳性，当父权社会在长长的五千年之中作为人类文化的主导时，这种文化从男性的性特征中，发展衍生出进攻性、竞争性特征，这种特征的主导使丛林原则在社会生活中普遍有效。于是，攻击、争夺、杀戮、战争，就几乎成为人类文化的主线。这种状态，沿袭已久，至少有五千年了。当然，不是说人类文化中的另一面——比如和平与仁爱等没有，而是非常稀少。或者说，在民族竞争中，各个不同民族间的竞争，说到底是丛林原则，优胜劣汰。只是在自己的族群内，大多倡导实行仁爱原则，以此构成合力，来对付外来或敌对的民族。这样就构成了一种对人类的认知分裂：对自己人讲仁爱，对他人或敌人是残酷。对同志像春天般温暖，对敌人像寒冬般严酷。当然，敌人是谁？他是会随着情势的变化而变化。比如，当国共两党面临日本侵略时，共同的敌人是日寇；当日寇投降后，国共成为彼此的敌人。所以，当将人分为敌友而论时，仁爱原则在事实上是无法存在的。这是男权社会发展的必然。

但是，现在世界发生了一个重大的变化，就是阴性文化的渐渐苏醒、发展和崛起。例证就是近二十年内，在全球范围内，已经产生了女总统、女总理二十余位，比如德国总理默克尔、韩国总统朴槿惠，还有芬兰总统、菲律宾总统、智利总统、阿根廷总统、巴西总统等，都有女性来担当。刚刚几天前，澳大利亚新内阁成立，任命的国防部长叫玛丽斯·佩恩，也是女性。有一本书的名字叫《战争让女人走开》，但澳国的女人却当上国防部长，成为国家的保卫者、指挥者，这真是十分有意味的事情。这种变化里，潜藏着人类社会的一个走向，就是男权价值在逐渐走向衰微，而女权价值在走向苏醒复兴。你若让一百年以前的中国人，睁开眼看看这个时代，将会非常惊讶，女人竟然真成为半边天了。在家庭、社会，都在成为主导性力量。所以说，阴性是保护性的、奉献性的、和平的、美好的、静态的、养育的。尚阴，是中国文化的另一面。尽管这一文化仅仅停留在思想家的言说里，而没有生成为国家权力的构建者。

八月十五的月亮是姣好的，姣好的事物与阴性关联。瞧瞧人们对月亮的想象，比如嫦娥奔月，月亮温润如玉，它和阳性的炽热是对应的。我常常会在夜晚产生极为美好的感觉：夜，静静的，一家人都睡着了，我的思绪很活跃，不想睡，觉得这个时刻这么美好，怎么能睡觉呢？在这个时刻睡着了，太可惜了。这种心境，苏轼当年也有："东风袅袅泛崇光，香雾空蒙月转廊。只恐夜深花睡去，故烧高烛照红妆。"他说的是海棠，当然，也是诗人自己心境的描写。这样美好的时分，只发生在夜晚，白天少有，一个人静静地享有的那种美好。中国古典诗歌里，有无数歌吟月光的诗篇，但你少有找到歌吟太阳的诗篇。

月亮的阴晴圆缺，最令人发思古之幽情。张若虚站在江边望月亮，吟出千古绝唱："江畔何人初见月？江月何年初照人？

人生代代无穷已，江月年年忘相似。不知江月待何人，但见长江送流水。”被大家所熟知的还有苏轼的《赤壁赋》，在这个名篇里，苏子通过月亮的阴晴圆缺感到了世间万物的流变不居，所以“哀吾生之须臾”，要“抱明月而长终”。他从对英雄的哀叹中，察知“惟江上之清风，与山间之明月，耳得之而为声，目遇之而成色，取之无禁，用之不竭”，这才是大自然送给自己的无尽宝藏。从此，清风明月，成为达观人生的美丽姿态。

对月亮的体察，是对人生两面的体察，我们常常活在自己的阳面里，而忘却了人的阴性一面：暗面。这使人的生存出现许多问题，社会性是人的阳面，个人性是人的阴面。好多人将这两者合二为一，以阳面替代阴面，这是莫大的悲哀。在人前光鲜亮丽，扭曲自性，艰难度日，不知在个我的生活里放松纵恣，达到阴阳平衡。也就是说，在心理上，一些人得了病，丧失了对自我阴性的抚慰，变得阴阳失调。这是一个很深的话题。我们可以细加深察，静静反思，慢慢探究这一与本己生命攸关的命题吧。

生命的深情[①]

——悼念我心中的陈忠实

陈忠实去世了。

2016 年 4 月 29 日上午，这个消息，风一样传开来，妻子在上午 9 点打来电话问：“是真的吗？”迅即，许多朋友电话也来了，相互询问、叹息、伤怀。我得到消息时，距陈忠实离世仅一个小时。整个西安，全陕西，乃至全国，都在说陈忠实去世了。

这么多人打问，这么多人叹息，这么多人流泪。为这样一个人，一个大家熟悉的，仿佛身边的亲人一般：慈祥、宽厚、善良，充满爱意。是的，他将这一切都给予了身边熟悉或不大熟悉的人，他成了大家的陈忠实，我们的陈忠实，而不仅仅是一个妻子的丈夫或孩子的父亲。几天来，一直想写出心中的感怀，但心绪烦乱激荡，写不出。忧伤沉沉地压在心上，慢慢在发酵。六天过去了，我计算着日子，一日又一日，觉得太快，又觉得

① 原载于《西安晚报》2016 年 5 月 5 日。

太慢。

人们这么敬爱自己的作家，这么敬爱这个写出《白鹿原》的人。西安人为之骄傲，陈忠实是我们西安人；陕西人为之骄傲，陈忠实是我们陕西人；中国人为之骄傲，陈忠实是中国的。他当之无愧，代表了中国当代文学的高峰！

不，不仅仅是作品。写出作品的这个人，其德行人格，亦是一座高峰。

在世的时候，我们每每与陈忠实在一起，小利、英文、朱鸿、炜评诸子，个个才情勃发、口若悬河，陈忠实多数时候，微微含笑，静坐凝听，不多言语。私下里我们说，陈老师不仅写出了白嘉轩，他身上也秉有了白嘉轩之气，往往让人肃然而生敬意。1993 年 6 月，《白鹿原》出版，获得巨大成功。万千目光聚焦在他身上，广播电视、报纸杂志，铺天盖地。我们与他走在一起，总有陌生人指陈而窃语：这是陈忠实。记得《华商报》采访我关于陈忠实的话题，我说，他已经从一个文学作家变成一个公众人物。一个人到这个份上，多么容易自大高傲，目空一切。这样的人，生活中真不少见。但是，陈忠实反而更为谦和更为低调了。

他认真地做每一件事，哪怕这件事极细小。给年青作家写序，扶助底层作家，参加作品研讨会等。这些，他不辞辛苦，不取分文。29 日晚，我们去陈忠实家拈香吊唁，他的妻子说起临别前几日的事情，不断有人拿书来要求签名，一箱一箱的，他不怠慢，一本一本地签。听到这儿，揪心地疼。我知道即使家人要拦，也拦不住。

以前，过段日子，大家总要和陈老师聚聚，他极少迟到。很多时候，总是他先坐在那儿，抽着雪茄等大家，让我们这些迟到的后学感到脸红。方英文感叹：“多好的老汉！”朴素而真情的赞叹，让人心颤动！他的人格气节，就这样，一点一滴地融进了我们的心里。

去年4月，他的病情确诊之后，不久住院，也因为口腔溃疡，说话吃饭都会疼痛，于是就很少出来了。我心里牵挂，不知病况，发短信询问致意，表达问候和牵念，说想去看他。一会儿他的电话就回过来了，说不用探视了，这就行了，心意知道了。我嘱他保重，祝福他早日康复。他说话明显吃力含混，令人揪心。那段时间，他谢绝所有的探视。后来，每有短信问候，我一定要在信后叮嘱一句：不用回复。

10月初，陈忠实说自己好点了，他知道大家的牵挂，说要请大家吃饭，让小利通知大家，在东门外老孙家泡馍馆。我知道，他想了却大家的牵念。我们心里高兴，兴冲冲去了。到泡馍馆，陈忠实已经在座了。问他的身体情况，他说：“好一些了，说话还是疼，想大家了，见见面。”方英文智慧，总是能找到由头跟陈老师开玩笑，陈老师被逗乐了。他不能多说，只是听大家说。我们天南海北地扯，不提病的事。吃完，谁要扶他，他绝然甩开。他是自尊的，坚强的，顶着天地。他又是深情的，柔软的，细心到我们牵念的心思，不让人为他操更多的心。邢小利说，临终前，他去了，陈老师说了不少话，他只听清楚一句：病没办法。小利叙说至此，我心里非常难过和酸楚。的确，我们没有办法，没有办法将陈老师解救出病魔的掌心。

陈忠实有一本随笔集，名字叫《生命对我足够深情》。这是一句感恩上苍，感恩生活，感恩命运的厚待的表达。尽管他的一生，也是充满苦涩，但是他感恩生活，说生命对自己足够深情。这是他对自我生命的理解和评价，他以此回报社会，回报所有跟他有交集或者说很少交集的人，他以此理念感染了千百人。由这千百人扩展到了千万、千千万人，大家都说，陈忠实是多么好的一个人！千千万万个声音这样说的时候，他就在民众中扎根了。人们用最为朴素的语言和方式纪念他，就像一个面馆老板，将一盘粘面端到他的灵前，祭奠他。他是我们的陈忠实，是我们敬爱的人，是我们民族的英雄、脊梁和楷模！

陈忠实《寻找自己的句子》出版后，我写过一篇评论《世纪之变的文化探询——从陈忠实的〈《白鹿原》创作手记〉重解〈白鹿原〉》，开篇这样写道："我把《白鹿原》的问世，看作一件大事！这是因为，在半个世纪以来的中国文学发展格局里，它所拥有的无法替代的里程碑式的价值和意义，它所揭示与所开创的道路，它追寻的对时代命题的回答以及对未来的指向，它所关涉的我们所无法回避的文化存在。"

谨以上述文字来纪念他，让他沁润我的心田，让他永恒地雕刻在中国的大地上！

王寮原[1]

富平县城东北约八公里，有一个地名叫王寮，那便是我的故乡。从识得几个字起，我就问长辈：为什么这样叫？没人知道。王寮所在的那个镇子，村民也不姓王。我不知道这两个字里，隐藏着什么，地老天荒一般。但我想，名初起时，它至少有故事，哪怕是有点乏味的故事。我翻开字典：寮，小窗小屋之意；寺院僧人住房也称之为寮房。还有一解，就是“寮”与“僚”通，僚为做官之人。但我却以为，王寮初始意，一定和这儿曾兀立几间茅寮小屋有关，主人姓王呗。所以，称之为王寮，就是王家的小茅屋。

断言王寮绝非官家之地，是有文化依据的。因为，在一个权力崇拜的国度，设若这个地方曾住过一位官员，并因之得名，那一定会有源远流长的逸闻流播，一代一代传下来，我也一定会从长辈口中得知。比如，王寮东去十公里，有一个地方叫“到贤”，有点文化的当地人，没有人不知道这个地名的来由。不识

---

① 原载于《西安晚报》2016年9月9日。

几个字的老者也会告诉你，春秋时晋文公重耳在流亡期间，到过此地，所以称到贤。以此推之，若王寮真曾有王侯居之，能不千古流名？何至于今日湮没，没人能道出王寮的出处？我断定这个地方，就是一王姓普通人家而已。只是时光久远，我们再也不清楚这户人家的境况了。

清明节，我站在故乡的土地上，遥想谁第一个伫立王寮原畔，将之命名为王寮？如一千三百年前的王若虚，站在江边发问："江畔何人初见月？江月何年初照人？"尽管无从考究，但是王寮却站在这条东西纵横三百余里的台塬上，散发出雄浑之气。它如巨龙蜿蜒，从乾县、礼泉、泾阳、三原到富平、蒲城，莽莽苍苍,实在是气势磅礴。这条莽原上,沉睡着四十余位皇帝，从秦汉到隋唐，他们枕在这条巨龙一般的原上，俯瞰关中大地。每每想起，不禁慨然长叹，觉得汉唐之人，就其气息来说，那可真是氤氲天地,穷天下之壮观。他们眼里,不是一时一地之见，而以天地为宗，一眼过去，就是千里百里。

王寮原深藏着它的秘密身世，遥远得望不到头，据地质学家说，它的演变从寒武纪、奥陶纪始，距今有五百万年，中经石炭纪、二叠纪，三叠纪，直到侏罗纪、白垩纪，这样一路走来。人的历史与它比较起来，短暂得不值一提。这是王寮原地老天荒般的历史，但真正形成今日之面貌的时间，是在第四纪，六十五万年前，由于喜马拉雅山运动使渭河地堑强烈下陷，北山基岩山地突兀崛起，相对渭河盆地的沉积中心向南偏移。全新世以来形成了近代构造地貌景观，主要表现为间歇性上升，形成五级河流阶地以及台原、原、梁、峁、岩石山地等现代地貌。上述为地质学家的描述，王寮原就处在他的这一描述之中。

这条古原上，演绎了无数关于人的故事。近说，民国十八年年馑，爷爷对孙子说，那年头，易子相食呀！我没有听到爷爷的讲述，因为他正是死于那一年。饥荒带来死亡，死亡带来瘟疫，爷爷死于“虎烈拉”。但故事总是风流云散，唯余地下，埋藏千年秘密——它形成的秘密和人自己的秘密埋葬之中，让它守护。它执拗地缄默着，聆听着一代又一代风一般的歌唱，又将之风一般地吹散，唯余大地沉沉，唯余天地久长。

孔子之天命[①]

两千五百年过去了，直至今日，当你对远逝的孔子静静凝视，还是不能不讶异，这样一个血肉之躯，身上所秉有的超常的坚毅、持守与大慧，你觉得同样是一个个体，并未有三头六臂，却怎么可能长出这样超凡绝伦的品格！是否真有着所谓“五百年必有王者兴”？是否上苍单单选中稀有之个体，赋予他以超常之智慧和能量，让他带领这个族群突破迷雾，走向未来？以一个常人之心度量，其中总是充满幽暗玄秘，高深莫测，这种深谷江海一般的浩大和渊默，不由让人心生敬畏。

我常常向历史深处打量，努力理解孔子博大而又坚执之信念，想探清此信念的来路，追问中隐含着我们对自身之焦虑与质疑。孔子为什么能在生命处于危境之时，尚能不顾念自身安危，而泰然处之？比如，他曾在周游列国途中，数次遭遇不测，宋司马桓魋意欲加害，匡人误解围攻，尽管是误会，尽管最终解了围，但在情势最为危急时，弟子们个个慌了神，他却安之若素。

---

① 原载于《西安晚报》2016 年 11 月 11 日。

这样的时刻,安妥他内心的正念是什么?据司马迁的《史记·孔子世家》载，孔子坚定地认为，自己的降生就是接续文王之命，传递文化之命脉的。他对弟子们说,如果上天真想断了这个文脉，让后来者无以为继，那他自个儿的生命倒无足挂齿；如果上天不让这条文脉断绝，他怎么可能就这样死去？匡人又能将他怎么样呢？对于宋司马桓魋的加害，孔子说:“天生德于予，桓魋其如予何？”读史至此，感慨系之。先师孔子，自觉将历史文化之大任扛在肩头，他不屈不挠地要将此传承下去，这是孔子这个时候的执念。同时，孔子此时清楚自己的历史位置，知道自己肩头上承担的是什么，他也当仁不让地以历史承担者自居。正是在这个意义上，个人的生命安危可以置之脑后，但是自己承担的历史使命呢？是不是也可以置之脑后？所以，他甚至以强大的个人主观精神力量，坚执地信赖那个看不见摸不着的天命,宁肯相信那个给予他无比强大力量的巨大天命的存在,勇气、胆识和持守同时来自这个巨大的存在。

孔子有几句夫子自道的话:“知者不惑，仁者不忧，勇者不惧。”知者以天命为据，何能惑？仁者以天下为怀，何以忧？勇者以大道担当为任，何所惧？这恰恰说明了孔子在遇到危厄之时，无所畏惧之来由。以我观之，司马迁以自身之遭际，深深理解了孔子博大深厚之襟怀，也深深理解孔子面临险境之心态，将个人生死置之度外。个我生命之意义，在民族历史文化的承续之中，背后没有这个泰山一般的深厚支撑，他如何能淡然处之？若无撰写《史记》这个大任，司马迁也会觉得实在没有苟活之必要。堪当大任者必能明了此境此义。曾子明白老师之道，说："士不可以不弘毅，任重而道远。仁以为己任，不亦重乎？死而后已，不亦远乎？"生命的所有意义、力量和价值，不都在其中闪烁着令人炫目的光彩吗？

一千六百年后，朱熹慨叹："天不生仲尼，万古如长夜。"是的，天地本无心，圣人以仁道立之，结束暗夜，正是结束野蛮的丛林法则，人类之大道也在此，故曰："道不行，乘桴浮于海。"又曰："朝闻道，夕死可矣。"人之理，就在这个明白不明白之间。

先知先觉者[1]

人世间有一些极为奇怪的定律，细想想觉得十分好玩有趣。

比如，一个邋遢的人，邋遢到家了，这么个人跟一个整洁的人住在一起，毫无疑问，干活最多的，一定是那个整洁的人。整洁的人也聪明，也会盘算，你算老几，凭什么我傻子一样整天替你收拾房间？然而，只要在忍受力这一点上，整洁的人竞争不过邋遢的人，那么就只有认栽了。就是说，看见房间烟头纸屑、啤酒瓶、破裤头、臭袜子、半包方便面、几天不洗的碗筷等，看见这些你就像没有看见一样，气定神闲，心情愉悦，仿佛是生活在一个窗明几净、鸟语花香的处所。只要你有这样的本事，我敢保证，那个与你同住的舍友，一定会首先投降，首先拿起扫帚抹布，谁让他忍受力低呢！

人类生活中，那些最杰出优秀的人，其实是精神最旺盛、思维最敏锐、忍受力最低的人。他不能忍受愚昧和残忍，不能忍受正义被荒谬遮蔽，不能忍受没有自由的生活。正因为这样，

---

① 原载于《西安晚报》2016 年 10 月 28 日。

他首先不能忍受，于是呐喊宣示，奔走呼吁，以死讽谏，甚或起而反抗。他这样做的时候，民众懵懂无知，并不以为然。他先知先觉了，于是遭遇摧折和厄运，这似乎成了定则。一个没有尊严感的人，或者说尊严感极为低下的人，别人侮辱践踏，他阿Q一般，没多少感觉，不当回事。别人不把他当人，他自己也不把自己当人，那么他一定不会感到失去尊严的痛苦。但是，那些先知先觉者，却大为不同，会大喊大叫、大声疾呼，要做人的尊严，要寻求社会公正，要呼唤人格平等。愚钝者反而会觉得奇怪，要这些看不见摸不着的东西干什么？脸能当饭吃？真是吃饱了撑的！人群中有一部分人要的是基本的衣食住行，活着就行；而先知先觉者要的是衣食住行之外的人格尊严和自由存在。所以，鲁迅笔下，先觉者为大众争自由争解放牺牲了性命，而大众之一者却拿个馒头蘸人血治痨病。两者之间，相距多么遥远！人类中的先知先觉者，是受难者，他先知，他便痛苦，他便因了自己的先知而受难。上苍让他先知先觉，也就将受难的境遇给予了他，在受难的境遇中，他成为众生的仰望对象、崇拜对象，因了他的光辉而仰望崇拜。

先知先觉者一般出生于优裕良好的生活条件下，正因为有这样的基本生活保障，所以才养育了他的这颗诗心，养育了他的敏感、他对更高精神生活的渴望与追求，他也因更高精神生活的召唤而受苦受难。所以，逻辑地说，人类的普遍富裕，必然逼向自由和民主，逼向人与人之间的平等关系。因为人忍受不了不平等，忍受不了人与人之间的等差高下，这是一个必然流平的过程，这必然流平的力量恰恰就来自这种等差所带来的失落感、失衡感、苦难感。想想，贫富的差距、高下的不同，恰恰就是改变这种现状的力量，不管是自我改善，还是借助于社会力量的改善。就是说，在先知先觉者引导下的改变，最终将这种差异缩小，直至真正的平等、真正的公平。只是不知道这种失衡失落在流平之后，人类还有什么动力，再一次地前行？再一次被新的先知先觉者带领，迎接新的挑战，趋向新的未来大道。

所以讲，社会总在伤害那些走在时代前列的人，摧折那些先知先觉者，他们是牺牲者，是人类前行的圣坛上的祭品，我们为他们伟大的行迹而感到无限怀恋和悲伤。屈原、司马迁、杜甫、曹雪芹、鲁迅就是这样的先觉者。直到千年百年之后，想起他们，我们还会不由得难过。

私人空间[①]

西方文学史上，有一部曾风靡一时的小说，叫《红与黑》，写的是一个叫于连的穷小子，如何通过勾引贵族女人而爬上社会上层的故事。于连到市长家里，为市长的孩子做家庭教师，这样他接触到了市长夫人德瑞纳，并暗使手段使德瑞纳夫人就范，然后跟所有偷情小说一样，于连大胆地与德瑞纳夫人私通。这些情节，不是我想说的，当年阅读小说时，真正引起我好奇的是私人空间这个问题。小说写于连晚上找德瑞纳夫人幽会，悄悄地走过市长丈夫的房间，然后进入到德瑞纳夫人的卧室。这一细节，使我莫名惊诧。我惊诧的是，怎么市长晚上休息不跟夫人在一个房间，而是各自有各自的空间？我读这部小说时，是1970年代，那时国人大多住在极为简陋狭窄的空间里，往往是几代人蜗居一室，夫妻两人能够与孩子各有房间，已属奢侈，哪儿可能个人拥有独立的空间！因之，自己眼前所见，与故事中人之现实，实在距离太遥远。另外，就中国的传统而言，也

---

① 原载于《西安晚报》2016年11月4日。

缺乏个人空间习惯，夫妻分房而居，那是不和的体现，婚姻有了问题才分开居住呢！

观察文学作品中对私人空间的描写，是个很有意思的问题。陈忠实的《白鹿原》，描写田小娥与鹿子霖、白孝文的关系，其私情的发生地，合理地设置在田小娥的破窑洞里。这时，她的黑娃哥已经当了土匪，远走高飞，无影无踪。田小娥成了一个独居的年轻女子，这为故事的发生建立起空间情节上的合理性。就这样，他们的私情难免不被偷窥和发现。偷窥与发现，是所有小说作家在处理男女情欲问题上的惯常手法。所不同的是，在西方，这样的发现往往是当事人在情欲的燃烧下，自己冒险捅破私情，公开表达愿望。比如，托尔斯泰的《安娜·卡列尼娜》中的安娜，当她暗中与渥伦斯基相恋，到达白热化的程度时，便向丈夫公开了他们的恋情，并请求离婚。在此前，丈夫已察觉到他们之间的关系，但并未捅破，而为妻子安娜留足了一份脸面，并希望她能回心转意。

在中国作家的笔下，私情的爆发与被捅破，随之带来人物命运的逆转，往往是被偷窥发现而致。这样的发现，因巨大的社会舆论压力，而导致主人公陷入被动和巨大的压力下，并由之带来处境的困难甚至被社会惩罚。如小说《妻妾成群》，后被张艺谋改编为《大红灯笼高高挂》。故事中的三姨太，因偷情被发现后，被主人投进井里，从而也改变了四姨太颂莲的命运，逼使她发疯。在人与人逼仄的空间里，个人化的行为被偷窥与发现，也成为理之常情。我们还发现，往往是在主流意识形态边缘化的地区，往往有逸出道德习俗边界、具有极为个人化的情感表达，比如陕北民歌。陕北民歌构成的主体部分，谁都知道，是“酸曲”，是表达男女之爱的酸曲。在这样的男女之爱的表达里，同样也有一个空间的问题，听听陕北民歌是怎样唱的：“拉手手，亲口口，咱两个往山仡佬里走。”山仡佬就成为恋人私相幽会的空间，好在山大沟深，可以躲藏。这些逸出意识形态统治的山区，因之而有了些许的自由，也有了至今听起来尤为感人肺腑的民歌。

这样细细打量中西不同文化下构成的故事及人物命运走向，观察因了不同的私人空间而形成或结构的文化和习俗，往往极有意思。知道我们的生存里，多少是在环境制约之下的生存，环境的改变使生存及其丰富的个人生活，也随之改变了。现代人居住条件的改善，生活空间的拓展，使两性关系的发展有了决然不同的变化。甚至可以说，一个人人都具有了独立生活空间的时代，个人精神和心理的独立，个人私生活的自由，正在成为一种生活习惯和社会风尚，划开了此时代和彼时代的鲜明界线。

诗美氤氲下的终南明舍

当大家踏进明舍，就有一种喜悦在心中悄悄漾起。心因安谧而怡悦，因闲适而舒缓。是的，你从都市脱身而来，就是想换一种人生姿态，享用这份安谧和舒缓。都市，简直就是喧嚣和忙乱的代名词。

明舍依秦岭而建。抬眼南望，耸然而立的山势，满眼的葱绿，抬腿即可攀缘。屋前的柿树上，红彤彤的柿子挂满枝头，没有人打扰，它只管安静地艳丽着，令人垂涎。这个名叫抱石村的地方，很少见到孩子们的嬉戏打闹，也许他们上学或进城了。南山脚下的这样一个去处，让人意外。

周六，大家聚集一起，兴冲冲来此诵诗雅集。喜爱诗歌的人们，似乎成为时代的稀罕之物，世人因物欲而狂欢，清淡而诗意的生活伫立于远方，缥缈难觅其踪，似乎与我们的生活阻隔而略显陌生，偶或成为谑笑之料。

大家围一长条桌而坐，二十余人，此刻的心绪明净而友善。于是屋子里便升腾起和美圣洁的气息，氤氲袅袅，荡漾开来，浓浓的暖意和怡悦便已扑面，你莫知底里，便已融入其中，心里是融洽的、喜悦的、沉思的、内省的、友爱的，你看见每一个人都心生喜悦。在这样的氛围下，那些诗句，便轻轻在你耳边响起：

看见满街的人
都活着，街旁的树
依旧 青绿
些许 惊讶 而后
想起
那个去年死去的人
他绝对是一个例外

他们三个人坐在山顶看月亮
其中一个人
谈论着佛 谈论着
修行 见道 涅槃
……

王春轻轻地诵读着《回到家乡》,没有抑扬顿挫的朗语夸张，没有那种外在的激动，但你能感到她内心涌动的叹息。全场静悄悄的，以至于她朗诵完，余音似乎还在空气中盘旋。

还有贾妍、张瑜娟、王娴、兰强的优美诗音，还有花文、李翀、李谦平、周黎安、王悦……每一声都携带着生命的温度，欲将自己送入你的心中，这是多么美妙的时刻！他们朗诵那些曾经感动过自己的诗句，有的是自己所创，有的是他人所作。是的，在每个人的选择中，在他的灵性感知里，那些触动内心的诗行，神灵一般蹦跳进他的精神世界，与他的生活认知碰撞，使他久久不能忘怀。今天，他将自己的感动，传递给在座的人，希冀自己当初的感动能重现。但凡触及人心的诗行，在命运的隐微处，必能与读者相接相续、相激相荡。

我记住了邢小利那有名的两句："只要你回头，我就在你身后；如果你寂寞，我就是长夜里陪你的那一盏灯。"宋宁刚情不自禁地赞美："多年轻的心哇！"他不知道，写这首诗时，邢小利也如他所感言，风华正茂。但宁刚确实凭着诗人的敏感，感受到了那首诗里，跳动着一颗年轻的心。是的，只要有爱，你的心就是年轻的。宁刚用诗化的语言表达：《我敬慕这样一些人》。

吕刚的朗诵不叫朗诵，而是低吟，就像诗里所表达的意境，平淡而悠远，伤感而旷达，似乎不动声色，平平静静念出那首叫《曾经》的诗。虽是他十年前旧作，但其中既忧伤又淡泊的况味，像是抚摸他自己小时候亲手种植的树，而感慨"树犹如此，人何以堪"。这种感慨，袅袅盘旋，直入心内，令人眼热。

我们爱过
做过爱的这间屋子

现在空着
像在回忆
像在等待

椅子依旧坐在桌前
床躺在角落
窗外的桃花 热烈
而又轻薄
像我们的爱
及曾经做过的一切

现在
那间屋子空着
仿佛爱过的我们
像在回忆
像在等待

诗人平静的声音，让你触及他内心最柔软的地方。这一切平常甚至细微琐碎，都不过只是——掀起你内心的波澜。室内偶或有只粉色的蝴蝶飞来，伫立在那尊关中泥塑人物身上。宁静而圣洁的气氛氤氲在黄土粉刷过的墙壁上，在这座百年老屋里，回荡。第一次，有如许诗人士子，围坐在漆黑的椽木屋宇下，一个个从心底吟唱，用汉语最精妙的字句，让这座百年的土屋生辉。孩子兰天宇、邢之诚也深受感染，争相亮相。姜波和儿子合诵《你是我永远的宝贝》：“你来的那天雪花纷飞／我于是掉眼泪／你带着一身明媚／离开我温暖的堡垒。”接着是皮皮童稚的声音：“我是你的依赖／我是上天的安排／我来填补空白／我说来就来……”田宝林浑厚的男中音响起：“留下夜色，静静陪我。”这两句对他来说，是“石破天惊逗秋雨”的泪句，想起最亲爱的女儿如今远在德国，他忍不住泪奔。慈父情怀，倾心奉献，从小陪女儿习练钢琴，一直练到女儿留学远去。他用手机播放了一首肖邦的《E 大调夜曲》，满屋子回荡着一个父亲对女儿的深情。

我觉得此刻捕捉到了什么，一种未曾有过的体验在身体里发酵，在屋子里漾开。诗像花儿一样开放。秦岭脚下的明舍，顿生光明，原来的我有一部分被生活钝化和遮蔽，此刻被照亮了，点燃了。你不曾看见和听到，朋友们这样一张张神采奕奕的面孔，这样在诗里露出的明媚霞光。他们时而开着玩笑，愉快幽默，放松喜气；时而陷入静默，聆听对方，用心去碰触。这个屋宇下，此刻有着人与人之间最真诚的打开，这一时刻，世间万事都已放下，没有高下没有争夺，只有表达的喜悦和心与心的触摸。

沈奇执意最后一个朗诵，并言三个条件：关闭手机，熄灭电灯，不要拍照。他先用四川方言读了一首古诗：《枫桥夜泊》。不仅川味十足，且又那么富有韵致。然后读了自己的一首长诗

《家园：主题与变奏》：

只有在古老的大树上
才能触摸到
祖先的圣灵

季节无梦——
神话已缺失很久了
所谓幻想 只是
在没有风景的地方
制造一点风景
而那些年轻的小树
也只是一些喜欢换换衣服穿的
模特儿
可以看看
不能谈心
……

在静悄悄的黄昏，在熄灭了灯火的屋内，所有人只有一个意念，向诗走去，真好！美呀，请你暂留一下。

朗诵间余，我偶或抬头南望，透过玻璃窗，看到院子外面郁郁葱葱的林木，山在眼前，不及百米，却被初秋的薄雾笼罩着，面目不清。院子里，绿草茵茵。邢子说，这种草叫美国四季青，细而茂密，却不疯长，且无病虫害。看着它如绿油油地毯般可爱模样，真想赤足踩上去亲近一下。明舍主人唐大麟和管家张俊亭夫妇，悄无声息地为大家倒水备茶，准备晚餐。那份周详，让人心热。公益服务生还有一位典雅秀美的“90后”女子任烜昕，一直埋头记录大家朗诵的诗句。

我曾在欧美艺术作品里，读到过令人神往的场景：熊熊燃烧的壁炉旁，女主人斜倚在钢琴上，一群作家、诗人、艺术家，在客厅随意而处，或坐或立，大家凝神屏气，聆听诗人朗诵自己的作品。这样美妙的艺术沙龙，可惜仅见于书籍绘画中，现实生活里几未遇到。当然，表演性的诗歌朗诵会，倒不少见，但却极少真正入心。

今日在明舍，我平生第一次，体验了这样优雅诚恳、沁人心脾的诵读会。

2016年10月15日夜初稿

2016年12月12日二稿于西安音乐学院

命数截着道儿，在前面等你

大约从十四至十六世纪的文艺复兴开始，神权从绝对的统治位置旁落，人类文明进入了科学时代。那位画出《蒙娜丽莎》的达·芬奇，不仅与米开朗琪罗、拉斐尔构成“美术三杰”，成为巨人式画家，更让人惊诧的是他身上还具有超强的科学研究能力。人世间总有一些人和事，让你捉摸不透。达·芬奇这样的人物，你觉得似乎天地间所有知识领域，他都能畅游。绘画、雕刻、建筑，这些可以理解，是具有连带关系的大门类。但你想不到他竟然还通晓数学、生物学、物理学、天文学、地质学等学科，因此被称为人类历史上“少见的全才”“文艺复兴时期最完美的代表”。我想说的是，所谓的文艺复兴时代，其实在骨子里是自然科学的兴起，画家达·芬奇，在科学研究方面投入的热情和精力，绝不亚于绘画，且有了不起的创造和发现。也许因为在科学研究方面的精进，他比较厌恶宗教，甚至说天主教那些掌权者是“一个贩卖欺骗与谎言者”。他将人类的发展真理归之于科学所具有的认知能力，认为“真理只有一个，它不是在宗教之中，而是在科学之中”。如此信赖科学的达·芬奇，其实验方法也为后世的哥白尼、伽利略、开普勒、牛顿、爱因斯坦等人开辟了新路。

这是科学为神学祛魅的开始。达·芬奇的经历无非更典型一些而已，亦文艺亦科学，双料巨人，也象征了他那个时代的普遍召唤。从此，科学一路高歌，从欧洲旋起，刮向全世界，直至今日。它仿若囊括了人世间所有领域，成为无所不知、无往不胜的存在。人们对某件不可验证之物，只用“没有科学依据”一句，就能将你顶个跟头。原始时代开始，人类千万年以来形成的巫术、神鬼、风水、卜筮、谶语、命相之类，被“科学”二字一扫而空。说一扫而空倒也不全然，总有一些偏僻边远的地方和一些不肯接受科学理念的人，藏着那种与科学精神相悖的神秘感知，并以此来解释人间世相。他们可能是神秘文化的奇异种子，还在执拗地坚守着自己，成为科学精神无法抵达的边缘。

现实生活中，我们也总会有一些境遇，会遭际一些奇事，令我们以科学思维训练出来的大脑无法理解。这时候的科学之法，显然也无法触及那些神秘事物的内蕴与边界。这令人又困惑又惊异。我从七岁启蒙开始，就被科学教育认知填充大脑，认定卜筮、风水、命相之类尽是迷信。尽管课本上也曾有过神话类故事，但这些东西，我心里头就认为是胡诌，不大相信。再大一些，也偶有人说起周易八卦之术，因缘祸福之说，只当是随口说来玩玩而已，从没有认真打量过。我的理论也简单，自忖道：历史上林某大人物，他的生前可能也红极顶天，但后半截则败落悲惨，你能算得出来？你算他好运呢还是测他厄运？这些强有力的自信，伴随着年岁渐增，慢慢发生了变化。后来自身的经历见闻，也深刻动摇了年少时那股子不信天、不信神、不信命的执念。

1997 年 2 月 25 日，我随在陕的全国政协委员，乘火车去北京参加全国两会，我是随团记者。很巧，和任法融坐一个软卧车厢。那时，他是楼观台道长，陕西道教协会会长，全国政协委员。这是我第一次见他，那时他的社会知名度还没有后来这么大。他还未升任全国道教协会会长，书法呢，也没有几个人知道。在西安发往北京的火车上，我们就这样遭遇在一个车厢里。当然，后来他的社会影响力渐渐大了起来，在陕西宗教、文化、政商这三个圈子，算得上是个人物。

火车一开，我们这个车厢就热闹起来，人来人往，络绎不绝。列车长、乘警，还有各路委员，不知怎么一下子都知道了有大神在此，不断前来讨教，求卜问卦。对自己的未来，谁能不关心？预测未知，早点儿知道命运的安排，这是自古以来人们热衷的话题。我那时对这些东西，既不相信也不热衷。在一旁冷静地看着道长笑眯眯地为求卦者卜算，不慌不忙，平和近人，一般也不拒绝。他以八卦测知过去和未来。这些神秘的道门，在那个年代，远未达今日之热度。上世纪九十年代，“文革”过去不久，这些东西曾遭到严厉的横扫与清算，民间谶纬之学，被归为迷信与“四旧”，属于封建主义思想之列，早被革命小将“如秋风扫落叶”一般扫荡了去。所以，八九十年代，新风渐开，但这些民间文化还仅处在萌动之中，远未恢复，加上我对此事物反应迟钝，于是这个热闹的场面，我竟然没有留心观察。淡漠地看着人来人往，进进出出。回想起来，进出的人，喜忧截然不同。我当时没有留意其测算结果，不知算得准不准？当然，卜算还涉及个人隐私，就是我想知道，若本人不语，我也难知。大多时候，道长测算完毕，会从本上撕一张纸条，然后写几句话交给来人。有的来时忐忑，走时喜气；有的则满脸凝重，面露忧戚。

后来没人了，有了点儿空闲，我与道长闲聊起来，不知怎么就聊起了《道德经》。这是道家的经典，道长当然兴趣浓厚。他以修行人的视角，谈《道德经》之心得。显然有了自己的深入理解，且是研究性的。我也很喜欢，刚好不久前看到某学者对《道德经》的新解，为“玄牝之门”注为生殖之门。我说出了这个看法，道长大感兴趣。原句是：“谷神不死，是谓玄牝。玄牝之门，是谓天地根。绵绵若存，用之不勤。”我们于是讨论起了这个“玄牝之门”到底指什么。我说，玄为幽，牝为雌，这两点没有疑义。那“门”的含义呢？我的看法是这个“门”是指天地万物的生殖之门。道长认为，“牝”是隐含着阴阳二气的太极，二气和合，化生万物。这是他以修道者的视点谈的修炼之法。我反驳了道长，说这个被老子视之为“天地之根”的“玄牝之门”，万物生成化育都从这儿出，且连绵不绝，自在而为，功达万成。道长很高兴，甚至有点儿意外，觉得一个记者，怎么还懂《道德经》？遇上了一个谈得来的知音。九十年代，西学风正炽，国学尚寂寥，能够喜欢国粹者寥寥，特别如《道德经》这样难懂的典籍，文言句式就已经拉高了门槛。道长的意外大约正是在这样的文化氛围下，却不期然碰到能聊的。于是兴致渐高，气氛融洽浓郁，两人皆充满勃勃之致。道长高兴起来，主动送了他随身带的几本书给我：一本是《楼观台石本道德经》，一本是《太上老君作十四字养生诀释义》，一本是他的《道德经释义》。这本“释义”，他翻开封面，在扉页上题了字：“通古而知今以致用也。仵埂先生留念”。

我们的兴致，也感染了同一车厢的政协机关李处长，他提议说：“仵记者，让任道长给你也算一卦吧？”我本没有作此想，去凑这个热闹，但这时也不好意思推辞了，笑笑点头应诺。随后，道长动了动身子，仔细打量我一番，问了句：“你想问什么？”我随口说道：“那就问问婚姻和事业吧。”那时，我正独身。他往车外看了看，问我道：“火车前行的方位是哪儿？”我说：“是向东吧。”他说：“哦，那你所坐的这个位置就是西南方位。”然后捻指沉思，也没问我的生辰八字。片刻，他从一张纸上撕下一条，在上面写了两句话：“九二年婚姻有不利之变化；明年夏秋之交事业有转机。”我打量着纸上的两句话，心里略略一惊。1992 年，我离婚了。他怎么知道？能测得那么准？此前，我们从未谋面呀，玄妙。至于明春的事业，要到后面去验证，后来的事后来当然知道了。未等到 1998 年春夏之交，就当年秋天，报社决定让我负责一份周刊做主编，采编、发行、广告经营，全权交我负责。1997 年 10 月 31 日出刊第 1 期。还有一件事，就是我在第二年的夏秋之交，被我原本所在单位任命为部门副主任。这么说来，他的预测，全都应验。至今想起来，都有点儿不可思议。这是我第一次近距离接触玄学。

开完全国两会不久，我还专门去楼观台看望过道长一次。那次同行者是一位唐姓朋友,楼观台我是第一次去。《史记》载，老子“见周之衰，乃遂去。至关，关令尹喜曰：‘子将隐矣，强为我著书。’”于是留“五千言而去，莫知其所终”。据考证，老子当年到的那个“关”，就是河南与陕西交界的函谷关，他被关令尹喜热情挽留，非让他留下墨迹才放行,《道德经》于此问世。此后，他云游不知所终。道长说，其实，老子云游所终之处，就是楼观台。他来这儿修行了，楼观台就是道家的祖庭。那天，道长客厅的人好几拨，我们都没有顾上说几句话，更谈不上深入交流，喝了两杯茶，在院子里转了转，然后就走了。临别朋友向道长求了两幅字。时值盛夏,记得楼观台的庭院,古木参天，有银杏有古柏，历史沧桑，隐约可见。树影幢幢，一片阴凉。

这是二十五年前的往事了，而今想起，内心一片迷蒙。道长也于 2021 年 5 月 26 日，羽化升天，去了仙界。

2022 年 10 月 28 日初稿

2023 年 3 月 4 日改于西安小寨

缄默与沉思

群体性风格与个人化表达

有时,我想努力地概括我们这个时代的艺术倾向、艺术趣味，但是除了国家意识形态在一个段落内有一个统一性要求，因之构成了总体性趣味之外，我发现，很难对现有的多样的艺术发展做出一个总体的概括性描述。我这儿指的艺术的发展，泛指这一时代文学艺术出版物、短视频、网络上海洋般的文字作品、私相赠予的艺术类作品等，所有我们能看到的艺术呈现。这个时代，现实艺术的多样性特别是在官方主导的国家出版物之外，已经开始呈现为一个无法归纳和总结的对象，就如同对一片原始森林，无法确指它是白桦林还是松树林，它就是一个杂树生花生物多样化的自然形态。如此看来，其实多样化恰恰是这个时代的典型特征，原因倒很简单，因为现代性的特征就是，每个个体都有他不可让渡的权力，每个个体都有他独特的不同于他人的个性特征。不趋同于他人，不被他人淹没，成为这个时代的经典性特征。这种自我的独特性存在，也表达了某种大众阅读趣味，大众也在这多样性里选择着自己的情有独钟，从而优游其间。当然，对于有些艺术表现风格或者描写探索区域，有人不大喜欢，甚至有着强烈的反对声音，也可视为正常存在。正因为他的探索逆反了传统或者熟悉的路径，成为一个当下无法定性的存在，在探索中他有可能失败，也有可能成功，这种失败或成功也成为一个多样性存在的活力证明。

理论家常备功夫之一，就是通过艺术史或文学史，来对一个时代的趋向或者风格做出总结和归纳。他总是会谈到构成一个时代的总体面貌和风尚，如魏晋风度或盛唐之音，但二十世纪初期，世风则为之一变。北洋政府时代，尚未能钳制社会思想和艺术趣味的多变、勃发和流播，社会意气风发、主义旗幡招展、艺术名流辈出，多样化成为强音大纛，众生喧哗。但是，你细细琢磨，总有一个时代的带有压倒性的声音构成了一种趋向，成为众目之所仰。然而，现代生活里的每个个体，并不企求个人的声音跟随在大众浪潮之后，成为其中一个分子。这是个性飞扬的时代，那种一个时代形成一个总体风格面貌的东西不见了，代之而起的是每个个体的面貌拼接。这个时代，会有雄浑苍茫之风，也会有细腻纤弱之媚；会有野性的蛮荒之奇，也会有温婉多情之致。富丽堂皇与简洁清瘦可能并置。所有这些，意味着在一个全球化的开放时代，理论上说，每个人的性格气质都可能尽情表达出来。于是，这种情状就构成了这个时代在艺术表达上的丰富多彩、斑斓绚丽，如同一首交响曲而不是一支独奏曲。同时，农耕文明下因某一特定时代而构成的主调式的文艺思潮，就这样被消解，一变而为众生喧哗。

历史地看，时代风格的形成，大约因为这个特定的时期，就社会的运转而言，有一个亟待解决的问题被提出，而此时社会已经提供了解决这个问题的条件和可能性。于是，所有期待和压力都逼向这一点，一个共同关注的点形成了，这个点就成为社会的主调。唐代的“边塞诗”，史家有一个定评：慷慨激昂、雄浑苍茫、豪迈乐观，在艰难严酷的自然环境里，展现的却是昂扬向上的乐观情绪，诸如此类。再如晚唐五代的“花间词派”，史家说它的创作者以温庭筠为代表，表达宦游者的落寞情绪，羁旅行役之苦，大多为“花间月下，男女之情”“咏史征戍、行旅写景”，风格多以“剪红刻翠、香软浓艳”为主。一般来说，这一种艺术，在史上评价不高。上述两种列举，之所以能形成统一风格，都是因了共同的一种生活场景所致，不管是边塞诗派还是花间词派，诗词作者大都因了一个特定的历史时期下酿成的艺术化氛围，因而创作出具有共同格调的东西。更加值得一提的是，两个诗派的作者们，他们的生活形态，大体是一致的，他们所看到所感受到的景物对象，离不开那个时代所提供的和所限定的范围。

上世纪二三十年代，在世界共产主义浪潮之下，“劳工神圣”作为一种理念，如一面大旗猎猎飘扬。整个时代的艺术，其主调就自然构成了与之相关的表达。巴金的《家》中，主人公觉慧和鸣凤的关系，特别是巴金对鸣凤这个大家族中下层人物——丫鬟的感受和理解，就有这个时代的鲜亮标志。茅盾的《子夜》中，资本家吴荪甫和劳工之间的关系，明显是马克思主义理论为指导原则下的刻画,而不是写作的自在状态。曹禺的《雷雨》《日出》等系列戏剧作品，其中光彩的工人形象鲁大海，作为否定性人物的资本家周朴园，无不有着这一强大的世界主潮的影响痕迹。老舍的《骆驼祥子》中，作者对祥子注入的无限的理解与同情。所有这些，都可以发现一个时代的共同审美理想，这种理想还有一个作为支撑的共同思想价值，就是重新认识劳工的地位,唤起工农大众。作品里,都有着对社会上层人物的反思，有着对劳苦大众无限的理解与同情，这样一种社会风尚，弥漫了一整个时代，也构成了时代艺术表达的重心，形成了一个时代的共情。但在今天，产生上述共情的背景业已消失，每个人都沉在自己的世界里，挥洒着自我感受，向世界表达着自己的愿望。就说这个时代的诗歌吧，它既有豪放的，又有婉约的；既有粗粝先锋的，也有纤细温婉的；既有夸饰嚎叫的，还有浓艳流俗的，不一而足，如此等等。那么，我们到底应该怎样去对待这个运用了千百年的艺术概念，从而抓住我们时代的艺术余绪?

2021 年 6 月 16 日于西安

唐镇茶话：人·生活·艺术[①]

编者按：2021年5月初，白鹿书院与有关方面在太白山下的唐镇举行文化活动。4日下午，阳光明媚，初夏的暖风拂过唐镇的柳溪，仵埂等几位学人在溪畔品茗谈艺，话题涉及人、生活、艺术等。对话者：仵埂、邢小利、阮洁、欧阳嘉欣。

一个隐士对生命的体验

仵埂：上周，我去终南山拜访了一位隐士。这是个自我修行的隐士，我暂且将之称为Z先生。他做过生意，很早就赚了钱发了财，然后开始尝试各种生命体验。他的体验方式是，把自己的身体当作试验场，折腾了无数回，也死了好几回，他妻子说他“根本就不是人”。

阮洁：他如何折腾自己？

---

① 原载于《秦岭》2021年春夏卷。

仵埂：举例来说，他生吃蝎子、蜈蚣，把自己吃到濒死状态。他并不是有意为之，而是想，这个为什么就不能吃呢？随后自己就开始尝试。在山里走着走着，顺手就摘把漆树叶子塞进口中，中毒了，结果把自己弄个半死。最后他几乎把能吃不能吃的东西尝遍，他整个人的体质体能、生命系统似乎也都发生了变化。

邢小利：听你这么说，他的行为，有点像金庸武侠小说里的一些人。武侠人物基本是虚构，而你说的 Z 先生，则把离奇的小说描写付诸实践了。

仵埂：是的。他多年前就开始尝试辟谷了。一开始轻食，到了后来基本上就不进食了。这事听起来也蛮离奇的。按常理来说，太不可信了，不合常理、不合常规、不合科学。我没有做跟踪调查，于是不持态度。我见过他三次，上周从下午 1 点半到他那儿，到晚上 7 点离开，没见过他喝一口水、吃一口饭。我只能说我见过的情形。他倒喜欢做饭给朋友们吃，还做得相当好。质疑者可以说，你走了以后人家可以吃可以喝呢，这样说我也不反驳。只是我认为，他没有必要这样伪装，图名图利吗？骗钱吗？他过非常简单的生活，什么都不要，没有目的。如此一来，我感觉 Z 先生骨子里可能还是有一些和常人相异的观念。并且，他还不让身边的人说他的禁食习惯，觉得说来说去就成了一件无聊的事情。

阮洁：他的体貌特征和常人相比有区别吗？

仵埂：我第一次见到他是在去年冬天，从去年到现在见了三次，发现他不管任何季节，永远身穿短袖 T 恤。他说自己不敢吃东西，一吃就上火，嘴就烂。上次他吃了朋友带来的一些水果，结果嘴巴就烂了。有人说，按他这样子，怎么能活下去？生命的维持有三大条件：空气、水、营养。他能将最后一个条件打破？真让人不可思议。是不是他的身体接纳了阳光、雨露、空气、水分子？从这些东西里汲取能量，而不再以食物作为身体的能量来源了？我这样猜想吧。

邢小利：这似乎就和植物是一样的了。

仵埂：似乎就是这样。假如他的身体实验为真，那就是道家所说的“天人”了。冯友兰说人生有四大境界：自然境界、功利境界、道德境界、天地境界。Z 先生大约是修行在最高一个境界吧。我在身边见识过具有道德境界的人，比如说陈忠实先生。我个人也向往这个境界，向道德境界奔着，当然不敢说达到道德境界了，但是至少没在功利境界停驻，走在功利和道德的平衡点上。我觉得 Z 先生该是我所了知的天地境界吧。此一境界的人，我只在庄子的著作中见过，他的《逍遥游》里描述的那种“无所待”的人就是。你说，人活在世上无所凭借，就是人生命的极境了。我看这个人大概可以对上号，无欲无求，连食也断掉，不正合于庄子的所谓“至人无己，神人无功，圣人无名”？这“三无”他都做到了，不就是天地境界了吗？

阮洁：什么理念促使他进山修行？

仵埂：他和我谈了很多年轻时的经历。初中毕业后就到社会上闯荡，九十年代倒卖钢材时就赚了钱，开了好几个公司，最后又在深圳开了一家大饭店。因为年轻时挣过钱，早年就拥有了财富声名，从他的逻辑里我感到，人生应该多多尝试。在他的人生经历里，历经那么多次濒死体验，最终活下来。最后一次经历是吃漆树叶子还是蜈蚣来着，结果快把自己整死了。当时他并没有选择去医院，而是和手下的员工说，把他抬到没人的山上，最后也就一点点地自我康复了。经历了这一次的重生，他对人的生命的看法就完全不一样了。

欧阳嘉欣：按照常理来说，人一旦生病，第一个想到的就是去医院，“生病后就去找医生”这一观念，在我们的思维中早已构成了“理当如此”的逻辑关系。当我们把这一理则奉为圭臬时，我们便深陷知识—话语—权力的塑造模式当中，也就看不到有超出这一逻辑命题之外的东西。所以也就有了不解之问：为什么这位隐士选择了去大山，又为什么在山里面反而能活过来?

仵埂：我想闹市里太喧嚣，而山里面更安静，空气水分更足，人和自然之间的关系也就更为相融。

欧阳嘉欣：他的生命体验是用理性认知所不能够理解的。尽管在今天的时代，科技文明已经发展得非常先进，但是每一次技术更新的同时，这世间的另一面——譬如神秘文化、灵异故事之类——却依然得不到合理的解释。也许，人类费尽心思用工具理性试图破开被遮蔽的现象，这一行为本身是否就不合理。也许，这个世界的存在早已超出了人类的认知范畴，远比我们感官所感知、理性所认知的更为驳杂诡秘，现世世界的运演过程可能就来自某个超智慧存在的设计……这一切都还有待追问。人类自以为用理性的思维方式可以探寻万物的本质，殊不知，真理绽露的同时更是映射出了其周围的混沌，就像是一盏蜡烛可以照亮房间，但同时又让周围的环境陷入了更深的黑暗。

阮洁：西方有一个哲学家叫哈耶克，他的一个著名理论是“自发秩序”，就是说人们常常生活在经验和习俗中，形成了一种惯性力量，理性根本无法去控制它。而Z先生却能反其道而行之，勇于去挑战不可能的事情，寻求一种生命的独特体验，顿时让人心生敬意，也使得我们不得不思考一个问题：人类对超越生存性快乐的一种体验，人类把生命能量挖掘到极致的一种表现，是否生命能量极致展现才是自由的本体？人类未来的走向到底是什么？

仵埂：正因为不能理解，山中很多修行的门派，知道了他的事情，就跑来以极端手段测试他，比如给他吃有毒的东西。这种怪人怪事他经历了很多。

邢小利：仵老师谈了一个非常重要的问题。我们大多数人都是在功名利禄的境界里活着。但是这个世界上总有一些人，思考我应该怎么活着，并按照他的认知寻找自己的活法。仵老师刚才谈到冯友兰提出的人生四重境界，关于人生境界，还有一个观点，是说在功利境界和道德境界之上，是审美境界。按冯友兰的观点，自然境界的人只是顺着本能或风俗习惯做事，然而并无觉解，或不甚觉解。功利境界的人意识到他自己，为自己而做各种事。道德境界的人了解到社会的存在，他是社会的一员。有这种觉解，他就为社会的利益做各种事。天地境界的人了解到超乎社会整体之上，还有一个更大的整体，即宇宙。他不仅是社会的一员，同时还是宇宙的一员。他是社会组织的公民，同时还是孟子所说的“天民”。有这种觉解，他就为宇宙的利益而做各种事。我认为文化人或者有些经历的人，最后都会思考一个问题：我应该怎么活着。我觉得我们搞艺术的人，可以在审美境界里生活，也就是把人生艺术化，艺术生活化。中国古代文人特别是明清一批文人，他们的著作里，很多都涉及这个主题。如张岱的《陶庵梦忆》、张潮的《幽梦影》以及一些文人的“清言录”等。这些著作中，很多人生感悟，我认为都上升到了哲学的层面。他们把生活完全艺术化了。

仵埂：不知是哪位学者还把张岱的《湖心亭看雪》视为中国散文中的极品，第一篇。

邢小利：有人讽刺说，在哪里不能看雪，非要跑到湖心亭看雪。事实上在不同的地方看雪，人的感觉是截然不同的。比如我们起这么早、从那么远的地方跑来唐镇喝茶，这也是一种艺术化的人生。我们在这个可称“人间仙境”的唐镇喝茶，和坐在家里或是闹市中的一个茶楼里面喝茶，其心灵的体验和感觉是不一样的。初夏的微风拂过我们的脸颊，我们品着安吉白茶，吃着刚采摘下来的樱桃，谈古论今，毫无功利目的地谈天说地，这完全是艺术化的人生。

阮洁：我突然想起冰心送给梁实秋的一段话："一个人应当像一朵花，不论男人或女人。花有色、香、味，人有才、情、趣，三者缺一，便不能成为人家要好的朋友。"这段话中特别谈到了"趣"这个字，我觉得非常有意思。我们漫步在这个世界中，除了物质生活以外，精神生活也特别重要。有时候生活的枯燥、单调甚至寂寞，会让人无所适从，就特别需要精神上的慰藉与享受，人要不断地以丰富的精神生活充实自己。另外，在中国文人的世界里，也特别注重"情趣"的培养。朱光潜先生说过："情趣愈丰富，生活也愈美满，所谓人生的艺术化就是人生的情趣化。"由"趣"生出许多味道来，生活也就渐渐艺术化和审美化了。用另一句话说，完美的生活不是刻板无味的，而是充满美感的。艺术的完整性具象在每一个人身上，便是人格，而凡是完美的、艺术的生活都是人格的表现。

欧阳嘉欣：选择艺术化的人生，也就是选择了审美之路，这是一个诗意、沉醉又迷人的世界。其实当人感到身处的这一世界与自己产生隔膜、亟须寻找一种精神慰藉时，除了审美之路以外，还有一条救赎之路，也就是在上帝的大爱中承受欠然的生命。尽管这两条路径没有所谓的好坏之分，有的只是个我的选择，但我认为，在推崇审美之路的过程当中，也应该警醒审美之路的消极倾向：譬如审美自身的感性化特质与世俗消费享乐精神相通，而可能降低其信仰精神，从而演变为唯美主义倾向下的沉醉耽溺与迷狂崇拜；或者因审美中具有“完形”色彩，使其美化出的世界图景便含有一种自欺性质，在这一隐逸的人生境界之导向下，从而也就弱化了改造社会现实的力量。

仵埂：我再接着刚才的话题讲。我目前还没看出这个高人的破绽，因为凡是他谈到哲学中的根本性命题时，都在点子上。他只有初中文化水平，没上过大学，他的悟觉却非一般。比如说关于知识，他的见解完全就是六祖慧能的现身说法。慧能不识字，却能悟透佛理。Z先生给朋友说，不要被书所障，把自己“清空”就够了，“清空”之后你获得的东西比上学获得的更多。康德也思考这个问题——“知”何以成为可能？他想要寻找“知”的源头，这是一个根本性命题。有一定哲学意识的人，可与他在一个频道内共振。

我第一次见Z先生是在朋友家里，我当时也不知道他的道行和作为。随意谈到了生命的能量这一问题，这是一个饶有兴趣的话题，我一直琢磨，就个体的能量形式而言，到底是什么赋予一个人能量？为什么褚时健在他七十四岁时，从监狱出来还能有心力在哀牢山承包荒山种橙，开始他人生的第二次创业？而有人年纪轻轻却萎靡不振，吃喝等死？谁赋予人不同的能量形式？是遗传？是愿力？还是天地？或者理想？我在这一方面怀有莫大的兴趣，欲有所心得。没想到说起这一问题，一直坐在一边默不作声的他，也来了兴趣。这是我们的初识。

老子说过，上士、中士、下士三个不同层级的人，闻道后各不相同的表现。当一个人离道甚远，与道相隔时，他只能以哈哈大笑来应道，真乃“不笑不足以为道”，说你所言为诳语。智者该明白一个浅显之理：对该说的人说、不该说的人不说。庄子很智慧，一眼就看到了根本，说你可以跟河伯语海，但不能跟青蛙语海，不能跟夏虫语冰。

邢小利：一个是对牛弹琴，另一个是牛对琴说。我写过一篇文章就叫《牛对琴说》。

仵埂：当一个人的思考与另一人不在同一层次时，你就无法跟他言说。所以，人应懂得言说该止于何处。鲁迅再爱他的母亲，也无法给他的母亲传递他所掌握的那一套学问。人的智慧形式是不一样的。

邢小利：很多人在滚滚红尘中生活久了，他的心就被遮蔽了。

仵埂：这即是被世俗性见解所裹挟了。你不用他张口说，就可以判断他要说什么。这是因为他的说辞离不开俗众语调，大家说什么他也就说什么。不是他在说话，是话在说他。

欧阳嘉欣：这种人云亦云的思维模式就是海德格尔所说的“常人”。尽管话是出自于自己之口，但当自己的一言一行是以“大家”为标准时，“此在”首先不是自己而是“常人”。这其实是一种非常不负责任的做法，尽管当你以“大家”的方式生存时你能卸除掉生活的重担，让你感受到一种“家园感”，但事实上，当需要面对麻烦、承担责任时，“大家”就不见了，“大家”是查无此人。所以我认为，海德格尔所提出的“向死存在”

对于世俗主义横行的现代化社会来说是一笔非常重要的文化资源，尽管他回避了有关本真性生存与非本真性生存、常人等这类价值判断问题。但是他所提出的“向死存在”确实可以把“此在”从“常人”那里逼回自身，惊醒人从现代性高速度的平均时间之流中抽身返回到本己的可能性状态。

阮洁:《圣经》也有记载，一个人可以为了某种愿望清食很久，但是他会喝水。

邢小利: 我反而会担忧这种人。他这种生存方式是反自然的。

仵埂: 后来我回想Z先生的经历，觉得其中有一些有意味的东西。他没上过大学，没有受过系统性教育，而受过系统教育的人，脑海中会有一些基本的逻辑概念、知识框架等，会受到这些东西的深刻影响。他凭自己的感知，认为现代人的进食规律，一日三餐，是工业化之后的产物。若是往前推演到早期的人类，别说一日三餐，即便回溯到农耕时代，也就一日两餐——早晨十点一顿，下午三点一顿。城市化之后，人变成一日三餐，因为他要上早晨和下午两个班。饮食习惯是被工作需要改变了。若再往上推，人类进食是不确定的。原因很简单，逮住野物就吃，没有逮住就饿着，随便饿几天是很正常的，饮食完全是不确定的。

欧阳嘉欣: 每一个时代的生产方式都不一样，而由这种生产方式所形成的“微观权力”也就进一步地规训了整个社会，进而塑造出了现在的我们。从某种意义来说，“文化即身体”。

邢小利: 仵老师，我从你的谈话中感觉到一个非常危险的情形——你有出家的可能。你要是按着这条路子走下去，那就遁入空门了。

仵埂：（大笑）目下还不会，尘世的责任尚未完成。但就吃饭而言，我不再如同过去。以前觉得凡吃饭，潜意识里是必须吃饱的；现在不同，实行轻食，少吃一点反而身体会很舒服。

邢小利：我觉得从另外一个向度也可以谈，其实人活一世，该享受的也是需要享受的。

仵埂：现代社会，对一般人而言，吃的喝的穿的用的，该享受的都能享受上，人在满足基本的生存之后，理应往更高一个境界探索了。

欧阳嘉欣：对于胃所能容纳、消化的食物来说，人这一生当中其实是有一定的限度的。

仵埂：人在各个方面都有限度。上天给予人的都有一定的定数，不能滥用或糟蹋上天给予你的东西。

关于儒、佛、道

仵埂：我在讲《中国古代思想史》时，班上曾有个爱思考的学生问我：老师你说，到底是佛好、儒好还是道好呢？这三者总该有个高下吧？当时还真把我问住了，因为我每讲一家时，都会倾尽我的理解和感情，把这一家一派的思想讲得透彻迷人。是“六经注我”式的讲法，所以把学生听糊涂了，于是就有此问。

后来恍然明白，在儒、佛、道这三家思想的最高点上，没有最好和次好之分，有的只能是选择。

邢小利：这就是多元选择论。

仵埂：并不是说站在儒家的角度说道、佛不好，也不是站在佛家的视域说佛家好，儒、道不行。在最高层面，在根本点上，每家的存在都有它不可让渡的理由，它所坚守的理由，你驳不倒的，所以说只有选择。

邢小利：而且，有时，你只能选择一个——选择你想要的。

阮洁：我认为，人类的精神世界不能只是一种形式，两千年来，我们人类用尽全力证明了一件事情，那就是没有一个宗教智慧、没有一个单一智慧系统可以统一整个人类。另外，从儒、佛、道三家看来，它们在形式上虽然有别，但它们在其精神的最高层面，仍然有共通之处，比如都有追寻真善美的一面。

仵埂：后来我想了想自己，也终于明白，在骨子里，我还是一个儒家的信徒，尽管我对道佛也充满热情。

阮洁：但是按您现在的状态不太像儒家。

仵埂：为什么说我信奉儒家？我要是不信儒家的话，对生活就没这么热爱，也就不会对学生们这么用心。在我个人生命实践中，儒家的入世精神还是占有主导位置，道佛只能是副线。我明白道佛之法，有时也会想到清净放空，但却怎么也放不下。“放下”不是件容易事。

阮洁：邢老师，您平时喜欢什么样的生活呢？

邢小利：我喜欢审美化的生活。人生要有一些空的东西，但不要完全空，不要走极端化。

仵埂：所以说到底我们还是儒家。儒家思想的前提就是，首先认为人须得生活在一个群体里，是社会化的人，于是才以“仁”与“礼”建立秩序，才有对理想生活的描述。我们热爱生活，放不下功名，想着人生须干一番事业，骨子里都是儒家，无非就是对道、佛充满兴趣而已。

邢小利：我觉得李泽厚说得好，他说中国人的文化人格是儒道互补。入世的心太深了，就需要一些空的东西进行调适。要均衡化发展，而不是走极端。

阮洁：确实是。生活或体制本身构成了现实，每一个普通人、任何一个知识分子都会受到由现实而产生的观念制约。中国文人受“儒道互补”模式的影响，很难去突破。说到这里，我想起了苏东坡，他的作品《琴诗》：“若言琴上有琴声，放在匣中何不鸣？若言声在指头上，何不于君指上听？”我对这首诗甚是喜爱，这里面有苏轼对“道”的独特理解，这首作品很难用儒家思维去理解和阐释。既不重“琴”，也不重“指”，有一种“二元对等”的原创性思维在里面。他的作品在格局上有时是突破儒、佛、道思想制约的，是对儒、道的深化与改造，形成了自己的“道”。或者可以这样说，任何法则都不是天经地义、无法改变的，而是在于个体对生命和世界的独特理解和体验。

仵埂：李泽厚晚年出版的《实用理性与乐感文化》就是谈

这个问题。比如说我还想写书，还想把自己的体悟表达出来，对世道人心有点儿影响，这都属于儒家，有博取功名之愿。我不知道自己会不会走到“放下”的那一步，到了自然就到了，没到也不能强为，有些话也不敢乱说。人的生命历程，有一些神秘的自己也难以把控的东西，也会有生命路径的突转或者逆转。突转之下,有一天发生的裂变连自己都不知晓。可能某一天，你突然就觉得自己原来苦苦经营的一切都没意义，于是你就望见“空门”了，这种可能会存在。

邢小利：以我对仵老师的了解，他的人生有很多比较大的抉择。比如九十年代下海南，我是没有这个勇气。

仵埂：我现在最牵挂我儿子。

邢小利：我特别能理解仵老师说的，每一代人的生命状态不一样。他面对的问题是自己的问题。每一个人都有他当下面对的问题，包括他曾经经历过的问题。实际上就看你最后怎样去选择。

欧阳嘉欣：萨特就特别强调人的自由和选择。他说自由就是一种选择的自由，人唯一的不自由就是无法选择不自由，不选择事实上也是一种选择，你选择了不选择。所以我们的生活实际上是我们选择的结果，我们自己的选择在我们的命运中起着决定性作用。

仵埂：我觉得年龄大的人有一个年轻人少有的悟觉，他看见身边的人，不会心生试图改变他人之意，他会顺其自然行事。

好比说我带了几个研究生，我不会非常费劲地以我的想法教导他们或者改变他们，各人有各人的造化，我会以他们自身的天资禀赋去发展和开掘他们，以顺应造化而不是扭转，我以他们的造化安排，从而顺着他们的天资兴趣去设计教育。

阮洁：我非常赞同仵老师的观点。我们每个人都有自身的天资和禀赋，因着这些，我们才成为独特的个体。我经常在想，在自然界中，人属于最不幸的物种了，为什么呢？因为人类出奇的聪明，他能够说服自己在错误的选择中（比如不喜欢的职业）俯首一辈子，初心不改；而有时候你又会觉得人类是最幸运的，因为他能够识得自己的天赋，有一种将天赋与喜欢的事情完美结合的能力。后者应该是最快乐的，顺着天赋去行进。正应了那句话：“人，皆有所能，也有所不能，用其能者，便可超凡脱俗；用其不能者，愚而且蠢。”

邢小利：我补充一下仵老师的谈话。我现在体会也是这样。当你对人有了认识，包括对自己有了认识之后，你会发现人是不可改变的。改变的都是他自己想变的。谁都不能改变自己，除非我自己想改变，是你生命内在的某些东西会改变你，外在的东西都无法改变你。我记得在二十世纪八十年代，有一个女作家曾写过一部小说叫《你不可改变我》。我们每一个人到底是谁把你改变的？既不是父母，也不是老师。当然，父母、老师都会对你有些影响，可能在某一刻，父母或老师的某一句话，在你心中起了巨大的作用。

仵埂：实际上是你心中先有了愿意接受某种意见或者说法的内在愿望，有了这个内因，这句话才起了作用。没内因的话，即便别人说了一大箩筐，也根本不起任何作用。

邢小利：当你想改变的时候，某句话就似清风轻轻地一吹，就把你改变了。

仵埂：从某种意义上说，为什么我会理解隐居修行的Z先生呢？就是因为我的体验和经历提供了理解他的可能。比如说，太阳的紫外线照射很强，当年我在农村割麦子，割完后在大太阳底下一躺，心想着看它能把我晒成什么样。晒完后浑身大汗，特别通透，真是把人晒透了。你不知道太阳把人晒透是多么的舒服。所以说人生有一些经历需要去实践，当你体验后，一定会留下极其深刻的印象。我现在觉得农人劳作后的大汗淋漓特别舒服，你看现在的人既不晒太阳，也很少出汗。热不得，冷不得，身体的耐受力就差远了。

邢小利：我小时候在农村长大,也吃过很多苦。十四岁进城，自此之后虽比农村好，但也强不了太多。我感觉到仵老师可能有过濒临绝境的体验——类似于“走到悬崖边儿”的那种状态，这是我心中隐隐约约的一种感觉，我不知道事实是否存在？

艰难的境遇与精神的构成

仵埂：我的人生中有过四五次非同寻常的经历。我酷爱读书，但1970年我初中毕业，因舅舅在1966年“文革”初自杀，人家不准我上高中了。舅舅当年是富平县的一级语文教师，月工资有七十二元，比当时的教育局局长还高。“文革”开始时，有学生给他写大字报，结果他就自杀了。他太要脸面，太自尊了，这样的知识分子，很难在那个严酷的环境中活下来。随后，他被定为“畏罪自杀”，这是一个罪名。初中毕业时，我极其渴望继续读高中，班主任却说因为我舅舅有问题，我不能上高中，做了外调。那时我特别忧伤和绝望，但这种伤心我无法和母亲说，也没法和身边的人交流，只能深深嵌进一个十五岁少年的心中，这是一生中对我心灵冲击很大的事情。我现在还记得那个夏天，十五岁左右的我成为一名农业社社员，我坐在一棵皂角树下，借了一个老高中生的物理课本，发誓要自学高中课程。

在劳作中我老想一个问题，难道我的一生就这样下去吗？我一边吆着牛犁地，一边盯着渐落的夕阳，看着太阳偏右上方一个肉眼可见的黑斑，无边的忧郁充满内心。这里涉及我刚才谈的一个理论性命题，什么是心造的世界？以及现实世界和心造的世界这一问题。我脑子里重构了一个世界，但这个世界不存在于我的现实中，它存在于我的远方，这是通过我的想象和我的阅读由我重构的一个世界，以至于现实世界在我的意识中占据的比重不大。我为什么喜欢极其智慧而非贤淑的女子？那是欧洲小说家的笔为我勾勒出来的，比如司汤达笔下的法尼娜·法尼尼，或者《牛虻》中的琼玛。这些人物，现实环境中没有。农村也有美丽的姑娘，但不是小说塑造出来的那类人物，小说人物竟然成为我的臆想对象。所以，当时我其实在现实之外虚构了一个存在，这个虚构的存在一直是我努力的一个方向和目标。而像《白鹿原》中揭示的那种生活世界，根本没进入到我的视野，它不是我所想象的世界。音乐作品，传达的是人的精神意绪，我常常产生如音乐一般强烈的意绪。我进入的是图书给我营构的世界，而且这个世界到后面成为我的现实。后半截的世界不断地来重复我前半截的幻境。心造的世界非常有力量，牵引着你向未来行进。这就是我现实中的生命体验，我现在是把它上升到理念的层面来谈。我十四岁从学校回到村里当农民，二十五岁上大学，这期间一直生活在农村。

你们要是看过上世纪七八十年代的抗战影片，日本鬼子监督中国劳工修铁路时的镜头，便能体会，我就曾那样劳作。这就是我当年的心路历程，甚至比那还更残酷。大约是1973年，我去铜川山里炸石头，修筑人防工程，也就是修“防空洞”，每天打炮眼、放炸药、炸山，然后将大石块再切小，搬上卡车运走。炸山时，居住的地方是一面废弃的土窑洞，头顶的洞壁裂纹有一指宽，不定什么时候塌下来。我就睡在那个摇摇欲坠的洞里，连现在流浪汉居住的地方都不如，土鳖、蝎子、蛇，各种虫子，随时都会从洞壁缝隙里钻出来，这完全是一种极端性的生存体验。最后结账时，给我算了二十三块钱，但最终一分钱也没挣着。工头说我们炸的石头被山里的水冲走了，我不知道真假。现在回想起来还很寒心，那个时候想挣一块钱也不容易，简直太艰辛了。生命须有一个过程，当年在物质层面虽深陷谷底，但是精神早已超出了这个层面，这两极构成的张力对我的影响太大了。

阮洁：仵老师，这是一种生命在流动的意念，是个人在面对世俗日常时所呈现的健康形象。

邢小利：其实我们也是在讨论一些精神问题。像《白鹿原》这样的作品，不管它写得多么好多么伟大，但它不是你关注或者是你所喜欢的那个世界。我认为陈忠实属于客观型作家，他五十岁以前就一直生活在农村，而且他就爱这种生活，所以他能写出《白鹿原》。还有一种作家属于主观性作家，他写的作品，可能也有他的生活经历、生活体验在其中，但作品中更本质的，可能是他在头脑里边构筑的一个世界，那是一个理念的、一个精神或是情感的世界。这就是人们常说的，我不喜欢现实世界，但我喜欢我脑子里面的那个世界，脑子里面的那个人。我现在问你的问题是，因为你找的那些人基本上是一个类型，你肯定是按照这个理想模式去找的，但结果是你在现实生活中可能遇到了这样的人，但他或她肯定和你理想中的人还是存在着巨大差距。

仵埂：就我二十七八岁时交往的异性而言，觉得在精神气质方面，就是我少年时臆想中的人。像L这样。但现实中的人往往有另一面，比如L的坏脾气。要不是那样的话，她的精神气象大约就是我在小说世界所看到的那种倔强峥嵘的人。

邢小利：这种人本身就有两面性，小说里边可能把她理想化了。这种人特别有激情，但同时她又有野蛮的那一面，比如说卡门。L从美国回来以后我和她聊过几次，我发现这个人特别有才华，是个天生的诗人。她可能平时不写诗，但她对世界的感觉，她所运用的语言，足以证明她是一位真正的诗人。

仵埂：比如说，她对小说的神韵把握得很到位，对一些精彩的细节，捕捉得十分准确。她跟我聊起柳青的《创业史》，说起地主姚世杰这个人物。晚上，姚世杰的老婆悄悄问他：你最恨谁？他说，我最恨老蒋。这让他老婆大感意外，怎么不恨共产党恨老蒋？姚世杰恨恨地说，他跑到台湾享清福去了，把我们留在大陆受共产党的气。我现在还记得她复述的《创业史》这个细节。

邢小利：虽然她不搞文学批评，但这是一位天生的文学家。有些现在名气很满的作家，根本比不上她的语言，那完全是文学语言。她聊天时所用的语言，完全是形象化的。听她讲时，脑海中的画面就出现了，你会觉得她的叙述和描写就是一部电影。有些天才的文学家未必写出了什么，他或她本身就是一部作品。往往是一些庸才，因为刻苦，因为能耐住性子，却写出了名动一时的作品。天才有时在畅快淋漓地表达之后，比如与人交谈、宣泄之后，他反而不写了。

仵埂：我和L曾说过，假如你能勤奋地做事，在中国绝对一流。

邢小利：她如果有某些作家十分之一的努力，就能写出特别好的作品。

仵埂：咱至少有判断力，知道一个人的天分能力大小多少，但这家伙就是懒。

欧阳嘉欣：那她有什么代表性的作品吗？

邢小利：没有什么代表作，能看到的她发表的东西也几乎没有什么。就是和她交流，感慨她那种艺术的感觉和艺术的表达能力。所以说，其实在这个世界上，有很多天才是被埋没了，可能那个挖草的妇人就是个天才。不是说你写出了什么作品，得了什么奖，就有多大本事。很多天才都是被埋没的，或被自己忽略或被世俗所忽略。我估计她也未必能认识到咱们这一层面，她有时候也未必自觉。所以人有时候很难下判断。

仵埂：L到音乐学院与搞音乐专业的谈音乐，这些老师也都很喜欢与她聊天。和美院的那帮老师谈美术，又受到美院老师们的喜欢。感觉她什么都通。她的知识面比较宽广。所以我常说要广泛阅读，阅读不能太狭窄了，不能就是自己专业范围内那么一点点非常有限的东西。L的记忆力也很厉害。

邢小利：她后面也没什么成果，这就让人不禁感到惋惜。老天爷把这个“才”给予你，却屈才了。

仵埂：她的母亲很不简单，可说是一位令人敬重的老人。她特别会教育孩子，出身于天津一个大户人家，素养气质非常高。

从她母亲身上，我见识到了世家小姐出身的那种令人敬佩的贵族教养。她直到晚年既能做事，也爱学习。

现实存在与精神建构的虚拟世界

仵埂：我们身边这三位学子，她们的教育及未来发展，咱俩是可以看到的。

邢小利：我觉得总体上他们这一代人是在顺境里成长起来的。一个人的精神成长需要一些逆境，因为它会给你启示。当你遇到了这个问题，你才会真正地去思考这个问题，这其中就包括一些很大的问题，天、地、人生、世界、人类、苦难、忧伤。他们现在有几个人能体会到什么叫忧郁？俄罗斯文学的基调就是忧郁，这种忧郁是一种苦难，它不是一个简单的挫折问题。当个人与民族、国家都在苦难的基调下成长时，他思考的肯定就是跟苦难相关的一些问题。俄罗斯文学为什么伟大？就是因为它有一种伟大的精神力量。现在很多作家写的东西一点分量都没有。这无关乎叙事时间的长短，而是精神的高度。我觉得他们是处在一个顺境，并且是一个庸俗化、娱乐化的时代，这个时代很容易让天才变平庸。如果我们自己没有内在的生命觉醒，如果我们自己没有远大的理想和精神的支撑，我们可能就这么随波逐流地在历史中划过去了。我觉得L那一代人是在苦难中成长。仵老师这么有天分的一个人，成天跟着个牛屁股，看着太阳，还能看到黑子，你们谁有这种体验？我小时候在农村卷爆竹挣钱，卷爆竹就是拿一个铁棍儿，拿一张纸那么一卷，然后拿糨糊一糊，极其琐碎的事情可能也就挣来几分钱，但是读的书，都是诗和遥远的远方。当你看到卡门、法尼娜·法尼尼时，你才觉得这个世界还有另外一面，这个世界并不只是牛屁股和用纸卷爆竹。

欧阳嘉欣：尽管这个时代的总体面向是“顺境”式的，但是具体落实到每一个个体身上，可能并没有您眼中所看到的顺风顺水。我也是农村出身，从小做着长大后成为艺术家的梦，奈何家境一般，生命的热情无处释放。长大后好不容易选择了一条舞蹈之路，又因为身体的欠然与生命的热情之间的不平衡，弄得裂痕斑斑。所幸成人后找到了适合自己的路径，过往所受到的遭遇才开始慢慢释怀。也许，与前现代社会时期人们的遭遇相比来说，我所受到的磨难确实是不足挂齿，但不可否认的是，身体与灵魂的两极拉扯终究还是给我注入了一份与旁人不一样的生命感受吧。

仵埂：待在农村的那些年月，我的现实生活和我通过读书构筑的精神世界距离很远，以至于我最后产生了认知错位。比如面对身边所有的姑娘，我竟然分不出她们是否漂亮。现在回想起来，觉得诧异。从 1976 年 2 月起，我当了三年生产队队长，二十岁了，也有人对我有好感，但我当时是无视无感的。

邢小利：那种人不能进入到你的精神视野。其实人跟人看对眼，并不是谁长得漂亮，而是他没有进入你的精神视野。我只看我能看见的，这就是有艺术气质、有精神内涵的人和普通人的区别。普通人关注的是外在形象、物质，艺术家却不注意这些东西，但是他的穿着是切合他的身份。比如说，《霸王别姬》《活着》的编剧芦苇，至今还是一身过去年代的打扮，但是他非常的有思想，很先锋。

仵埂：大约是1976年秋天吧，我们村来了八个知青，其中有两个住在我们家。一个长得比较漂亮，与她聊天，发现她竟连一本小说都没读过，令我大失所望，觉得无话可说。她在1979年招工后离开农村，我在1980年考上大学后也走了。她虽属不爱读书的人，但却是生活中的强人，后来结婚成家，有了女儿后，把所有的心思都用在女儿身上。她女儿也非常争气，在西工大附中读书，第一年高考被海南大学录取。她打电话咨询我，她女儿上不上？我说，依我所见，复读为好，因为海南当时的氛围充满商业气息，不是静心读书之地。她接受了我的建议，让女儿复读，第二年被北大中文系录取。我能猜想到她女儿身上，有着她争胜好强的影子，肯定能上好的大学。

邢小利：你说的这段经历，也唤起了我少年的记忆。人跟人是不一样的。我在农村上的小学和初中一年级，上小学时在班上挑了一个自认为最漂亮的女孩暗自喜欢。“文革”后期，有一些西安的知青来到我们那里，她们的气质就和在农村的姑娘给我们的感觉是截然不同的，你会觉得她特别漂亮。所以，人跟人最大的不同，我觉得第一是观念的不同，第二是气质的不同。这种气质所散发的是一种精神、一种文化。你看有些人长得特别漂亮，但是你跟她一交流，就发现她的内里特别苍白。

我觉得仵老师适合写一个类似赫尔岑《往事与随想》那样的作品，《往事与随想》也是非常伟大的一部作品。你就回忆往事，在回忆往事中加入自己的议论与抒发。现代社会把小说视作最高的文学体裁，这完全是一个最无知的认识。古代人以诗歌和散文为主，将诗文视为最高的文学作品。赫尔岑的《往事与随想》虽然是个人的回忆录，它不仅忠实且真诚地记载了赫尔岑的一生，而且也正如赫尔岑所说，这是“历史在一个偶然走上它的道路的人身上的反映”，《往事与随想》也是在写与赫尔岑同时代的俄罗斯的社会和历史。赫尔岑不仅是艺术家，也是政论家，别林斯基曾指出，赫尔岑的艺术作品的最大特点在于“思想的威力”。《往事与随想》早年发行的是节译本，现在出版了一个精装的三卷本。读《往事与随想》这样的作品，可以通过阅读一个知识分子的生命历程深入理解一个时代的演绎过程，这是给知识分子看的。我们现在的时代充斥着文盲，没有文化的人才把小说家排到最高的位置。当你阅读过大量的经典作品包括《往事与随想》之后，再回过头来审视当代的小说，就会发现随处可见精神的苍白、感情的虚假，在一堆杂乱的素材之上很难见到“思想的威力”。

你们年轻人是可以有未来的，而且完全是另外一种未来。若论当今的教师，确实有许多好的教师，但也不要迷信一些所谓的教授、博导。好好读一些真正的作品，然后思考你们要成为一个什么样的人。我认为很多人的生活状态是浑浑噩噩的，生过、活过、死过，甚至很多人都没有爱过。有几个人爱过？爱是什么？爱是有着非常深沉的痛苦体验，那才叫爱过。拥抱了并不一定就是爱，真正地痛苦过，你才知道什么是爱的感情。谈恋爱时给你送包送表，那都是小玩意，压根谈不上爱。俄罗斯的许多文学作品，就存在着伟大的爱。真正的爱是要死的，为你所爱的人，为你所爱的民族和国家，因为爱而死过——自我生命感觉上的，才是真正的爱。没有这种深度的感情体验，没有这样的认识，你很难认识什么是伟大的作品。伟大的作品不在于故事情节有多么曲折离奇，而在于人物非凡的心路历程。伟大的作品不是篇幅大，不是作者的地位有多高，伟大作品的伟大性主要体现在思想的威力、精神的高度、感情的深度这些方面。

阮洁：我觉得邢老师这一点说得特别重要。我认为伟大的作品，首先是要尊重人性、人情、人欲，除此之外还要有独特的意味，给我们带来一定的启示才好，才深刻。其次，如果仅仅是建立在靠近生活，尊重人性、人情、人欲的基础上，也并不一定是最好的作品。我认为最好的作品应该是一个作者对人性、人情、人欲与这个世界之间关系的一种独特理解，也就是一个作者能否创造性地理解世界。

仵埂： 以我对当代创作的了解，很多文艺作品根本比不上生活本身精彩。有的小说家的精神是那么的苍白与贫乏，这样的人怎么可能写出感人的作品。

邢小利： 我觉得今天这个茶话有点意思，谈话也需要一个场域。很多事情是互相激发的，当你遇见一个非常苍白的人时，你自己也会变得很苍白。如果你们的导师是个平庸的人，你们也会变得很平庸。有的导师精神境界不高，常用一种世俗的价值观念来教导你们。

仵埂： 有的导师对待学生的想法，就是让学生把毕业论文一混完，找个像样的工作，然后找个好男人嫁了就算完满了。

欧阳嘉欣： 所以我感到非常幸运，能有幸遇到二位老师。现在回想我的前二十五年，毫不夸张地说，我的命运就是从选择上老师的研究生的那一刻开始，而被彻底改变了。

仵埂： 说到这里，我想起小学四年级时一件很搞笑的事情。小学老师问我们："同学们，你们知道我们国家目前最重要的事情是什么吗？"那时是1966年,全班同学没有人回答。我说："是'文化大革命'。"老师把我大大赞扬了一番,说"这个娃不简单，都知道'文化大革命'"。他把我表扬得太过了，我还挺纳闷，心想知道这个有什么了不起,不是喇叭里整天放着吗。在他看来，一个孩子竟然对时事有感知，就已经非同凡响了。

民粹主义与中国的未来

仵埂：其实，我认为一个人只要持续不断地向着某种精神境界追寻，到最后都能探寻到心中所想要的那个存在，就像浮士德一样。

邢小利：从世界文学的角度看，我个人更为喜欢俄罗斯文学和法国文学。俄罗斯十八九世纪的那批人，从普希金开始，到高尔基，到二十世纪的帕斯捷尔纳克和索尔仁尼琴。法国文学如雨果、罗曼·罗兰等。

仵埂：在我的精神气脉里，主要是受俄罗斯、法国等贵族文化的熏陶和影响。贵族文化中那种精神气质，对我的精神有着非常大的塑造力。

邢小利：特别是精神上的贵族。

仵埂：这的确无关乎是否出生于乡村或城市，这是一种精神气象的构成。我有时和朋友说起我的农村经历，他们都很诧异，说看不出你还会有那样一段经历。

邢小利：农村生活是需要体验的，体验是最好的阅读。光是读一些世界经典名著，但你若是没有生命体验，对其内涵也还会缺乏深刻的理解和领悟。阅读最主要的是理解、把握精神的实质。没有深刻的生活体验，看书可能只是把字认了一遍，只是把故事记住了。你经历过苦难，经历过爱过、死过的情感体验，你才能知道什么是爱过。真正爱过民族和国家，你替它思考过它的过去与未来，你才能知道什么叫爱国。

仵埂：十九世纪俄罗斯的那批作家，普希金、列夫·托尔斯泰、屠格涅夫、陀思妥耶夫斯基、莱蒙托夫等，都是精神贵族。大学期间我看到《当代英雄》，一口气读完，非常震撼，写得真棒。

邢小利：主人公毕巧林是贵族青年军官，他先是在上流社会混，与贵族女人跳舞、聚餐、调情，后来觉得这种生活特别空虚，然后到了高加索要塞，在草原上遇到一个非常淳朴的姑娘，过了一段时间以后，他又觉得“这蛮女的无知和单纯跟贵妇人的娇媚同样使人厌倦”。这是一个找不到精神家园的人，文学史上称之为“多余人”。他不知道他到底要什么、要追求什么，最后死在了路上。

仵埂：从欧洲文化和俄罗斯文化中，能见到人类社会运行的两条轨迹。再从十九世纪俄罗斯文化来看二十世纪中国文化，这两条运行轨迹非常鲜明，一条是贵族文化，另一条可称之为民粹主义，是从贵族文化里派生出的一种精英的精神指向。十九世纪到二十世纪发展出的民粹主义，对人类的影响非常深远。应该说，它是社会主义国家中“人民”这一概念的前身，其精神指向沿着这条气脉发展出了这一影响甚巨的政治概念。当“人民”变得神圣时，这时候，事情就发生了另一个逆转，逆转为人民来对贵族阶层进行惩罚。不管是俄罗斯还是中国，以及今天美国社会发生的事情，都是对精英政治统治的颠覆。这是我们这个时代需要进行深刻反思的东西。西方对这一问题反思得早，比如法国作家古斯塔夫·勒庞，他有一本书叫《乌合之众》，认为个人融入群体时，个性会被群体淹没，思想会被群体取代，而这个群体会呈现出情绪化、无异议、低智商等特征。此书出版时是1895年，此后有奥地利学派的自由主义经济学家米塞斯、英国经济学家哈耶克、汉娜·阿伦特等。哈耶克出版《通往奴役之路》时，是1944年3月，从自由经济和计划经济的优劣论到人的自由，其反思带来两个结果：第一，当我们反思一个重大的历史事件时，就不仅仅将所有的罪责归结为一小撮领袖人物，就如同我们不能将二战中的罪恶仅仅归结为希特勒、墨索里尼、东条英机这几个人，进而应该思考的是，这个国家的民众呢？他们当时做了些什么？现代历史已经反思到这个层面了。所以对“人民”这个概念中所包含的无条件的神圣性，理应持清醒的反思态度。从五四时代鲁迅的《一件小事》对车夫的描写，到他的“俯首甘为孺子牛”的信条，“劳工神圣”这一思想，在中国大地开始传播，一直发展为“人民”这一特有的政治性术语。“文革”时，广大民众起来对社会上层精英进行惩罚。今天“人民”这面大旗，仍然被高举，在实际的政治生活中起作用。十九世纪俄国的贵族精英是民粹主义的发源地，他们以“劳工神圣”为旗帜，自我批判反思，兴起一股社会思潮。强调平民群众的价值和理想，把平民化和大众化作为所有政治运动和政治制度合法性的最终来源，依靠平民大众对社会进行激进改革，强调平民的统一、全民公决、人民的创制权等民粹主义价值。他们对底层民众这种诚恳的姿态，让人感觉到一种令人敬仰的高贵气质。“十二月党人”的精神脉络与之有潜在的关联。这条路径发展到极端之时，就是上个世纪五十年代后，以社会主义国家为主体，中国的“文革”就是以大众造反颠覆社会上层贵族。我们应该注意十九世纪和二十世纪的这两条脉络，注意贵族精英与劳工大众相互扭结和此消彼长的力量较量。

邢小利：这个问题很值得思考。我最近读了几本书，对我启发很大。一本是金雁[①]写的《倒转“红轮”》，这是一部追溯俄国知识分子心灵历程的厚书。书中介绍了俄国知识界、思想界，包括普通民众。现在相当多的人都对一百多年前俄国贵族知识分子的思想重新认识，并有相当普遍的认同感。这些知识分子以近年在我国引起重视的别尔嘉耶夫、以赛亚·伯林等人为代表。书中说，一百多年前的1909年，经历了1905年革命的俄国，有七位思想者共同出版了一本小册子——《路标》文集，该书的作者们被称为“路标派”。《路标》出版后在当年曾引起左派阵营和自由主义阵营共同的激烈批判。此后一百多年，关于此书的争论和思考一直没有停止。随着时移世变，接受《路标》思想的人在俄罗斯文化界越来越多。苏联解体以后，《路标》文集在俄国好评如潮，民众如同发现“先知教诲”一样争相阅读。“路标派”提出的“三自我”原则：“自我反思、自我深化、自我批

---

① 金雁，西安人，中国政法大学教授，著名学者秦晖的夫人。

判是这个机体未来的种子”，被当代俄罗斯人广为传颂。“路标派”被奉为具有历史责任感的、探寻俄国前进道路上的“灯塔”。《路标》的主要思想是什么呢？概括地说，就是在对暴力革命反思的基础上，提出“告别革命，回归文化”的思想，强调个性自由，反对激进主义。俄国的近现代历史与中国近现代历史有很多相同的地方，他们面临的问题曾是甚至也正是我们面临的问题，他们思考的问题也是我们需要认真思考的问题。

我觉得，“自我反思、自我深化、自我批判”的“三自我”原则对现在的我们很有启示意义。我们别想指挥别人干什么，我们每一个人先从自我做起，自己反思自己，自己批判自己，然后自己深化和升华自己。

仵埂：这是一个目下正在发生的重大历史进程。

邢小利：现实的历史发展确实是根据两条路径来转化。现在回想，“十七年”时期很多小说都是民粹主义的。

仵埂：从这个角度看，当前某些写市井生活并且颂赞小市民的小说，也是深受民粹思想影响的典型作品。

邢小利：“十七年”时期的一些小说，以及后来的一些小说，其思想实质细加分析，差不多就是民粹主义甚至再加一些下层流氓文化。从这个角度出发，可以对一些文学作品进行深入思考和梳理。

我记得王彬彬早年在《上海文学》发过一篇文章，他对俄国民粹主义有一个梳理，很清晰。当年陕西作协图书馆失火，后来一些过火的书被扔掉，我从扔掉的书中找了一本还能看的，就是关于俄国民粹主义的文集。关于民粹主义，应该多找些资料阅读和研究一下，以便更深入地讨论和研究这个问题。

仵埂：今天咱们先聊到这儿，起来到园子里走一走。

屈辱中的盛开之莲[①]

历史本身往往比一出大戏更为精彩。

公元 382 年，苻坚，这位君临长安的枭雄，听说龟兹有一位大德高僧叫鸠摩罗什，本事如何了得。于是，思贤之情日浓，派爱将吕光领兵七万，剑指西域。为抢夺一个人才不惜发动战争，这在中国历史所仅见，即使放进世界史里，也甚为稀罕。当然，因了女人而起的战争，倒是比比皆是。

吕光出发前，苻坚交代说：帝王嘛，应天而治，爱民为本，岂贪其地而伐之。我闻西国有鸠摩罗什，深解法相，熟悉阴阳，乃国之大宝，若克龟兹，即快马送回。好一个苻坚，竟有如此胸怀和远识。你若知道，他分出七万人马给吕光之时，正是他发动统一中国战争之际，面对强敌东晋，他竟还要抽出兵力远征西域，同时在两条战线作战，今人观之，实属意外。最终的结果也不妙，自己兵败淝水，倒是为东晋谢安、谢玄留下了以

① 原题为《鸠摩罗什与吕光》，收录于《历史与文化》，陕西人民出版社，2016 年 4 月版。

少胜多的美名。他欲从西域获得的“大宝”，自己也没有福气看到，因兵败而导致内乱，他于 385 年 10 月被部属姚苌杀害了。

这些重大的变故，都发生在吕光抢夺鸠摩罗什的路途中。等他攻破龟兹，如愿获胜，带着鸠摩罗什返回时，行之凉州，闻听变故，便停下来，干脆自号为凉州牧，建立起一个大凉国来。鸠摩罗什呢，在这个大凉国一待就是十余年，直到公元 399 年被姚兴迎回长安。

前往东土，究竟是鸠摩罗什的迫不得已还是他早存的夙愿，如一团迷雾，看不清楚。据《高僧传》的说法，鸠摩罗什来东土，虽为吕光挟持，但其实在他二十余岁时，已在母亲面前发愿，要将佛法传至东土。那时，母亲要离开他去天竺，临行对他谆谆而语：“你已对佛法精研神会，应倾力弘扬。传之东土，唯尔之力。但于自身无利，其可如何？”罗什欣然而应：“大士之道，利彼忘躯。若必使大化流传，能洗悟蒙俗，虽复身当炉镬，苦而无恨。”这是罗什的大愿，他最终也以超常坚毅的精神，使这个大愿得以实现。罗什来长安，似乎冥冥之中，有一种周巧的命运安排。这个安排，恰借吕光风暴一般席卷而来又席卷而去的军队。

吕光细细打量罗什，一副常人模样，看不出他身上有什么特异之处。还不照样是吃喝拉撒睡。他暗想，自己万里征程，攻破龟兹国，只为这么个人物？真是荒唐！他有点怀疑秦王苻坚的眼光，这样的人，天下一抓一大把，先王却把他当了宝贝。还让我攻破龟兹后，若得此人，即快速先自送回长安，比宝贝还要宝贝。我吕光才是你的大宝贝呢，为你万里领兵，横刀立马，也没见你对我这么稀罕。一路走来，吕光也细细观察过罗什，他那张脸总是很平静，不动声色，没见喜，也没见悲。太没劲！人心里想什么，就说出来，不痛快就喊两声。他却总是这么不声不吭的,让人憋闷,就这点与常人不同罢了。吕光心想，这个家伙，浪得虚名而已。一路劳顿，这下在凉州要安营扎寨，看来也许要待一阵子了，日子里没个乐子，找罗什乐一下，也蛮解闷好玩。

吕光让人唤来罗什，牵来一匹烈马，让罗什骑。自己也翻身骑上自己的坐骑，在一边笑眯眯地看着罗什。罗什刚要上马，这匹黑色烈马嘶鸣咆哮，飞起双蹄，几欲踢着罗什。罗什躲开一旁，再上马，刚上去，马便将罗什掀翻，几欲摔伤。罗什起身，默默无语。吕光一旁哈哈开怀大笑，说：念个咒语，让马安静一点不行吗？这个耍完了,他令人又拉来一头牛,让罗什骑，这头牛生性暴烈，圆睁双眼，长长的犄角，对着罗什就冲过来。罗什闪避一旁,照样不作声,脸上平静,没有愠怒,也没有惊恐。吕光想想，顿然无趣，挥挥手，作罢。

吕光走上前来，拉住罗什的手，仿佛没发生过什么事。呵呵一笑，心里暗想，这样一个不能驰骋疆场、手挥长矛的僧人，有什么用！他想疼了脑壳也想不出什么合理的理由，去理解先王苻坚的用意。他尊重先君，可以说是先君的铁杆忠臣，从心底佩服先王，知道他的厉害。先王能打仗，善治国，有统一天下之才。可惜他的第一智囊王猛早逝，先王又急于统一，倾百万之众，挥军南下，结果淝水之战败绩，自己也被叛贼姚苌所杀。现在先王走了，先王留给自己的任务也没有人去交差了，想起这点，他有点心酸。万里征战掳来先王心里的大宝高人，却无法获得他的当面夸赞，论功行赏，只有自己夸赞自己了。这个人是先王眼里的宝贝，为了先王，我也得好生待他。先王不在了，权当为了先王的一点念想吧，看见他就看见了先王。吕光望望罗什，总想在罗什身上，发现先王停在罗什身上的眼神。他知道先王的眼神一定曾经停留在罗什身上，即使他今日已去，他的梦魂也曾牵绕在罗什身上。不然，他怎么会在打响统一战争之际，抽出兵力西征龟兹，竟为了这样一个宝贝？可见他在先王心中的分量。先王若在世，他将罗什呈现先王面前，先王将是何等喜悦！吕光不能想象这种惋惜，只能将惋惜之情留存在罗什身上。他想，我要慢慢在罗什身上发现先王。自从他听说苻坚被害之后，心思便一天比一天重，他开始琢磨起先王的心思，琢磨罗什。罗什任何情况下的那种波澜不惊的从容，也令他心里生出一丝讶异。

罗什此时已经四十余岁了。他知道他的宿命里，有着一个劫难，或者说是坎。吕光就是向他走来的境遇。他想，自己在龟兹及周围诸国，享受了太多的尊荣。连诸国君主对自己也是尊崇有加。他记起自己十九岁时，在温宿与一道士相辩，此道士神辩英秀，才情非同一般，名震诸国，且口出大言：“论胜我者，斩首谢之。”罗什与之以“空”与“有”二义相辩，令其迷闷自失，俯首归依。于是，声名满天山。龟兹王闻之，竟亲往温宿，带群臣仆从迎接罗什归国。举国为之欢庆，他享受了太多殊荣。至三十岁时，每年讲说，诸王长跪座侧，为其作为登阶，令其登上讲坛，这是何等殊荣！尊贵者越发尊贵。在仰视者的眼里，罗什见多了仰视者的目光，却没有见过俯视者的目光。即使是自己设坛说法,有论战者,也是充满尊重和心底里的敬仰。但是，却没有谁能从心里瞧不起自己，不会把自己不当回事。这个人，就是吕光，自己一生的屈辱，都凝聚在吕光这儿爆发。

荣辱相连，荣华过后，就该是屈辱上场了。自己没有遇过什么磨难，没有人为自己设置障碍和有意刁难。他的目光远远地看定吕光，觉得吕光就是自己的一道大坎。罗什深谙人性之暗，知道吕光打量自己的眼神，在这样一个以武力经营天下的时代，吕光要看到的是眼见的力量，其他东西难以进入他的视野和内心。罗什看到自己在吕光心里的映象，笑了。这个映象，是一个手不敢提刀杀鸡的柔弱僧人而已。这是真实的广受敬重的高僧形象么？当然不是。他不屑于向吕光证实什么，他觉得人都有幻象,真实的自己和映射在吕光眼中的自己,是两重自己。那么，吕光映射在自己眼中的样子，就是吕光本已真实的样子么？是不是也是一个虚妄的映象呢？

罗什反观了自己在吕光眼中的映象，知悉了万物在人眼中的映象，一切皆为虚妄。人所看到的真实不实，是这个对象身后藏着自己吗？身后的那个自己就是真实的自己吗？身后有那个自己吗？身后的那个自己也是虚妄的吗？鸠摩罗什陷入沉思，他不知道自己在哪儿，只有一双眼睛在上冷冷地打量自己。他知道了吕光的想法，知道了自己的想法，真实的他又在哪儿呢？他跟吕光近在咫尺，却远隔天涯。他跟另一个自己浑然一体，却也视同陌路。

清晨，迷离的晨光渐起，可见下弦月西沉，远处凉州城，影影绰绰可见。罗什坐于城侧一屋舍旁，手持横笛吹奏，悠扬、婉转、平顺，没有过多的忧伤，倒有一种安详宁静的感觉。

四个卫士，在鸠摩罗什近旁，或立或坐，随意而望。他们像是仆从，照顾和保护罗什；同时又像是警卫，监视罗什的行动。保护与警戒，罗什处在软禁的状态下。

远处有三五妇女，在水边洗衣。其中一女子边洗边唱，其音凄婉忧伤。先是她一人咏唱，继之其他几位跟着唱起来，其声旷达悠远，有世事洞明之感，又有日月流逝之叹。

休洗红，洗多红色淡。不惜故缝衣，记得初按茜。人寿百年能几何？后来新妇今为婆。

休洗红，洗多红在水。新红裁作衣，旧红翻作里。回黄转绿无定期，世事反复君所知。

歌咏仿佛是唱给罗什与卫士们，罗什与卫士们默默倾听。

罗什随缘说法。指天、指地、指人，表达春秋代序，万物流转不居，即使君王，也难脱大限，也有盛衰，世间没有真实的存在。人生彻底摆脱痛苦，则是放下所有的欲念功名，一心向佛，摆脱轮回，求得涅槃永生，进入天国净土。

郊外草地，一棵大树下，众人席地而坐，面向罗什，罗什向卫士学汉语，同时他以简单的汉语讲解佛法。太阳渐渐西落，鸟儿归巢。远方传来一羁旅行人的歌声：

陇头流水，流离山下。念吾一身，飘然旷野。

朝发欣城，暮宿陇头。寒不能语，舌卷入喉。

陇头流水，鸣声幽咽。遥望秦川，心肝断绝。

罗什倾听，顿觉鼻酸。羁旅行人之歌，恰恰道出罗什境况，罗什心中不由想起母亲，觉得歌声里的表达，就是母亲的化身在咏唱，她知道儿子的苦痛，借旅人之口诉说着，向儿子唱出了艰难的境遇，借此纾解自己。罗什在歌声里获得极大抚慰和力量，他感到了母亲的抚慰，感到了佛的抚慰。佛知道自己的愿心，知道自己滞留凉州，遭逢困厄，遥望传法之地而内心困顿，肝肠欲断。他知道自己的坚守，能“忍”一切苦厄，忍受吕光的戏弄和谑笑，忍受胡地的酷寒和孤独，忍受难忍的寂寞和困苦。屈辱和忍受不正是自己生命中还没有历经的磨难么？愿心将在“忍”中最终盛开莲花。

公元 393 年，姚苌病逝，其子姚兴即位。随后，姚兴派大将陇西公硕德攻打吕隆（吕光之子），吕隆败降。401 年，姚兴迎鸠摩罗什入长安逍遥园。此后，罗什在长安十四年，讲经说法，翻译佛典，使长安成为佛教兴盛之地。其所译《金刚经》，成为佛教各门各派都研习的基本经典之一，它不正是一朵清香四溢的莲花么。

拉登的逻辑与人类暗淡的前方

我对奥萨马·本·拉登这个人物一直抱有浓厚的思考兴趣,这种兴趣源自他干成的事情,他竟然不是以一个国家的力量,而仅仅是寄生在一个小国家里,以一个小团体的力量改变了人类历史。这个小团体我们将之称为恐怖主义组织。是的,他利用现代科技——航空器作为炸弹,于2001年9月11日上午,炸毁了美国纽约曼哈顿这个最富裕区域的双子塔大楼,这两座大楼是标志性的建筑物——世界贸易中心。十年后,我去纽约,恰巧就住在被炸毁的大楼旁的一家旅馆。那时,新大楼正在废墟上重建。

我在想,假若那时拉登手里有原子弹或者更为强大的生化武器,他会不会向美国投放?想来想去,答案是肯定的。他会,他敢。因为在世贸大楼中办公的人,并非什么军事人员或者美国政要,他也毫不顾念地让他们死去。拉登的逻辑是,只要美国是自己的敌人,那么能给敌人造成的任何恐惧和破坏,不管采取什么手段和方式,均在选择之列。无论男女,不管老幼,皆可杀灭之。拉登有自己的理由,这个强大的理由是,不加区别的敌方。尽管他心里清楚，世贸大楼中坐着几千人，这是一群美国白领，也在普通百姓之列，但只要能给美国造成恐怖性震撼，不管三七二十一，干掉了事。既然如此，他怎么还会顾忌更大规模的杀伤？！效果愈震撼、愈惊悚愈好。毁掉美国，在拉登看来，难道不是一项“伟大”的值得拼死一搏的事业？至于借用什么手段和方法，这种手段和方法会不会危及人类，则不在拉登考虑之列。由之，我们可以逻辑地做出一个令人惊恐的推断，假如有一天恐怖组织手里有了大规模杀伤性武器，并以此来要挟整个世界，我看联合国对这样的亡命之徒也毫无办法。还好，拉登尚有敌友之别。这种残酷，只用在敌方身上。问题是，国与国之间，民族与民族之间的冲突和敌意，难道不是每天在上演？将对方作为敌人的战争化思维，不也正在双方的国民心中演化为正义之举？是的，拉登眼里的“正义之举”，让世贸大楼里办公的两千四百七十九个普通人，瞬间灰飞烟灭。人类的哪一场战争里，不堆积着普通百姓的累累白骨？

这是怀抱某种极端信仰和政治理念的人所可能干出来的事情。

还有一种人更为可怕，他境遇不顺，或者失意落魄，成为一个典型的仇世主义者。这样的人，心境沮丧阴暗，听见鸟鸣看见花开，也烦躁也仇视。他将个人的所有不如意，加于社会头上，视生活为仇寇，视他人为敌人，你怎么能活得比我好，比我快乐幸福？于是，我不耐烦活着，你们谁也别想好。任何一个族群里，都会有这样的人，就像福建龙岩2018年12月发生的劫持公交车撞人的报复社会事件；就像厦门2013年6月BRT快1B线公交车上发生的陈水总纵火导致四十七人死亡事件；就像2018年4月发生在陕西米脂第三中学门口的持刀伤害无辜学生事件。还有如美国校园经常发生的枪击无辜师生事件。类似案件，不胜枚举。这些亡命之徒，对人根本就没有怜悯恻隐之心，没有基本的人道人性，自己活得不耐烦了，总想拉上一些无辜者与他一起赴死。我想讨论的重心是，这样的人，不幸他也是一个科学狂人，手里操控着足够造成更大规模伤害的武器，那如何是好？这时，他的死，就不是简单的带走几个人或几十个人的问题。他会毁了一座城市或者是一个国家甚至整个人类。

截至此刻的人类文明史，不管是三千年还是五千年，大多时候处于冷兵器时代，个人力量极其有限，疯子用刀砍人，毕竟有气力的上限。工业文明的发展，距今三百年不到，我们离瓦特改良蒸汽机，也只有二百四十五年时间。此刻，就个人而言，似乎还没有人能够凭借一己之力，制造出能够造成大规模伤亡的武器。但是,伴随着科技的进步,人类高科技的飞速发展,有一条逻辑，就是它越来越简单容易。比如，二战时期美国的曼哈顿计划，于1942年6月开始实施，利用核裂变反应来研制原子弹。该工程集中了当时西方国家最优秀的核科学家，动员了十万多人参加这一工程，历时三年，耗资二十亿美元，才于1945年7月16日成功地进行了世界上第一次核爆炸，并按计划制造出两颗实用的原子弹。但现在的情况是，我在二十年前看到的一个报道说，做物理研究的三个研究生，用三个月时间，就可以在理论上制造出核弹。甚至英国《每日邮报》的消息称，美国田纳西州孟菲斯市的十二岁的男孩杰克森·奥斯瓦尔特(Jackson Oswalt)，成了史上最年轻的核反应堆制造者，说他在不到两年的时间里，通过eBay在网上大量购买材料并最终成功造出了一个反应堆设备。总有一天，很可能在不远的将来，过去人类需要倾一国之力进行研发的高端武器，只要条件具备，就会成为几个人能够完成的事情。特别是在生化武器、基因生物工程、纳米机器人等领域，那的确是一个小小的科研团队就可以操控的项目，是个人的力量能够涉足和取得作为的领域。想想如果个人手里拥有那样令人不寒而栗的大杀器，人类真是行走在深渊的边缘。科技的能量，呈爆炸式展开，一切变得越发简单容易，也越发不可控制。

科技能力的不断扩展下移这一趋向，业已成为事实。只是人们不知道，它的危害会在什么时候、以何种范围、在多大程度上，因其不可控而成为人类的一场大灾难，我们在为科技的发展而欢欣鼓舞之时，是不是也该有点儿忐忑不安？是不是也要寻找它的发展漏洞，让它不至于成为危害人类的隐患。这个问题不解决，如此高速发展的科技，未来可能就是人类的一条不归路。

逻辑是清晰的：一、科技的发展，其能力不断扩展下移，这使得个体掌控的能力获得最大化扩展和实现；二、任何族群，无法避免那些自己想下地狱，但一定会拉上更多人下地狱的人。这两条逻辑不可逆转，那人类的前路能是一片灿烂光明吗？所以说，拉登死了，但他的阴魂不散。

但愿我这是杞人忧天。

2021 年 7 月 13 日

不同层级下的欲求殊分[1]

——谈欲望的满足与超越

题记：学生远嫁瑞士，居住伯恩市郊。疫情期间，无事可做，无处可去。每每与先生漫步，向西南十分钟，便是一片树林；向西北十分钟，便到阿勒河；抬头南望，阿尔卑斯山白雪皑皑；回头北顾，便是错落有致的乡间别墅。她说，过去在家时，两人倒不常常探讨严肃问题，但一散步，诸多问题，便源源不断涌来。谈论最多的，是个人与生活环境的关系。学生向来对瑞士人的懒散不解：这么好的条件，怎么能不努力奋斗，好好珍惜呢？先生说：正因为条件好，谁还会奋发努力，没有努力上进的动力呀。活着的目标，不就是想获得一个好环境吗！想要的已经有了，何必再将自己搞得苦兮兮的。两人各执一词，相争不下。学生邮件千言，展开思考，探问我意见。忽然觉得这个平时之习见，实非简单几句结论好下。于是欣然命笔，以文字

---

① 原载于《秦岭》2020年秋冬卷。

应答之。

人类对美好生活的向往，大约以马克思所描绘的未来图景最为著名，他将之称为共产主义，说那时就是予求予取，你可以今天去垂钓，明天去画画，后天去写诗，物质化生产已经彻底解决，人已用不着操心。这样的生活，就是诗意化的生活，是人类历史的终结。在这样一幅乌托邦式的图景里，我觉得美固美矣，但真的到了那一天，无疑就是历史的终结。原因在于，人类失去了生存的动力，就是说失去了作为动力的等差——高下、贫富、贵贱。我们无法想象失去等差的社会，没有了等差，等于没有了个人的实现。人间的天堂是那些智力体力上的强势者，愿意帮助智力体力上的弱小者，从而获得自己的存在意义。对于一个普通百姓、芸芸众生而言，的确获得这样一个好的生存条件，就是一生最大的追求了，既然理想成了一个完成时，剩下的就是享乐了。为什么还非得干这个干那个？但这的确是芸芸众生的目标以及目标实现之后的懒散状态。人类中的精英不是这样。

社会精英向自己提出的问题是：难道人只要有了富足的生活，就可以逍遥自在，无所事事吗？就只剩下安乐享受了吗？答案显然是否定的。这个问题的核心在于，人的精神建构，是否只是建构在物质化的层面？只是追寻物质化的满足？其实，对这一问题，美国社会心理学家马斯洛有过精到的研究，他认为人的需求分为依次向上攀缘的五个层级：生理需求、安全需求、爱与归属感需求、尊重需求、自我实现需求。首先就是生存的需求，当然是吃饱穿暖、绵延后代，所谓的“食色性也”。其次是安全的需要，包括人身、健康、财产、家庭、工作等的安全保障。第三层级是爱与归属感的需求，也称之为社交的需求，就是爱情、亲情和友情的渴望，人希望在这些社会交往中，自己得到关照，得到他人情感上的抚慰。当然，这个要求是彼此相互的。第四层级，则是尊重的需要。人人都希望自我被他人尊重，希望自己有成就，有稳定的社会地位，个人能力和成就得到社会认可。还可将其分为内在尊重和外在尊重。内在尊重是指一个人在不同境况下展现出自己的实力，充满信心、独立自主,体现出自尊。外在尊重是指一个人希望有地位、有威信，受到别人的尊重、信赖和较高评价。

在上述四个层级的需求之上，人所追寻的最高第五层次是自我实现的需要。它包括人在道德、创造力、自觉性、问题解决能力、公正度、接受现实能力等方面的能力。它是指实现个人理想、抱负，发挥个人的能力到最大程度。达到自我实现境界的人，接受上天所赋予自己的禀赋，也以此理解了他人所达至的或高或低的境界。他明白自己也明白这个世界，他能够自觉恰当地处理自我与社会的关系，能够独立处理问题而不被外界的评价所困扰，他能完成与自己的能力相称的人生目标。

我不厌其烦地陈述马斯洛的五个层级的需求，意在说明人的需求是一个不断延展的过程，它不可能或者说也不应该停止在某一个点上，更不应该停留在第一或第二、第三层级，他在衣食满足、安全满足之后，还有更高的需求。当然，我们也不能不说，大多数芸芸众生，终其一生，其需求是建立在最低层级上，忘却人生的更高目标，“贫贱则慑于饥寒，富贵则流于逸乐”，不知道生命还有自我实现之说，在怡乐安闲里忘却生命的更高意义。以此观之，可以看到，生命的需求是分为层级的，我们不能拿一般人的状态和想法，去对照自我的想法。因为也许你正是一个雄心无限的人，你无法将自己停留在衣食满足之上，你内心有更高的对自我的期待，比如达至须自我努力而实现的社会尊重；比如对未知的更宽广的人生探索；比如对文化艺术的更高追求等。这些，都会在你的第一、二层级满足之后而呈现，当这些满足之后你还不满足的话，就意味着更高一级的人生目标向你招手，期待你去攀登。而这也恰恰说明了你不是那些芸芸众生，你不会停下你的脚步，你会继续追寻，如同浮士德一样，停止便是死亡。

对于你所境遇的这一问题，中国古代圣贤也有深刻的思考。孟子说，“穷则独善其身，达则兼济天下。”孟子所说之“穷”，指的不仅仅是没饭吃的“穷”，而是指一个人的能力和境遇，都处在下位，无法对他人和社会承担起责任和义务。这种情况下，这个人要做的就是独善其身，做好自己就好了。但是，一个有能力的人、个人境遇通达的人，就应该“兼济天下”，拯救和帮助他人，为社会做出大贡献，这才是他应尽的大任。不同的人，有不同的目标。所以,能力处在不同等级上,应该做不同的事情。这是古人的智慧，分而视之，分而待之。这种理念，后来也出现在佛家派别里，比如小乘佛法来到中国时，教导人们的是小乘法门，其宗旨是自我完善与自我解脱。大乘佛法则以利他为己任，以普度众生为目标。当然，小乘佛法的自度也许是他没有足够的智慧去救度他人，也许是他本人不想救度他人。大乘佛法的自度和度他，是既有能力救度自己，又有智慧和力量救度众生。你是遵小乘还是敬大乘?

上述问题，正是人生境界两分。你有了超越一己之欲的关怀，树立起超度众生的大愿，不仅仅是通过个人的力量助推了社会的进步，使更多人因你而受益获救，获得自我实现。而且在自我作为里，你获得了生命的价值和意义。基督教义也是如此，那些真正热爱天父的人，发愿要将福音传布给更多的人,让它在世界各地被闻听。于是,在美国南北战争之后,大批的基督徒传教士，到南方建立起上千所学校和各种公益组织，帮助那里的黑人上学看病，救死扶伤，摆脱生活和精神的困窘。这些义举里，就有着大乘佛教的情怀，有着救济天下的宏愿。这样看来，一个有大志之人，不应因为自己有了富足的生活，而处于心满意足的状态，从而安于个人消闲生活而不思进取，失却大情怀和大关照。上天若赋予你不错的禀赋，你有了为社会做事的“兼济天下”的能力，何不为社会多做些事情呢?

世上有满足的理论，亦有不满足的理论。有寻求自我安逸的理论，亦有担负天下重任的说法。庄子说:“鷦鷯巢于深林，不过一枝；偃鼠饮河，不过满腹。”就欲望的无限性与个人有限性而言，他的教导蛮有道理。人懂得了自己的有限性，从而就不为无限的欲望而苦了自己。但是入世的圣者，对人的欲望，总是分而待之,一方面教导人们扼住各种欲望的咽喉,比如食欲、色欲、物欲等，另一方面却总是教导人们要努力做大事情。这些大事情,就是为国家民族甚至人类而思虑,孔子的弟子曾子曰:“士不可以不弘毅，任重而道远。仁以为己任，不亦重乎? 死而后已，不亦远乎? ”他说的是，一个有大承担的人，就是要将“仁”这样的大义担起来,一直到死而后已。俗话说:好狗护三邻，好汉护三村。这些格言里，表达着一个意思：当一个人有能力做事时，就不应缩进自己的小窝安享一己之乐。这是中华民族古来圣贤的胸襟。

对于常人而言，过上好日子可能就是一生的追求，但对于那些生下来就已经过上了好日子的人来说，是不是就要浑噩而安享生命? 显然不是这样。因为人的生命目标是创造，创造自己崭新的人生，创造自己不确定的未来。特别是，在这样的创造中，呈现出一个新我来，这个新我连自己也惊讶! 回顾自己走来之路，为自己的生命感到满足、感到喜悦、感到未亏待了上天赋予的能力；或者说，你用你的努力，做出一系列不平凡之事，真正地窥视了上帝造人之伟大，你真正荣耀了上帝。所有这一切，让你觉得，人竟能超出自己直接的生命需要——安逸舒适的生活。正因为有这样非直接的超越性需求的存在，人才超越动物性，成为真正意义上的人。

能被道出的黑暗与无法道出的黑暗[①]

我自小读到的历史教科书，皆是站在“无产阶级革命者的立场”上来看历史，古今中外的统治者皆无义无情，无法无天，非蠢即坏，非残即暴。于是，得出一个结论：天下乌鸦一般黑。及至后来长成，这才发现，所谓的统治者，古今中外差异极大，大到令你瞠目的地步。不同国家之间，即使同属于一个较为专制的政体，但由于文化背景的不同，传承的不同，以及执政者的思想理念的不同，对于越出国家政体规范的言行的宽容度是极不相同的。比如，俄国沙皇时代的专制与满清政府的专制尽管同属于专制时代，甚至同属于所谓的君主专制时代，但是两者的行事有时判若云泥。沙皇对于反政府者、对十二月党人、对布尔什维克革命者所可能采取的惩罚手段，要相对仁慈得多。十二月党人组织的旨在推翻沙皇统治的起义，最终失败，这样一场中国自古以来被列为十恶之首的“谋反”大罪，沙皇最后的处置是：谋反者群体，五人处死，一百二十一名青年军官被

① 收录于《魂魄何系》，陕西人民出版社，2013 年 5 月版。

流放到西伯利亚。这是该统统凌迟处死的大罪，怎么这样待之？在苏维埃革命中，列宁这样级别的旨在推翻沙皇统治的领袖人物，被沙俄警察抓住，照样也是监禁和流放。且在监狱和流放期间，有面包有肉，列宁母亲见到儿子说，你“长胖了”。列宁在狱中可以读书写作，其未婚妻可以到流放地做陪同伴侣。

在满清政府看来，欲推翻其统治的人，不由分说，统统杀头；即便是康梁维新变法，一个在统治阶级内部的变革，也使主张变法的戊戌六君子全部被砍了头。这就是中国的政治，是中国式的专制政体。

同属于专制时代，不同朝代的残酷程度也是大不相同的。大凡我们在诗词歌赋里，能不断地读到文人骚客对朝政说三道四，抨击世道的黑暗，攻击种种不合理的现象，恰恰说明了这个时代的开明。而一味挥舞屠刀的时代，你大约见都见不到那个时代留下的批评印痕。唐代开明，所以杜甫的“三吏”“三别”、白居易的《卖炭翁》、李白的诗作里表达的无边愤懑，什么“抽刀断水水更流，举杯消愁愁更愁”，什么“五花马，千金裘，呼儿将出换美酒，与尔同销万古愁”，这些诗人式的怨刺都让我们看到了。我们能读到这些文人的牢骚话，恰恰说明这个时代之宽松开明，统治者有气量让这些文人说三道四。于是，留给我们后人的，就剩下这些说三道四的诗词歌赋，以至于我们还以为这些朝代就像诗人们说的那样不堪、糟糕和黑暗。能被道出的黑暗，就恰恰反证了它的光明。很多朝代，人们是无法道出它的黑暗的，因为文人骚客刚一张嘴，脑袋就搬家了，以至于万马齐喑，安静到你几乎听不见一点儿声音。你听不到一点儿声音时，你还以为这是一个安静和谐的时代，似乎它就没有那么多的黑暗了。其实，它的黑暗多得你的脑容量都容纳不下。整个时代都处于黑暗之中，你哪儿还有言说黑暗的自由？都是黑暗了，于是黑暗就不见了，以至于清代翰林徐骏随口说出“清风不识字”这样的句子，也要为此遭殃，竟被砍头抄家，你还能再说什么？

所谓的“康乾盛世”，中间加上雍正，这三位皇帝，不知哪位史学家还将之称为明君？仅仅乾隆朝文字狱案件就达一百四十宗。有清一代，见诸文献的文字狱约为一百八十宗[①]。此等因文而起之案件，屡屡让人头搬家，且多有株连，“几与爱新觉罗氏王朝的历史相始终。其案狱数量之多、规模之大、牵连之广、杀戮之血腥，均称空前。”史学家顾颉刚形容清朝文字狱：“清代三百年，文献不存，文字狱祸尚有可以考见者乎？曰：有之，然其严酷莫甚于清初。”雍正年间，一位名叫查嗣庭的官员，在江西举行科举考试，出了一道考题，题中有四字：维民所止。这四字取自《诗经·玄鸟》，意为百姓所居之所，别无他意。雍正皇帝真有本事，硬是从“维民所止”四字里，挑出来“维止”两字，来对比“雍正”，那就是没有头。这是多么吓人的臆断！这是指陈作者弑君谋反啊！于是，这位查嗣庭，就这样莫名其

① 详见郭成康、林铁钧：《清朝文字狱》，群众出版社，1990 年 10 月版。

妙被雍正皇帝抄家，死在了狱中。死后尸体还被侮辱，儿子也身死狱中，家人流放。后来这个家族里出了个人物，叫金庸。

后人荣幸，在清代的诗文里，读到的多是颂扬之声，没有看到对统治者的批判控诉的文字。当然小说和戏曲，是清代文学最为兴盛的表现形式，这两种形式那时还处于俗众文学范畴，其地位甚为低下,无法与诗文的地位相比。就这样,其所写世相，如《聊斋志异》，多为妖媚鬼狐之事。《红楼梦》呢，借一群少男少女，说自己是“满纸荒唐言”。即使讽刺小说《儒林外史》，也是将讽刺的矛头指向儒生，哪敢面对统治者？戏曲中《长生殿》写唐玄宗与杨贵妃的千古之爱,《桃花扇》算是最为出格的了，尽管是写南明之往事，作者最后也因之遭了殃。所以，后人看起来，似乎这个朝代找不到瑕疵，简直好得不得了，竟然连抱怨的声音都没有，不就是盛世里的盛世么？每每读史至此，我都为唐宋这样开明的时代叫冤，谁叫你这么开明，允许诗人胡说八道，这下倒好，诗人们留下了那么多的证据，让革命的后人读到的都是你该被革命的地方，哪像明清之光堂，文学史上连瑕疵都没有！后人还不得多多美言，高呼万岁爷英明？

评论家李建军有一本研究专著《并世双星：汤显祖与莎士比亚》，横向研究对比中西两位戏剧巨人。此二人生活在同一时间段，皆是 1616 年去世，距今四百余年。莎士比亚和汤显祖，以地球时空作为尺度，二人同处于一个时空之内，无非所面临的皇帝不同而已。莎士比亚面对的是英国伊丽莎白女王一世，汤显祖面对的是明代万历皇帝朱翊钧，同一时空下的他们，其创作和命运竟然如此不同，以此来反思考量莎士比亚和汤显祖，看他们在各自的时代遇到了什么样的问题。两种不同的境遇，帮助我们反思历史、艺术和人生。

明王朝朱翊钧治下的汤显祖，尽管有着足够的天才与勇气，能够以“情”作为大旗，为自己的作品和思想辩护开路。但不幸的是，明代因朱元璋“不通文史，故视文人学士如仇，必文致其罪，诛夷之、屈辱之为快。……二百四十年之士大夫，剐者、大辟者、杖毙、妻女入教坊者，几无代无之。此日之文学界，以视两汉唐宋，真天道之与畜生恶鬼也矣。”[①]而汤显祖所生活的时代，正是文字狱迫害最为酷烈的两个时期之一：嘉靖万历年间。这种“由警察与特务主导的恐怖主义统治，终有明一代，微行斜路，未尝稍改。”[②]“正所谓写作需要最低限度的自由——安全地思考、想象和表达的自由，在此种状态下，汤显祖象征化的‘梦境叙事’，就成为一种不自由环境下的美学选择。”[③]当汤显祖的戏剧梦境成为一种不得不选择的戏剧场景时，我们就清晰地看到了他与莎翁——同一个时代下不同国度的两位伟人的决然相异之处。莎士比亚是幸运的，他遇到的是仁慈开明的

---

① 黄人：《中国文学史》，苏州大学出版社，2015年3月版，第271页。

② 李建军：《并世双星：汤显祖与莎士比亚》，二十一世纪出版社集团，2016年10月版，第30页。

③ 李建军：《并世双星：汤显祖与莎士比亚》，同上，第17页。

伊丽莎白一世。他创作的自由度可以其《亨利八世》作为观察点，这是部讽刺伊丽莎白女王之父的作品，但莎翁却未受到任何伤害。而在文字狱笼罩下的汤显祖，只能以梦境来表达自己的所思所想，以“情之至”来反抗“理之至”。

正因为不同时代、不同国度的政府对自己的反对者的惩罚手段不同，而显示出他们各不相同的趋向，文明的分野、历史的分野、民族未来的分野就尽在其中了。所以，欧洲启蒙时期要制定人权宣言，用法律来保障人的种种权利，包括财产的权界、批评的权利、言论的自由、人格的尊严等。这些本身构成了人之所以为人的根本，也构成了人幸福和谐生活的组成部分，而不仅仅就是吃饱和穿暖。

2022 年 4 月 23 日重改于西安小寨

大潮涌动的时代与普遍觉醒的个体

这是一个伟大的觉醒了的时代，也是中华民族正处于真正的伟大复兴的时代。觉醒与复兴的标志，首先就是人的觉醒。

在这个时代，人人都有了自己对问题的理解和看法，尽管有人偏激、有人理性、有人睿智、有人愚钝，但无疑我们可以听到各式各样的观点。只要你肯听，只要你有理性、有常识、有善于分析思辨的头脑，你就一定会听到与你的意见相同或相左的观念，从而做出自己的判断。那些相左的意见，你可以接受、可以激赏、可以反对，甚至可以屏蔽对方，这当然是你的权利。正因为有了这么多不同的声音，所以你的观点也一定可以寻找到赞同者、激赏者，也会构成你特定的朋友圈。有那么几人几十人或几百人为你呐喊助威，你的内心也会体察到那种被理解的温暖，尽管自己无网络大佬般被众多粉丝追捧，但即使有少数人的赞同，也说明吾道不孤，尚可聊以自慰。那些尖锐的深刻的常常不能被大众接受的意见，有些也许不无偏颇，但它代表了一种真实的个人的声音。当我们能听到真实的声音的时候，心理是安宁的，你知道这一切非虚妄。因为不是必须颂歌盈耳，即使颂歌也是意见之一种，至少有某种真切的东西在。所以说，伟大的时代，是以人的觉醒为标志的。而人之所以为人，就在于他有选择的自由，就在于他能够自由地表达自己的意见，尽管这些意见有的顺耳、有的逆耳。

这个伟大的觉醒时代，之所以会有山呼海啸般的能量，会有一种伟岸的力量，是因为它借助了一个横贯全球的磅礴的现代科技驱动。这种力量展开了它雄浑的魅力，它能让人们在网上自由对话交流,能够让亿万人处在一个平台上。它的厉害之处还在于，没有人可以封掉亿万人的嘴，因为互联网的存在同时也是此一时代人的生活形态，它将人的生存紧密地与网络连接到了一起，我们的生活甚至是生命的形态，就展开、寄托在这个网络上。有意味的是，在世界的竞争中，互联网及其应用就是竞争的武器，或者说它就是竞争中的先头部队。你当然也可以将网络全面封杀，但互联网被封杀之日，也就是这个时代民族发展的僵死之时。在人类历史上，没有哪个时代，在国与国的竞争中，这样高度地依赖科技力量的介入。因之，在万物互联的时代，没有哪个明智的国家治理者不明白这个道理，也因之没有哪个国家愿意取自杀之策而扼制互联网的发展。不仅没有人愿意这样，而且还不得不加大力度去促进网络技术的快速发展。中国值得骄傲的是，网络应用产品有多项居于世界领先水平。

这样一个有力的发展现实证明了什么呢？证明了社会管理者，十分清楚一个国家的发展最为要紧的是什么，什么是这个国家民族的命脉所系？尽管站在国家管理者的角度而言，网络公众也会为国家管理生出一些麻烦，但这个麻烦是社会前进的必然伴生物。没有这个麻烦，舆论场从来都是干干净净，都是纯一的合乎管理者心愿的观点，大家都是一个思想一个声音，这是多么可怕的一种整一观念！说它可怕，是因为舆论一律的历史实践，我们都看到了：它要么是纳粹戈培尔的千遍谎言，要么是日本军国主义的残酷钳制，要么是“文化大革命”，与它相伴的往往是家国民族的灾难。二十一世纪以降，某种纯一观念的时代，已经一去不复返了。我们见多了不同的利益关系、价值选择所导致的不同立场和声音，在亿万人的表达中，显示出你我的关切、你我的理解、你我的疼痛或者喜悦，这如许的不同立场与声音的存在，不正是“家事国事天下事”的“事事关心”么？一种公民社会所蕴蓄的多样而有序的形式，不正暗含在这样的多样性之中？这不正是一种蓬勃伟岸的自发的民族力量么？正因为有这样一种力量的推动，我们的社会管理处在不断地进步和改良之中。这样的推动，才显示出中华民族的伟大，显示出个体与整体之间的互动有效关系，显示出有我而在、令我自豪的共同体。家国情怀与天下观念，正是通过“我”的存在感知而建立。所以说，民众对身边事和天下事的热情经由网络微信朋友圈传导出来，彰显了这个时代的宽容与博大。伟大时代是由民众的伟力塑造而成的。我说这是一个伟大的时代，其标志之一就是民众伟岸的力量被调动起来了。他们不是在放弃自我、牺牲自我的状态下，被动地关心一个与己无甚关涉的宏大问题。他们是从自我出发，明晰地发出了自己的诉求，这每一个个体的诉求，合起来成为一股海啸般的声浪。这个伟大的觉醒，是自我权利的觉醒，他们通过自我权利的吁求捍卫，建立起“我”与国家的新型关系，建立起与时代脉搏跳跃的切己共振，建立起自我凸显而非消泯不见的社会形态。所以，这是一个具有崭新内容的新时代。

在漫长的中华民族历史上，无法想象会有这样一个蓬勃的时代，会有一个众声喧哗的千家万家的争鸣。即使有，那也无法与现在的样子相比。先秦诸子的百家争鸣时代，根据历史学家的合理推演，其识字率仅达百分之四，也还只是限于男性。这仅是识字率，能读会写与仅仅识字，两者之间还是有很大的距离。历史上所谓能提笔著文争鸣之人，也大约不到有限的百分之一，这无非是上层知识精英的自由争鸣罢了。在整个大众层面，连识字这一关还没有过呢，温饱和安宁倒是其向往的幸福生活。觉醒，那是知识精英这些“肉食者”关心的事。当然，这种觉醒也还是关于人的理念的朦胧觉醒，是塑造“君子”和遏制“小人”以建立起秩序和规范的时代。尽管也讨论天下事，但其天下观则是以中原为中心的天下观，个人权利才刚刚微弱地进入到人们的视野，因此杨朱的“贵己”之说，被当作嘲讽的对象，更别说黎民百姓的理解接受了。我们所处的时代，就1980年代出生的青年而言，民众的识字率以九年义务教育而论，那就近乎百分之百了。再看网络上铺天盖地的写手，你会觉得几乎没有人不会写文章，个个都在发表意见。因此有理由说，从整个民众掌握接受知识的准备能力而言，是前无古人的。这为一个觉醒时代的建立，提供了坚实的保障，而网络上呈现的野蛮生长的海洋般意见，成为这个时代的一道亮丽的景观。

这个时代，如上所言，是民众的自我权利普遍觉醒的时代，这是其觉醒的核心含义。他明白了自我与社会管理者之间的关系，这种关系不是传统意义上的君臣关系、官民关系，不是管理与服从的关系，而是一种新型的现代关系。个体不是被动受制的，而是具有独立意志的自我管理者。他明白自己所理应担负的责任与义务，同时也清晰地知道管理者所理应具有的管理边界，他会在法治框架下坚守自我拥有的不可让渡之权利。这个时代的觉醒者，更能明晰地感知自我的发展与国家发展之关系，他的自我伸展在这个国家里，他的生存与发展通过这样一种相互依存得以体现。公权力不能随意侵害私领域，公权力来自人民所授，理应受公众的监督和制约，这是觉醒者的认知。这一点，成为现代理念和现代共识。正因为有了这一点，有了每个个体清醒的权利认知，由之产生出对公权力的制衡，它在客观上限制了公权力的滥用。这一切理念的来源，是自我的觉醒。

投射于这一伟大觉醒的天幕上的，是背景纵深的全球化浪潮。在人们将地球视为一个村庄的时候，支撑这一生动描述的，是即时的信息交流与迅疾快速的交通运输网。人们打开电脑拿起手机，就可接触到各种各样的资讯。这些资讯包罗万象，人生百态和世间万物你都可以看到：世界上不同国家的治理理念和手段；个人在与国家关系中所处位置；发达国家的福利社保境况；被弹劾的总统与一国之尊买菜的日常；公众压力下的公权力退让，如此等等。所有这些，构成了现代民众学习和模仿的觉醒条件。命运共同体以及全球一体化，不仅是理念，而且成为商贸文化交流、旅游访问学习的个人现实，成为公众生活的组成部分。所以说，这样一种全球化的激荡交融，如此强烈地改变着我们的生活和观念。这种交流可以人为中断吗？显然不大可能。在经贸交流无法中断的情况下，文化游访的信息交流，更进一步的观念思想的交流融通便无由弃绝，它是全球化浪潮下的一个必然和有机组成部分。尽管这种交流在某一时段会因各种原因减慢或倒退，但总趋向是任何人也无法改变的。据中国产业经济信息网对中国出入境情况的报道：2019 年中国出入境人员达 6.7 亿人次。这个数字来源于国家移民管理局。这是一个何其惊人的数字！他表明了中国融入世界达到了何等深入的程度，反过来也可以看作是世界进入中国的深入程度。我在此文中着重谈人的精神觉醒，当然与之相关的是个人在经济财富上的增长，并以其经济地位作为保障和基础。与世界的交流，首先是商贸合作与交流；其次是科技的交流；再次是文化旅游、留学访问等。全球一体化，最本原的推动是民众追求幸福生活的愿望。个体权利意识的觉醒，首先应该是经济权益的要求、个人安全与尊严的要求。这些改变了人与人的所属关系，个体在自身利益驱动下的自主性和权利意识，获得飞速提升与觉醒。

这个伟大觉醒，呈现出农耕文明下的传统观念意识的裂变，其中含有精神的新创造。人们对事物的认知改变了，因为迁移的方便，年轻的农民脱离土地，精神也不再受制于原有的乡村文化圈，他不再是因循守旧的、线性传递的、上下不移的。如今是老年人向年轻人学习，老人所有的经验优势消失了，依附于这一传统的精神架构——父权夫权彻底瓦解，平等意识油然而生。这个重大改变源自视野的扩展。美国的骚乱、欧洲的移民、非洲的部落争战，似乎变成我们身边的事情。认识世界，几乎成为中国人的日常，每人都有自己津津乐道的观点和对世界大事的看法。我们饭桌上的谈资、话题之广，非任一时代可比。美国大选、特朗普下台、拜登的当选，国内的媒体平台上，有着超乎寻常的火爆激烈的争论，简直比国内的问题还要火爆。这些现象说明，人们的视野，已经远远不是“各人自扫门前雪，莫管他人瓦上霜”的时代了。这样的谈论，这样的觉醒，包含网上的深度文章，让人见识了一个万民参与争论的大时代。我深深感知到，这个时代一定会有光耀千古的思想家产生，一定会有黄钟大吕般的巨著杰作横空出世。因为，这个时代提供了伟大思想产生的一切条件，正所谓百年千年未有之大变局。正是这样新旧思想的剧烈碰撞，才会产生如原子一般的裂变，爆发出耀眼的光芒。我相信，中国不缺乏思考者，不缺乏做足了准备的人，不缺乏高迈的智者。在这样一个浪潮汹涌的时代，一定会有高人破浪而出，我不由为这样的一个时代鼓而呼。

2021 年 12 月 24 日二稿于西安

悲壮而沉重的“大寨精神”①

当我们言及新中国成立以来的农村社会探索时，无法绕开大寨。大寨精神，成为一个时代的路标，代表这个时代中国农业的实践取向。

山西太行山腹地，有一架山叫虎头山，山脚下有一个村庄叫大寨村。这个村子，论知名度，堪称中国第一。从1964年开始，一直到1979年，这十五年间，大寨的名字如响雷，回荡九州大地，中国几乎没人不知道大寨，它成为全国六亿多农民学习的典型。老一辈国家领导人周恩来、李先念、叶剑英、邓小平、陈毅等曾相继视察过大寨。国内各行各业，共有上千万人次前来大寨参观学习。国外来的有国家元首、政界要人和友好知名人士，海外134个国家和地区来大寨参观的人数达2.5万人之多。其影响力可见一斑。

---

① 2013年6月13日至6月23日，在陕西省防护林工作站王俊波站长陪同下，我采访了延安和榆林退耕还林、防沙治沙情况，意欲再现陕北农业生态的绿色革命转型。该文写成于2013年8月1日，作为整个计划的一部分，是对上世纪五六十年代中国“以粮为纲”的背景所作的思考。

1964年12月，在毛泽东提议下，“农业学大寨”写进了第三届人大《政府工作报告》中。这样，从北京到地方，每个省、每个县、每个村、每个人都行动起来，一场从上到下的运动，席卷全国。大寨精神，成为一面在中国大地高高飘扬的旗帜。“学大寨”学什么呢？那就是艰苦奋斗、自力更生，靠着自己的双手战天斗地的精神。这个有220户人家、500多口人的村子，在1.88平方公里的面积上，创造了奇迹，将分布在“七沟八梁一面坡”上的山地，建造成层层梯田。毛泽东在大寨人的作为里，看到了自己极为欣赏的一种品格：不要国家一分钱，只靠自己两只手创造出奇迹。1964年5月10日，毛泽东在听取国家计委领导小组汇报第三个五年计划的设想时，插话说：“农业要自力更生，要像大寨那样。他们不借国家的钱，也不向国家要东西。”1965年6月16日，毛泽东在听取汇报时又说：“农业投资不要那么多。农业要靠大寨精神。你给他钱，他搞得不好；你不给他钱，反而搞得好一些。农业靠大寨，工业靠大庆。”正是这种不依赖国家支持的奋斗精神，得到了毛泽东的首肯。于是，大寨就成为农业战线的一面红旗，成为人定胜天的楷模。毛泽东特别欣赏大寨“不要国家一分钱”的精神，其实也来自国家现实的考虑。当时我国处于困难时期，仅有的一点财力，也全部投入到重工业、基础工业方面，工业没有基本的投入，就无法运转；而农业那时仍是原始的人力牛耕状态，更谈不上现代工业的反哺。自然经济，靠天吃饭。所以，大寨的主体精神，是将自然作为对象、作为敌人，从而战天斗地，在力图改变大地形貌的同时，期望能够获取较多的收获。所以，开垦荒山，修建梯田，平整土地，改善植物生长的条件，就成为现实的主要目标。向大自然进军，喝令大自然奉上一切馈赠，奉上玉米、小麦、棉花及人所需要的一切。

大寨村有个陈永贵，他是穷苦人家出身，穷到何种程度？解放前，他的父亲陈志如兄弟五个，竟没有一个活到寿终。陈志如为老二，就在大寨一带打长工，靠穷伙计的接济娶了亲，生有一女二男。做长工无法养活一家人，母亲只好带着孩子逃荒要饭。遇上灾年，父亲穷困至极，为了逃命，卖掉了妻子、女儿以及小儿子，只留陈永贵一人在身边。就这样，还是活不了，一个大男人，靠自己的双手勤劳吃苦还是养不活自己和儿子的时候，其绝望可想而知。后来，父亲将陈永贵托付给大寨村的老太太李月妮，然后跑回老家石山村，在祖坟上痛哭一场，最终在一棵松树上上吊了。陈永贵在不幸中还算幸运，父亲托付的李月妮老人，待陈永贵视如己出，对他呵护有加。也许是李月妮待人处事稳妥周到，村里人习惯称她为稳周老人。这使陈永贵饱尝了人间苦难的同时，也深切体尝到人间的温暖。也许正是这颗种子，使陈永贵对贫穷的理解非同寻常，同时也使他有一颗热情帮助他人、乐意解困扶难之心。

陈永贵体力好，能干活，力大无比，年轻时村里人叫他“半个驴”。他更是一个种田能手，遇事善于琢磨。早在1958

年，陈永贵率领大寨人，就使全村粮食亩产量达到了 271.5 公斤，提前九年实现了全国农业发展纲要中规定的粮食指标。他将一片片贫瘠的山地，改造成了高产田。太行山地区的气候和作物生长条件，自古以来只能种一料庄稼，要么秋季播种冬小麦，要么春末种谷子。但是，陈永贵却大胆试验，在麦茬地里移栽谷苗。他的办法就是在谷子地里进行密植，等到麦子收割后，再将谷子地里的谷苗移栽过来，结果移栽过来的谷子长得跟原谷子一样好。从此，结束了大寨历史上只种一料庄稼的历史。大寨村每个干部都有一块试验田，许多优良玉米品种，是大寨人自己培育出来的。陈永贵率领大寨人三战狼窝掌的故事，在 1970 年代到处流传。其实，自 1953 年冬季，大寨人就打响了改造山川面貌的第一场战斗。第一次打坝二十五条，造地九亩，完成了对白驼沟的改造。此后，每年冬闲时间，大寨人就战天斗地，修地造田。陈永贵也在此时形成了“十年造地计划”。其实没用十年，大寨的每一条沟、每一道梁都得到了治理。1955 年冬季开始治理狼窝掌，这是一个硬仗也是造田的一个高峰。狼窝掌是大寨一条最大的沟，沟长 1500 米，宽约 13 米，高低落差约 200 米，总面积 87912 平方米。许多人不敢相信，这条沟可以治理，认为这是龙王走的水道，怎么可以治住呢？但是陈永贵解除了大家的疑虑，带领全村五十八个劳力全部上阵，大干一个冬季，在这条一公里多长的山沟里，垒起三十八道堤坝。对于五十八个人来说，这是多么巨大的一个工程，开山取石，填土造地，起早贪黑。第二年，看见所造土地上长出的绿汪汪的庄稼，人人心里喜悦。没想到夏天一场洪水，将所有堤坝冲得无影无踪。第二年，再干，堤坝修得比前一年更高，垒坝的石头更大，坝基更深。第二年夏季发大水，陈永贵睡不着觉，又一次眼睁睁看着洪水如脱缰野马，将一个冬季的辛劳悉数带走。这一次，陈永贵蹲在冲毁的堤坝前久久沉思，这样结实的堤坝，为什么经不住一场水？他想到窑洞，想到了拱桥，它们为什么有那样大的力量，窑洞能支撑住那样厚的山石土层，拱桥能支撑千百年的负重，那何不将堤坝做成拱形试试，想到这里，他高兴了。第三年，陈永贵又带领大伙三上狼窝掌，这时是 1957 年冬季，这一次治理，一改以往大坝的直线形状，而将大坝做成弧形，拱点对着沟的上部。这次总投工 26700 个，打坝 42 道，造出沟坪地 22 亩。再到夏天雨季发水，大坝安然无恙。1963 年 8 月 2 日，太行山区遇到了特大洪灾，大雨下了七天七夜，一次降雨量竟然达到了 590 毫米。大寨人前面所整修的埝坝地块，基本被水冲毁，房屋也大多倒塌，但是狼窝掌的堤坝经受住了这次洪水的洗礼，巍然屹立。

陈永贵第一次成为省级劳模，是 1952 年。在劳模表彰会上，他见到自己企慕已久的张老太和王殿俊，这两个人都是老劳模了。张老太，是太行区甲等劳动英雄，参加过开国大典，1951 年受到毛泽东邀请，走进中南海怀仁堂，参加了国庆两周年招待会。这些，成为他心中的榜样和力量。他对张老太的喜欢和企慕使他在八天的会议中，不离张老太左右。张老太被授予写有“穷山沟变成富牧场是山区人民富裕的道路”的锦旗，她是畜牧业的模范，是刀把口村党支部书记。另一位是白羊岭村党支部书记王殿俊，他是林业模范。陈永贵是农业模范。历史最终选择了陈永贵，选择了大寨，将之作为全国农业战线的一面红旗，作为六亿农民的榜样。

就人与自然的关系而言，大寨也是延续了“大跃进”时期的思想潮流，但就陈永贵自身而言，却并没有虚报产量，而是宁肯不当1958年的劳模，也不愿意放一个亩产过千斤的卫星。1958年开始的“大跃进”，人的精神作用被无限夸大，且蔓延到了整个中国大地。到处都在“放卫星”,弄虚作假、矫饰浮夸之风遍野。全国各地竞相虚报粮食产量的数字，你高我更高，看谁的卫星放得最高；你亩产千斤，我亩产过吨，吹牛不打稿，糊弄上省报。“大跃进”民歌中描述的粮食棉花堆上天、半截伸在云里面，可以“凑着太阳吸袋烟”。6月8日，报纸率先报道河南省遂平县放出亩产1052.5公斤的“卫星”。6月26日，又报道了江西贵溪县水稻亩产1170公斤的“卫星”。随后，“卫星”越放越大，水稻“卫星”亩产最高的是《人民日报》9月18日报道，广西环江县红旗农业社亩产65217公斤；小麦“卫星”亩产最高的是，9月22日《人民日报》报道的青海柴达木赛什克农场亩产4292.5公斤。参加1959年全国劳模会议的代表不少是“卫星式劳模”“坐火箭的典型”，会上的“卫星”一个比一个放得高，甚至出现了亩产几十万斤的数字。最为典型的是湖北省孝感县一位十九岁的女社长，在会上发誓说亩产不上万斤，她就不结婚。她的发言，引起了记者的争相报道，但后来却受到了周恩来总理的批评。

陕西安康的一首民谣，最能表达当时的时代氛围："天上没有玉皇，地上没有龙王。我就是玉皇，我就是龙王。喝令三山五岳开道，我来了！"这种革命浪漫主义，气魄实在大极了！对于人与自然的关系而言，也实在是自大到了极致。但它也的确是全国大氛围里的自然生发，正对应着这样一条路线，从"资本主义工商业改造"的一路高歌，到"迈步进入社会主义"，进而踩着跃进锣鼓"跑步奔向共产主义"。在这样一种热潮中，权力高层和知识阶层都已经失去了正常的判断力，何况普通百姓。"大跃进"之后，尽管遭受了被后来史家公认的三分天灾、七分人祸的三年困难时期，但整个社会没有进行认真清理和反思，而还是延续其冒进浮夸，不讲实际，片面强调人的绝对精神的套路，片面强调"人有多大胆，地有多大产"的人定胜天思路。已经神化了的精神变物质的观念，将人的精神力量片面地放在绝对至上的位置上，而没有以正确的科学观点看待人与自然的关系，没有意识到自然与人处在一个系统中——相偕相生才是最为恰当的方式，最终导致国民经济遭受巨大的摧残，人民生活处于困境之中，全国许多地方也饿死了人。

从社会实验的角度，我们不得不说，这是一场伟大而失败的探索。从这种探索所付出的代价而言，具有惊天地泣鬼神的悲壮性，这种悲壮不亚于一场人民战争所具有的悲壮性。陈永贵，这个大寨村的总支书记，也因了这场实验，成为共和国国务院副总理。仅就大寨所促成的对生产力的解放而言，应该是彻底的，特别是人与人的关系，成为平等的劳动关系，人也从土地的依附下解放出来，从而焕发出前所未有的热情和积极性。大寨本身是成功的，除去少年儿童和老人，每个劳动力都仿若是一个坚强无畏的战士，面对困难和挑战，都具有强大的战斗力。敌人就是虎头山，二百多户人家，就是要让虎头山低下头来。大寨人付出了难以想象的艰辛努力，花费十年时间，修成了层层梯田。然而，太行山腹地的一场山洪，使之损毁无几。大雨聚起山洪，携带泥石，轰然暴发，大寨人在山洪面前，唤起的是斗志，是与天斗、与地斗的无穷战斗力，却缺少了从根本上治理洪水的深远思路。以致大寨人随之重新开始，又是沿袭当年的路径，将梯田修得更平整一些，将堰坝筑得更高一些，这一次又是五年。大寨人的这种精神，不由得让人心生感佩。但他们在探索之路上，截至 1980 年代，一直没有找到正确的路径，没有想到让自己 1.88 平方公里的山地长满绿色，走出另外一条多种经营的路径。大寨盘桓在以粮为纲的传统圈子里，无法拔出。

在大寨精神响彻中国大地时，与之相关的一个农村政策就是以粮为纲。粮食问题成为全国农业的核心问题，将此作为农业发展的一个衡量标尺时，导引农民把视野全部放在粮食问题上，这是个有时代纵深感的问题。首先，国家刚刚经过三年困难时期，全国人基本上是勒紧裤腰带生活，衣食成为头等大事，无暇顾及其余，粮食问题也顺理成章成为首选的第一问题。同时，这一“民以食为天”的大问题，构成了一个巨大阴影，也遮蔽了其他问题的呈现和展开。在连肚子都填不饱的情况下，哪儿还有余力去思考多种经营的问题，那些更为深远的长久问题都会被看作梦中之花一般，被认为不切实际。其次，这与计划经济相关，在以计划作为主导的经济体系下，市场失灵，不能就生活中的需求与供给做出灵敏的反应和调整。整个农业农村都围绕粮食问题，难以因地制宜，并不能在发展粮食的地方发展粮食，在适宜于发展果林的地方发展果林，并以交换的方式，使之各得其所。于是，衡量一个地方的发展，便只有一种标准，那就是粮食产量。不管是山区还是平原，粮食成为重中之重。所以，大寨的旗帜就是修筑梯田、打坝造地，就是粮食过黄河跨长江。但人们忽略了大寨是一个山区，是一个长满石头之山的地方，它本可以建设成一个绿色的果香飘满山沟的美丽之地，如同今日之大寨。1950 年代昔阳县的三个模范村支书，张老太是畜牧业的典范，王殿俊是林业的典范，这两个典范应该说是太行山区最合适走的路子。遗憾的是，历史绕过了他们，却选择了大寨。这不仅因为大寨处于这样一个贫困的山区，处于这样一个环境极其恶劣的状态，更因为他们的路子是以粮为纲，对全国更具有示范作用。大寨人在这样的生产条件下能做到的事情，别的生产条件好的区域，比如平原地区，岂不更应该做到？！这就是大寨的示范性，也是全中国农村农业状态的生动写照。

神秘能量何以获取?

一个人九死一生，终获大成。这个大成可以这样形容：财富或足以荫及三世，官亨或足以威震朝野，名望或可以光耀天下。自此，他内心如何评价自己的巨大成功？如何对待自己的举世之誉？得意而滋生的狂妄，高居人上所生出的傲慢，飘飘然所生出的轻浮，加上所谓的“人有三年旺，神鬼不敢当”之势，在这种顺风顺水里，成功的喜悦，众人的赞誉，他忽然觉得天下没有自己做不成的事，张狂了，任性了，高调了。此时，天道里会斜生一种力量，出其不意地撞击过来，使他从此一落千丈，在余生里悲叹。说天道似乎神秘，其实道理浅显，一个人的行为藏着他的成功之因，其中也埋藏着衰败之由。如同种子埋藏着生长，生长里埋藏着旺盛之姿，但是不也埋藏着衰朽死亡之因么？

正因为这样，那些极其智慧的成功者，成功之后，却表现得截然相反。他当然在成功的路上备尝艰辛，在异常艰难的拼搏中，尽尝了人世间的悲酸和苦厄、屈辱与绝望；也历经过四面楚歌，众叛亲离，孑然一身。等他熬过了这样的暗黑时刻，终于迎来人生的高光普照。突然降临的巨大权力、财富和声誉，甚至超出了自己的预期，常常会令他产生某种神秘的体验和感受，觉得自己的成功犹如神助。也正因此，他克服了成功可能带来的狂妄，常常表现得谦卑、内敛、仁慈，似乎狂妄傲慢的那些东西，在他身上销声匿迹了。

这种神秘体验，是和自己全身心投入，不管不顾冲杀，甚至连性命也不顾惜有关。在这样的生命状态中，生成了一种场、一种气、一种势，不管是政治家、企业家或科学家、文学艺术家，皆为如此。能以性命之一搏者，一定有着与对象（事业）连带产生的命运勾连，这是因为他将自己深深打进了所投入的对象中。他实在可说是搅动了天意。所谓天意，就是事物运行中，藏有的某种内在规律。这种规律，其诡秘的地方在于，它有定律却无定型，每个个体搏杀的程度不同，它呈现给不同个体的面貌不同，深浅程度也不同。只有那些在历史深处搅动了历史的人，才会看到历史的真容，也才会彻悟真实的人性与真实的历史，才会在历史的纵深处发现那种神秘的力量，甚至是超出自我掌控能力的神秘力量。这是因为他从自我的深处发现了天地的秘密，发现了不属于自我理性直接控制的力量。所以，我将此称为上天的赋能形式，这种赋能形式体现在四个方面：体能，愿力，智能，境遇。

先说身体。我们知道，人到了五十岁以后，个体的身体机能显示出极大的差异。我指的是就同龄人而言，一般人到了五十岁后，旺盛的意志力衰退消减，积极进取的精神趋向弱化，觉得一生就这样了，已经知了天命，全然没有了年轻时那股子闯劲，变得退缩和颓唐。这不是一个人的精神传导出的消息，而是一个人的身体发出的讯号。也就是说，一个人到了这个年龄段，那种鼓不起劲儿的感觉慢慢涌上心头，身体带来的精神懈怠，渐渐显露。这是没有办法的事情。大多数人的身体状态，就这样支配承载着你的精神灵魂，支配着你内心冲力的大小。你有没有劲头去做事，是你的身体说了算。

但也有与大多数人不同的另一种情况，你仔细观察就会发现，有那么一小部分人，浑身照样洋溢着朝气蓬勃的力量，没有丝毫的懈怠和灰暗，而是充满了活力，觉得自己的远大前途正在一点一点展开，哪儿能老境光临？这样一比较，我们就会发现，人与人是多么不同。二三十岁时，个体的身体差异一般不易看出，似乎每个人都生龙活虎。但知天命之后，人普遍有了晚年的霞光映照之感。只有一些特例，到了晚年还是牛气冲天，你不得不佩服他。可见人生来带有的这个肉身，彼此之间有着多么巨大的差异！我们的体能是多么的不同！五十岁后，多数人在含饴弄孙的日月里打发时日，但像云南曾经的“中国烟草大王”褚时健那样的“人杰”，刚刚保外就医，才从监狱出来，却要与妻子在云南哀牢山承包两千四百亩荒山，通过种植脐橙，向世人证明自己的能力。这个时候，褚时健已经七十四岁了。这需要多大的内在能量才能唤起一个人浑身的不服输？他曾经在体制内辉煌过，是云南红塔山集团的董事长，将一个濒临倒闭的企业，搞成中国名牌；他还当选过全国“十大改革风云人物”。他因贪污入狱栽倒后，竟然还有梦想，要通过自己的双手，建立起来一个能证明自我能力的事业，果然成为中国“橙王”。以此盖起来一座精神大厦，一座表达自己能力存在的物证。

人与人的能量形式，甚为不同，这是一个可以通过观察证明的事实。一个人在某一方面的成功，可以有“天下尽入彀中”的王者之感。在他的领域，他可以张目四望，自许为老大。或玻璃大王，或鞋王，或纽扣大王，或哲学家，或文学家，或摘取了数学王冠，或发明了某个定理，或者富可敌国，如此等等。成功的光环如此耀目，刺迷双眼，竟也使自己眩晕。他常常所能表现出来的样子，倒似乎是谦和的、不安的，觉得是有神灵帮助，自己才获取这样的成功。

我在这儿所说的能量，不是说某个人具有通天的本领等，而是指一个人身上所散发出的具有影响社会、影响他人的能量。这种能量，可以具有极大的吸附力，吸引或影响周遭的人向自己靠拢。当然，能量的强弱不同，对周遭人的影响力、吸附力的大小也很不同。这种影响的形式是多样的。有的人，可能将他的能量引力更多地施与周围人身上，影响一批人跟着他走。有的人，可能将能量更多加诸他所从事的工作、研究、创作等，从而通过他的作品、学说、创造物来影响社会人心。我们当然知道人与人的天赋极为不同，当然知道这种天赋是通过能量引力形式呈现的。我的想法是，就创造性而言，一个人的大脑灵光乍现，在灵光闪现的那一刻，是以能量的形式一瞬间照耀了脑海的上空，打通了过去不曾链接的区域，瞬间看到了一个崭新天地，获得了一种新的可能。为什么他就能看到这些呢？我不知道在这种复杂的运演中，是什么促使了灵光乍现的这一变化？或者在他的思维里，有一种什么样的东西，形成了核裂变式的爆炸，然后形成链式反应，一下子扩展开来。一通百通，个人势能的当量在此涌现，从而爆发出令世人目瞪口呆的创造。

像孔子、老子、墨子、孟子、荀子式的思想者，像牛顿、爱因斯坦、霍金、马斯克式的科学家，你细细究问他思想的原点，就会发现，形成他思想开初的那些东西，就是一次裂变，迅速扩展。就那一次，形成了他思想的核心，后面就是工程师式的工作了，细加完善而已，创造已经结束。比如，牛顿从苹果掉到地上而思维豁然顿开，一下子理解了万有引力这个大问题。至于后面的计算论证或者实验，那是工程师的工作，不是创造性的。像霍金的黑洞理论，爱因斯坦的狭义、广义相对论，在他们对宇宙认知的打开之初，定然有一个訇然洞开的时刻。历史上称之为神人、仙人、圣人等，也有这样的认知时刻。开国皇帝，常常是从血海的拼杀中登基，他们残暴，但也常常信奉某种天意天道，觉得是上天赋予了他这种恩宠，权柄受命于天。

因为，天下并争，九死一生，“常于几成而败之”，最终能在血流成河、尸骨如山中胜出，坐了龙椅，不由不惊叹自己的幸运。所以，在自己惊恐的刀锋体验中，而常以君权神授作依仗。不管是刘汉帝国，还是李唐王朝，或者赵宋天下，或者朱明时代，最初的开国皇帝，就其个人生命史而言，能活到最后，真是偶然之状。正因为他深明这个偶然，在偶然见到了天道神明，所以毕生奉之。教科书常常说统治阶级愚弄人民，其实古代帝王们自己也真信那种所谓愚弄人民的东西。

直至今日，我们也搞不清，一个人的能量是如何获取的？见诸世间的个人，真是千差万别，未见某种统一的规律。唯一一种解释，就是上天具有一种赋能形式，加诸不同人身上，我们将此称之为天赋，或者叫遗传基因。不是这样，还能是什么呢？科学似乎有了更多的证据支持这一观念。据说，一个人的一生，只能在他生下来的智能空间范围内发展自己，拼搏一生他也拼不到自己的智能空间之外。这样的观点，令人十分沮丧，似乎一切努力都是白费。但若你不这样努力，就连你现有的智能空间，可能也使用不了十分之七八。不同的遗传基因，在不同人身上，会有绝不相同的走向，你或者成为天使，或者成为恶魔。但一对父母，生育一群孩子，同源而出，却个个不同，仿若为每一个体，注入了他之所以为他的那种区别。让人困惑的是，究竟是什么构成了这种万千差异？更让人惊悚的是，人类所赖以生存的这个环境，正因为有了这种极不相同的差异，而为自然的选择预留了空间，使人类在经历各种灾变中，总有应对这一灾变的基因个体存在。这大约是大自然的终极秘密。

2022 年 2 月 6 日初稿

2023 年 2 月 5 日二稿

怜悯、良知与自由感，就是通向未来的那一缕亮光

2022年终于翻过去了，这注定是不同寻常的一年，历史将为它刻下深深的印痕。这不仅是因为新冠疫情的肆虐和我国的封控以及解封，不仅是因为二十大后新的领导人的上任，不仅是因为俄乌战争，世界格局发生了变化，如此等等。还有一些看不见的小事件，如蝴蝶的翅膀在微微扇动，当它发展成为惊涛骇浪时，我们只有惊悚莫名。但当它还是一缕清风时，我们毫不在意。科学界的某项发明，新科技的某个应用，某群体正在凝聚的某个共识，某个民族正在衍生的一种情绪化氛围……我们不知道哪一只蝴蝶的翅膀最终会成为风暴的源头，就像一群孩子的出生，我们不知道哪个会成为爱因斯坦、哪个会成为国王、哪个会成为流浪汉。上帝在源头遮蔽了未来的显现，让不确定成为吸引我们的可能性。如同人生画卷，一点一点打开。我所关注的，是另一种日常。关注这种日常，发生了哪些深刻的变化？它会怎样改变我们的历史走向，以及怎样改变每个个体的生命轨迹？

新的一年来临，当我在回头张望时，总是会为网上海量的信息和意见愕然惊诧。我想，在如此情景之下，它会促使哪些东西发生改变？回望历史你会发现，人类从远古至今，从来未出现过如此众多的惊天声浪。今日网络上呈现出以意见领袖为标志的各式各样的看法和表达，细细回想，它真是一件非常骇人的事件。无疑，这是一种社会进步，是文明发展到此阶段的标志，是一个人类精神生存的新样态。你会觉得，在这个多样化的社会里，很难达到一个共识。就是说，每个个体，都具有了表达自己意见的可能性。即使自己不大会说话，也说不出来个所以然，但是他会点赞、会打赏、会对自己听得顺耳的意见加关注，对反感的意见爆粗口。这样的“网络蚁民”，事实上已经成为意见大军的底盘，在影响着历史的进程。一个个体当然没有那么巨大的力量，但是无数个体叠加在一起，就会形成巨大的力量，哪怕这种力量是新义和团，它总会对历史进程起到巨大的或推进或阻碍的作用。民意以这种方式宣泄着自我意愿，造就成一种伟岸的雄力，或者你将它贬之为蛮力也行。但这种力量任谁也忽略不得。

各种意见话语铺天盖地，不管东西南北、上下左右，任一方面，都会形成一种意见表达。如此的众生喧哗，往往令人莫衷一是，不知所措。但是，这是多么伟大的触动，它伟大的地方是，多种多样的意见摆在你面前，迫使你做出自己的选择。对，就是每个人必须选择一种自己可以接受的意见。比如疫情，不管是疫情在各个阶段的表现、钟某某张某某的看法、疫苗作用的有无、奥密克戎的轻与重、抗疫之种种方略，这些看法里，你总会形成自己的感受和意见。当然，这也包括各种社会热点问题。我想说的是，借助于现代科技，特别是借助于网络媒体、微信平台，我们实现了千里万里的沟通交流，特别是实现了自我的真实表达。至于你这种表达是受了哪一路神仙的影响，那是另一码事。问题是，你的确是以你的意愿，真实地表达自己。在一个虚拟的空间，你做到了现实里无法表现出来的那种真实。这一点真是令人喜悦。

身边的人，往往视同陌路；天边的人，却拥为知己。网络将我们的交往扩大，只要你不作茧自缚，你一定会看到正确的意见和明亮的前方。你是用自己的心念去看，用自己的体验去看。尽管你是在表达自己，但你的表达，也可能让许多人困惑，因为你的意见与他的感受大相径庭。有一些人，虽有较为丰富的阅历，但却不能正确地运用自己的体验性感知，而是让昔日的陈腐观念沉积于心，而懒于思考反观，于是形成一代人模式化的固有看法。历史早已向前，它却将自我陈腐的看法拥抱在怀，敝帚自珍，陷入某种精神困境里，这是极为悲哀的。如同一个厉害的恶人，曾经那样无情苛刻地伤害了你，而你却对他感恩戴德，原因盖由于他的强大。但是现在，你不妨听听不同的声音，了知一下不同意见的根据，你就可以走出精神囚禁的茧房。

正因为有了各种渠道、各种意见，单一的声音，即使它位高权重，头上有无上光环，你也不必那么盲目崇拜，你具有了分析的能力、分析的手段和凭据。我们获取信息，仅凭一种渠道的岁月结束了。任何媒体，不管它的名声多大，那种虚假的表达，必将被网民抛弃。这是新的一年来临之际，我所看到的一缕霞光。

新年来临，我愈益坚信，深植在人心深处的善根善因，它总会在那些严酷的事件上，形成一种整体化的声浪，或者是“铁链女”，或者是“烧烤店”，或者是“胡鑫宇”等，在这些事件上，不管高下，不论贫富，几乎有一个共同的追讨之声。这是人心的亮光，是透过无数层观念而直入心底的怜悯与良知。有这样一丝亮光，我们就有希望。我的想法与孟子之教导一致，他说：“舜之居深山之中，与木石居，与鹿豕游，其所以异于深山之野人者几希。”他说的是，舜这位大贤大德之人，本也居于深山，跟个野人差不多，之所以能区别于野人的原因，就在于他“闻一善言，见一善行，若决江河，沛然莫之能御也”。这是人心之本，这是希望之光、智慧之源，这是人心深处的向善之根。不仅大舜如此，常人也如此。怜悯与良善，总能在我们的心底唤起某种触动。无论遇到何种情况，谁也无法在人心中去除这个根本，任谁也难以抵挡它的力量。它是人心之根，是上天安顿于人心深处的依据，这种天然的向善力量，就是通达文明的不屈不挠的种子，哪怕它在岩石底下，也要奋力地生长出来。怜悯、良知、自由的渴望，它是长在人心深处的，是人之所以为人的依据。

正因为这样，任谁也不愿意活在恐惧里，任谁也不愿意过囚徒般的生活，任谁都希望自己活得自由通畅，任谁都想抵御那种加诸自身的痛苦，任谁都想将自身的枷锁打碎。

正因为这样，我们仅回到自我心灵深处张望，就可以通达文明之大道。

新年来临之际，仅以上述之语，寄语诸位朋友，让我们怀抱一份乐观，来看取我们的未来。

2023 年 1 月 20 日（农历大年三十）于西安小寨

从人欲的约束与释放说开去

对人欲的恐惧与警惕

华夏文明之始，总是对人的欲望怀有强烈的恐惧和警惕，这当然也有现实形成的灾难性力量的推动。春秋战国之际，争战绵延数百年，几无宁日。孔孟老庄荀墨诸家，大约正是从这种无休止的血光争夺中，看到了其罪魁祸首——欲望，在这一点达成共识。所不同的是怎样使天下安宁平和，各家的药方思路大不相同，但问题是共同的。限制约束人的欲望，便成为各家论说之要。将欲望限定在恰当的范围内，乃儒家之旨，所谓“发乎情，止乎礼义”。这样一路走来，三纲五常之类，自然出场。人们总担心无边无际的人欲会毁了群体社会，认为“人之生不能无群，群而无分则争，争则乱，乱则穷矣”（荀子语）。所谓的分，便是定出名分，分出上下尊卑、分出等级差序来，这也就是今日人们所言的制度安排了。当然也有对这个前提的断然反对者，那就是老聃。荀子认为的“人之生不能无群”者，在他看来，恰恰是这个群聚的社会性，构成了人欲泛滥争夺的渊薮，所以提出“小国寡民”的主张，认为“鸡犬之声相闻，民至老死不相往来”的弱社会性，才是消除大争大乱之世的灵丹妙药。儒家用上下尊卑之礼而使人定于自己所在的位置，从而不僭越不犯上，而天下安宁。认为“无分者，人之大害也；有分者，天下之本利也”，谁来统管这一切？当然是“人君者，所以管分之枢要也”（荀子语）。

假如说，荀子要从制度层面将孔子的理想落到实处，但作为思想者的孔子，显然更为注重的是从人的内在自觉意识来奠基，来塑造人的德行。他夸奖弟子颜回，身居陋巷而快乐怡然：“贤哉，回也！一箪食，一瓢饮，在陋巷，人不堪其忧，回也不改其乐。贤哉，回也！”在孔圣的夸奖中，包含着对俭朴物质生活的赞赏性肯定，当然也暗含了对奢靡生活的否弃。奢靡生活不就是穷奢极欲中的那个欲吗。到了宋儒朱熹那里，就更进一步，主张“存天理，灭人欲”。人欲成了宋儒眼中之大敌。但在不同国家民族的文化里，以何种不同的方式对待人欲，却也划开了一个鲜明的界限。特别是走出神权统治的欧洲，在文艺复兴运动之后，对待人欲，有了另一等阶的提升，将其作为提升调动民族深厚伟力的动因，这是现代性与古典文明的重大区别。

上天入地的探寻与巨大能量的释放

十八世纪下半叶至十九世纪初，德国启蒙主义时期的代表诗人歌德，在其代表性作品《浮士德》里，赞颂人的无限追求和探索，这种永不满足、永不停歇的时代精神的象征人物浮士德，连天使也偏心眼喜欢他，最后将他的灵魂接入天堂。十九世纪初英国诗人拜伦，在其长篇抒情叙事诗《恰尔德·哈罗尔德游记》和《唐璜》里，表现的还是上天入地的追寻和豪情万丈的情怀，从地中海到爱情海，从葡萄牙到西班牙，从古希腊罗马的废墟到阿尔巴尼亚的高山大川，既是主人公的壮游，又暗含着无限的追寻和探索精神。《唐璜》里的唐璜，这个花花公子式的人物，被具有强烈的浪漫气质的拜伦，塑造成一个新时代的永不止歇的追寻者。甚至那些贵族女子，也暗暗心潮涌动盼望着拜伦的到来，并希望他能一亲芳泽。这个被文学史誉为“抒情史诗”的辉煌作品,以开阔的世界视野和富于激情的笔触，展示了辽远宏阔的时代画卷，以对当下世道的不满作为一种反力，而表达了诗人对远方和未知的不懈探寻的心理。他深情歌颂太阳、月亮、海洋、高山，赞美神话英雄、古代豪杰、历史遗迹、文化珍品。从这些我们就知道了一个伟大的时代，和它所拥有的那种穷究天地万物的心胸和力量，这不就是大欲的释放么！你从五四时期郭沫若的《女神》里，也能见到这种磅礴的气势和力量。这是大时代对待人欲的拥抱姿态。

由此，我们可知发生过文艺复兴、启蒙运动的欧洲，为什么会成为人类文明的先导了，他们这种精神怎么能不成为人类的一座灯塔？最让人困惑的是，国人还真不敢放开来像欧洲人这样无限追求，这会使人疯狂，圣人们担心的东西正在成为现实。因为国人在欲望解除限制后，没有神圣的上方信仰作为底座和支撑，又失去了仁义礼智这些传统根基，势必会变成缺乏约束力的暴虐之民。当然，现在我们所能依恃的只有法治的外在约束了。没有了精神信仰层面的内在约束，人只信任自己，哪还有什么事不敢为？只要他人没有看见就行。所以，猕猴桃里可以注膨大素，猪肉里可以注水，面粉里可以增白添筋，医生诊病可以让你做不必要的检查，药方可以什么贵开什么，学生可以举报老师，教师也可以课堂不讲课外开班收费……哪儿可以找到安全、找到信赖和真诚？我们想在开放的欲望里，唤起探索追寻和创造的热情，但我们却没有一个族群共同形成的精神依凭，并以此来唤起、留存人自身内在的良知良能、善根善因，这成为时代的难题。

情感之门蹿出的神与魔

尊重人的自然之性，这成为人通向未来的必由之路。所谓的自然之性，就是人的天性里所包含的差异性、多样性、丰富性，只有尊重这一多样性，减少人为的整齐划一的要求，人就可能通向天堂般的自我实现。但自然之性里，一样蕴含着各种各样的要求与各种各样的欲望。爱与善的情感、恨与怨的情感，都是人心欲望的普遍性表达，或说是植根内心深处的自然情感。

怎样使这一自然情感通向一个美好的未来？而不致使这一情感毁了人类自身。老子看到了这一点，才说出，“天地不仁，以万物为刍狗；圣人不仁,以百姓为刍狗。”就是说,“天地”与“圣人”超越了爱与恨的情感，以“无”情之心，俯视“万物”“百姓”。

这就带出一个问题，在个人利害冲突、民族利害或者文化冲突中，怨与恨成为一种破坏性力量。所以，人类在宗教伦理、社会政治、文学艺术中，总是有所倚重地阐发爱与善的教义。期望人在这样的教义熏陶下，修持善心良知，从而达到和谐相处，共建美好生活。但是，春秋战国时期大哲们的问题，并没有伴随时代的进步而解决，国家民族对内则奉行恕道，大讲仁爱与善心；对外则奉行兵道，多行实力与对抗。除非有一种通用于整个人类的世界伦理产生，不然国与国的对抗，将持续历史上的春秋战国之态。好在，曙光似乎已经初现，人类的合作，已经在环保、动植物保护、碳排放减少、海洋保护等多个领域达成共识。但有限的资源与无限的欲望之间，其尖锐的矛盾依然存在。

大欲·理想·给予

其实，人的欲望除了直接性的物质化要求之外，还有更深层次。比如，施与他人之爱的欲望，这实在就是大爱和至善了，就是我们的课本里所标榜的那种拯救的理想，欲以天下或万民作为拯救对象，甚至不惜自我牺牲。历史上的英雄和救国救民于水火者，还有那些富国强兵者、开疆拓土者，就是怀抱大欲之人。这些人的欲望，往往不是单纯地为了一己之私欲的实现，而是将他人、民族、国家作为一个宏伟目标，欲求通过这一宏大目标而自我完成和实现。正如孟子所言梁惠王之大欲：“然则王之所大欲可知已，欲辟土地，朝秦、楚，莅中国而抚四夷也。”梁惠王的雄心在于开拓疆土，使秦楚来朝，屹立国中而四方归附。他多么渴望将自己的这种怀抱施行于天下！这就是那些人之龙凤者的英雄宏愿，但天下黎民常常因这些人而受苦，他们的野心要通过动荡与破坏来实现，希特勒不也怀抱主宰世界的宏愿吗？而小民所喜悦的幸福存在，恰恰相反，就是安宁的小日子。

正因为事实上的贫富差距的存在，使仁爱者的施与成为可能。其逻辑就是，施爱者的成仁或成佛之举，恰恰需要一个被施与的对象存在。在一个普遍富裕的社会，施与者很可能失去救助对象。而个人以穷奢极欲来实现自我的欲望满足，往往会变得可笑，原因在于他的豪奢，并不能引起更多的关注，也更不会被人们艳羡和赞美。所以，那种张扬显摆是在穷困状态下的另一种病态，此种病态是与贫困相连的。只有在贫困中，奢侈和张扬才显得那样刺目，才会被人作为话题而谈及，而被人谈及正是奢侈者的目的。而富裕社会的仁爱者，则会因为失去拯救目标而茫然，所以才会有真正意义上的国际主义精神，因为此种情感欲望至此才会转移。我们常常见到一些富裕国家的爱心人士，到一些贫困国家收养弃婴，甚至收养残疾孩子，这些行为也在表达着一种良善欲求的实现。老子看得明白："善人者，不善人之师；不善人者，善人之资。"善人指能者，能者是愚钝者的老师，愚钝者离不开能者。反过来说，愚钝者也是能者所借以展现自己之能的对象和资材，离开愚钝者，能者如何彰显自己之能呢？所以，老子接着谆谆教诲曰："不贵其师，不爱其资，虽智大迷，是谓要妙。"不懂得两者相互依存的人，那简直就是一个糊涂蛋！能人的能，也得依存笨人的笨而显示其存在呀！

最后的拯救

基督教里，圣徒耶稣基督才是人们崇敬的最高对象。基督是一个殉难者，也是一个拯救者，替所有人肩起沉重的十字架，所以忍受世间苦难，被戴上荆棘王冠，被鞭挞，被钉上十字架。基督的意义是导向赎罪的途中。基督徒是以个体的有罪之身降临世间的，在世间的一切作为将是赎罪，赎罪的过程就是自我清洗和完善升华的过程。这是否是个我主体最终的完美之道？抑或也是人类未来之大道？将人世间对他人的苦难拯救，作为最高的存在意义。以此观之，个体的最后解放是摆脱肉体的直接需要，为了他人而莅临苦难？这是我们所在的此一时段的历史展开。此后呢？

我所说的此后，指的是人类到达了这样一个阶段：基本的社会问题普遍得到解决，贫富矛盾已经不是问题，个人能普遍发挥天赋能力，且深入到自己的兴趣中，去劳作去生活。假如到了这样一个阶段，个体的社会性存在与社会性需要减弱，是不是个体的存在将复归本体，从而成为本体的存在？人不再需要在他人的目光中证明自己，不再以社会性存在而彰显价值，从而回到了更高意义上的个我独立。没有社会性依附，也没有彼此依赖，人人相忘于江湖。那么，因社会性存在而构成的一切伤害、一切痛苦，将不复存在。庄子所感知到的那种社会性构成的对人要求的统一尺度，以及由此尺度带来的对人的戕害，将不复存在。以人类精神发展的逻辑而言，个体最终的完成，是否将回到“鸡犬之声相闻，民至老死不相往来”的时代？这是不是基督教中的伊甸园，抑或是佛陀所言的天国极乐世界、超出轮回的永无苦恼的极乐天堂？佛陀所言之苦难轮回，本质意义是指人的无法解脱的劳作、病老、现世忧虑、人间俗务的烦扰，到此而终结。专制时代统治意志构成的国家整体力量，对微弱如草芥的小民再也构不成威压了。这是不是人类难题的终极解决？个我主体的觉醒与独立，正成为人类通向这一未来演化的必由之路。

2023 年 3 月 20 日于西安小寨

走出丛林之后的人类秩序

一

人类历史中，1648 年 10 月 24 日这个日子特别值得纪念，因为《威斯特伐利亚和约》的签订。

这是一个什么样的和约呢？在此之前，欧洲混战不息。那时，欧洲名义上的最高统治者是神圣罗马帝国，仿若中国春秋战国时期一样，也有一个名义上的最高统治者周王朝，而实际权力掌握在各个诸侯国手中，引发了数百年大大小小的兼并战争，所谓“春秋无义战”。十七世纪的欧洲，在神圣罗马帝国统治下的诸邦国，因了教宗的不同——天主教与新教而产生纷争，捷克的新教教徒们武装起来，反抗斐迪南二世禁止新教活动的法令，冲进王宫，将皇帝、钦差从窗口扔了出去，此为战争的引爆点，时间为 1618 年 5 月 23 日。当然，冲突的背后，还存有争霸与利益的攫取，双方就这样打起来了。一方为德意志新教诸侯、瑞典、丹麦、法国（法国本信天主教，为称霸却站在新教国家一边），并得到荷兰、英国、俄罗斯的支持；另一方为神圣罗马帝国皇帝、德意志天主教诸侯、西班牙，并获得教宗和波兰的支持。战争从1618年打到1648年，号称“三十年战争”。打来打去，谁也无法完全战胜对方，然后坐下来谈判。这一谈，就谈出了现代欧洲的格局。更重要的是，谈出了一个国与国之间的新原则：神圣罗马帝国承认这些邦国的国家主权，确定领土边界，承认国与国之间不分大小强弱一律平等的关系。这后来成为国际关系的基本准则。

尽管事情也没有到这儿就一劳永逸，此后还有拿破仑·波拿巴创建的第一帝国的统治，还有两次均以欧洲作为主战场的世界大战。但是，有一条公理原则建立起来了，在人们心中，明晰地知道侵犯他国的领土是野蛮的、丧失道义的，践踏了大家共同签订、理应遵守的和约。正因为人心有着这样的秩序原则的存在，欧洲国与国之间的基本格局至今没有多少改变。有些国家如列支敦士登，甚至可以不要军队，将国防和外交委托瑞士代理。而瑞士呢，也没有常规军设置，是一个全民皆兵的体制，这样一个弹丸小国也没有人敢冒天下之大不韪而欺侮之。这一格局的建立，是两种原则的胜利。一种原则是均势原则，也就是不同国度之间构成微妙的势力均衡，别想着一个吃掉另一个，这是一种互惠制约的存在模式。另一种原则是妥协共赢原则，在相互妥协退让里，求取各方利益的保存与共赢。

历史学家之所以看重《威斯特伐利亚和约》签订这一大事件，是因为在人类几千年的争斗中，一直奉行的是丛林原则，也就是野蛮血腥的“成王败寇”原则。这等于没有原则，反正谁赢了谁是老大。也没有什么公理，谁的拳头硬谁就有公理。这样的世界是可怕的，也因之会构成一种残暴的社会形态，这和丛林里的野兽并无两样。因之，在这样的社会形态里，让人很恐惧，没有人有安全感，人人皆为敌人。

二

在《威斯特伐利亚和约》签订时，朱明王朝刚刚覆灭，爱新觉罗家族率清兵入关，在中华大地上建立起新的统治。其王朝秩序的安排，有一个基本的运转规则，就是在其内部上下有序，伦理精神与刚性约束相互辉映，说是文明也大体不差。皇权建立起内部运行的一般原则，人与人之间有一个基本的公序良俗可遵守，国家机器严整规范，社会运行还算有道有序。但在王朝与王朝之间，其互为仇寇，可就没有了任何约束。皇太极要推翻崇祯皇帝，没有道理，也不跟你讲道理，让刀剑铁骑跟你讲理。把你干倒了，一切理都在我这儿，我想怎么说就怎么说，所谓“历史是胜利者书写的”。若你胜我，我不服也得服，“人为刀俎，我为鱼肉”。在这样的血腥原则下，每到王朝更替，总是全国“人口死伤大半”，“白骨露于野，千里无鸡鸣”。这不是夸张性描写，而是现实再现。看了史家信史方始明白，这样的诗句原来是血淋淋的真实写照。在这样血淋淋的写照中，有没有一种可能性，别让百姓跟着王朝的更迭遭受苦难了，让他们过几天安生日子吧。怎样能跳出这样的历史周期律？跳出“其兴也勃焉，其亡也忽焉”的历史怪圈？黄炎培以此与毛泽东对谈，希望共产党能找到一条新路，不再陷入治乱兴衰的周期里。毛泽东认为新路已经找到，这就是民主。让人民来监督政府,这才不会人亡政息。多么精彩的“窑洞对”！此时是 1945 年 7 月 4 日。

中国作为一个有着大一统历史的轴心文明国，它的兴衰并没有引发与另一个更高文明族群的对抗与冲突，从而构成对它的威胁。尽管另一种文明形态对它有过更替,如成吉思汗亡宋，满清亡明。但在事实上，元与清在文明的等级上，皆低于宋明，也因之才有宋明亡国，而元与清却亡了自身文化。就华夏文明的内核而言，它确实是数千年绵延未绝，当然也就没有再造与重建的内在动因。它只是在王朝内部酝酿积蓄着某种变化崩坏的因子，一代又一代交替而已。另一个强大文明的威胁，发生在满清末期，所谓的欧风美雨，导致华夏文明的真正危机到来。此前的夷狄之变，如何也没法构成新要素，没有能让华夏仁人志士眼前一亮的内核。他们所有的治国安邦方略、驭民求保之术，前朝皆已提供了现成方案，只管师古照搬就行。但发源于英法诸国的现代欧美文明，却以一种迥异的崭新面貌出现。这个大事变真是“三千年未有之大变局”，但却是历史难题的现代解答。

三

中国也有一段漫长的争战史，在东周（公元前770—前256年）长达五百余年里，兼并战争从未止息，史家称为“春秋”“战国”时代。那时，似乎从没有哪个诸侯国想过，打不赢就坐下来谈谈，大家把疆域边界划定，相互妥协安宁。没有人想过国与国之间的长期稳定之法，这样的蓝图勾勒是缺席的。就这样打来打去，打了五百年，打成了一个统一的秦王朝。秦王嬴政想建立一个万世不衰传至子子孙孙的王朝，他欣欣然做了“始皇帝”。后来的历史我们都看到了，连二世都没有走下来就玩完了。此后的王朝更迭，就剩下了一个治乱兴衰的循环，一直在一个圈子里转呀转呀，总也走不出。一朝一代，一代一朝，似乎没有人想过王朝之间的争战杀伐，有没有止戈之法？敢情死的都是百姓，与“肉食者”没有关系。这个问题，也不是绝对没有人想过，孟子就曾有过理想的设计，他说“民为贵，社稷次之，君为轻”。多么伟大的思想！他将孔子之仁心，落实到了王道上，区别了两种统治形态：王道和霸道。但是，这样的仁政理念，对于君主而言，仅仅是一种殷切呼吁，一个良好愿望。现实政治，总有它的铿锵逻辑，君主们似乎对孟子没有过多热情，他们将热情给了管仲、李悝、吴起、苏秦、张仪、韩非、孙膑、庞涓、商鞅之流。这些兵家、法家、纵横家之类，在他们眼里，才是真正的所谓经世济用之才。

战争的残酷性，未能进入这些精英的思维观照下，没有人想到妥协共存，即使某君一时妥协，也仅是权宜之计，待喘过气来继续兵戎相见。兵家与法家，其为君主们拿出的看家本领，都是如何自强与兼并。即使到了战国七雄时代，已经有了极大可能达成某种均势，但终究没有出现。个中原因，可能与文化及教宗相关。即相互争战之国,在文化形态上,尽管有一些差异，但却未能构成如欧洲那样不同的教宗，因而也就难以形成独立的文化向心力。也可能与七国的对峙时间太短有关，总之最后全都归并于一秦。这一历史大事件的形成,对我们影响可谓深远。最为深远的是，它塑造了华夏民族的大一统观念。在这样的统治秩序和理念之下,文化多样化渐趋式微。这些决然迥异的观念，形成了历史漫长的君主集权专制制度，也形成了我们独有的天下观。与周遭小国的关系,形成了东方轴心文明独有的朝贡体系。它与周围小国，是朝贡关系，上下关系。这些小国保持着对中华帝国的朝拜与尊崇，中华帝国以保护者的角色构成与周边诸国的关系。

检视春秋战国之际的诸子百家，孔孟老庄荀墨都出现了，如此辉煌的轴心文明创生期，各辟蹊径，阐发天下大治之主张。诸侯国之间的纷争，孔子欲以礼乐制度的建立，来确定名分，安排尊卑上下，构建社会秩序。老子却取退出、守拙、处下、柔弱之态,力图使高烧不退的社会清凉起来。仔细检视诸子言论，发现他们的思想边界，都囿禁在诸侯国之间的争锋之得失利弊上，却少有人考虑国与国之间的均势平衡原则，或者说止战永固的和平原则。面对战乱不息的困局，寻找不到解救之法。只能从残酷的战火血海中，不断地提高争战之术，兵法与权谋高度发达起来,人与人斗之高超权术,世所罕见。社会的文明指向,在国家秩序的构建之中,被消耗殆尽。于是,每一王朝的统治者,其所有的苦心孤诣，都用在了对百姓的防范之中，用在了对王朝的稳定和巩固之中，除了短暂的所谓盛世期，剩下的就是暗无天日的高压，无休无止的防民、弱民、疲民、辱民、贫民之策，让百姓欲做小康之民而不得。

四

我强调《威斯特伐利亚和约》的意义在于，人类几千年以来的恃强凌弱、野蛮相斗的丛林原则，庶几有了一个渐露曙光的希望。可以这样说，在此之前的人类历史，如前所述，没有什么道理可讲，其秉行的原则无非弱肉强食而已，是一个人类化的丛林。表现看来，是国与国之间的仇寇之态。但实际上，当天下成为刘汉王朝、李唐王朝、赵宋王朝、朱明王朝时，当刘家人认为天下就是我刘家的天下，是我流着血汗打下来的。那么，它的国家内部管理，哪里还有对百姓的仁慈和体恤？它的逻辑一定会走向商鞅那一套刻毒阴损的驭民之术。

美籍华裔历史学家费正清曾经设问：司马迁这样伟大的史

学家，为什么在自己遭遇奇耻大辱的宫刑之后，却也没有质疑汉武帝的无上权力，他始终没有问：谁赋予他这么大的生杀予夺大权，让他对臣民任意宰割？他始终没有想到权力来源的合法性问题。费正清自问自答说，原来皇权的理论架构是“君权神授”。天子乃上天之子，代上天行使人间的权力。所以，尽管“究天人之际，通古今之变”的司马迁，也还是没有将自己的思维向度指向那个重大的问题所在，当然也就未能为中华民族开辟出那个可以影响或改变未来的追问。

这里涉及国家建构问题。人类作为群居性动物，因其“类”的属性，于是便具有了一个内在需求，就是族群的组织形式。特别当多个族群联结在一起时，那么这个组织形式便格外要紧了。必须产生人与人之间的一个调停人，充当所有人的裁判者，特别是人际之间因利益等发生矛盾冲突的时候。不然，便是霍布斯所说的“所有人对所有人的战争”。假如人类处在一种自然状态：无政府，无法律，无道德。人人都想为自己获取维持生存的食品衣物，再加上尊严荣誉，那他所可能采取的最简捷的办法就是争夺，由此而构成无休止的战争状态。这个状态对任何人都是不利的。于是，理智告诉人们，必须让渡自我的一些权利，建立起一个超越所有人之上的权力进行约束，国家存在的意义便由此生成。国家权力是每个人让渡出来的，是个人与国家签订的某种契约，是为了让它来保护自己免受伤害。所以，当君主对臣民的要求里包含着伤害时，臣民有权拒绝他。所以说，国家的主权属于人民，它的合法性来源是人民为了摆脱彼此争夺伤害而让渡出的那一部分。若君主漠视或伤害民众的权利，人民有权利罢免他。

五

在王朝更替的历史中，其奉行的逻辑是“打江山坐江山”那一套，似乎他夺得江山就有了任意支配宰制百姓的权力。若是那样的话，任何打江山的口号都将丧失它的合理合法性，那是他为了一己之利陷民众于水火，那他就成为人民的公敌。假如打江山就是为了坐江山，与民众有什么关系，为什么要陷民众于这样巨大的战争灾难之中？有什么理由去推翻前一个王朝？难道人民就是为了换一个新的君主吗？有什么意义？坐上江山的皇帝，一生诚惶诚恐，唯恐自己被推翻，宛如坐在火山口上，他哪有一丁点儿正义性可言？无非是李唐王朝，换成赵宋王朝，或朱明王朝换作满清天下而已，换汤不换药。于百姓而言，无非换了个新主子。运气好，这个新主子不那么暴虐，还有点儿仁心。运气不好，就任由他宰割罢了。一代又一代就这么下来了。每当改朝换代，无不是血流成河，百姓念叨：“宁叫父母双亡，不让改朝换代。”它与老百姓的关系是什么呢？无非是席卷百姓成为任意一方获取天下的棋子和兵勇，成为“自古白骨无人收”的战场上的几根枯骨而已。这样的丛林法则，与狮群和狼群等同矣，不见任何黎民权利的彰显。对于我等普通人而言，要这样的改朝换代之循环有何用？！

各个文明的发生期，不同区域的圣贤大哲，都为搭建某种组织形式而提出不同的组建主张。其特征是哲思性的，他们寻求的是搭建这个平台的逻辑起点。没有人会忽略这一点，这就是有用的秩序形式。孔子将仁心作为这个组织形式的第一要义。仁心之下,建立起礼乐制度,所谓的等级差序是也。其第一前提，便是承认人的“类”存在,也就是人作为群居动物的社会性存在。这一切都是建立在这一原则之上。当然,也有不承认这一点的人。他不承认人必须是类的存在物，从而主张“鸡犬之声相闻，民至老死不相往来”。勾勒出“小国寡民”的原始性存在理想。老子在国家形态还处于萌芽期，还不够健全成熟之时，就敏锐地感到了国家组织形态可能对人产生的伤害。他希望退回去，退回到部落群居时期，一个部落十几人、几十人足矣，各过各的日子，自然自足多好。这显然有点儿过分想当然了，与现实相距太远。历史很难倒回过去，就如同苏醒的亚当、夏娃无法再回到混沌无知的状态中一样。但历朝历代，总有少数人实践老子的主张，隐于深山，“不知有汉，无论魏晋”。

人退不回去，唯有硬着头皮，不断向前，一路走来。好在柳暗花明，从《威斯特伐利亚和约》之后，人类有望走出丛林。它所建立的国际秩序准则，也自然反射到了国王与臣民身上。于是我们见到了和约中所确定的以平等、主权为基础的国际关系，在此后长达几百年的时间里，依然是解决各国间矛盾、冲突的基本方法。而且由此衍生出了各种体系和国际组织，包括维也纳体系、凡尔赛—华盛顿体系和雅尔塔体系等，并建立了联合国，亦有了人权宣言。

2023年6月11日于西安小寨

诗人的敏锐、共情与个性差异

世间之理，都必须植根于个人的生理心理基础之上，而不是经由教化，灌输下去，熟记硬背就可。我要说的意思是，每个人当然明白很多道理，从一出生父母就谆谆教导，教我们如何做人做事。上了学更是层层叠叠的理，小道理、大道理、明道理、暗道理一堆又一堆，让人甚为疲累。活人真难哪！但是人们往往忘却，在这些道理之后，推动这些道理在人心扎根的原因，却是背后的生理心理基础，而不是空头教育的道理。空头道理人人会说，若是哪一条道理没有生理心理因素做基础，那就仅仅沦为空头高论。这就好像一个人知道齐白石的画作一幅千万百万，他知道齐白石是人人口中夸赞的大家，尽管他从本心看不出齐白石与阿猫阿狗有多大不同，但他不敢说齐白石不是大家，他会跟着流行看法走，“齐白石的画作好极了”，“河虾是多么生动”。但他并没有从心底感知到齐白石好在哪儿，或者说，他对绘画世界有点儿盲区，或者叫美盲。很悲哀，他这是与生俱来，后天弥补没多大用。这个时候，你拿来齐白石一张画，去掉画家大名，说是阿猫阿狗画的，他一定会跟着贬低这画作。他对真正的艺术，好东西，缺乏心底里的认知。他实在没有能力为一幅画做好坏的判断。你可以为他讲授绘画欣赏，他也会记住绘画要领，画作欣赏诸要素，但他还是从心底感受不到它的美，他缺的是从心底里生发的那个美感。别以为美对所有人都有效。

国人喜欢说“将心比心”这样的话，其实这个前提是错的，错在什么地方呢？就是心跟心是不一样的。面对同一事物，人并没有完全一样的心理感受，这是由生理基础决定的。比如，共情力这个概念，他所涉及的人群，肯定有一个高下或者强弱之分。有人的共情力十分强烈，“感时花溅泪，恨别鸟惊心”“泪眼问花花不语，乱红飞过秋千去”“我见青山多妩媚，料青山见我应如是”，如此等等。诗人的内心多么丰富！共情力多么强烈！因之可以这样说，诗人是天生的革命者。就是说，诗人总是最先敏锐感到不平不公的人，他是首先愤怒起来的那一批人，是最先起来反抗旧有结构的小众。这是因为，他生来实在是太敏感了。但另一些人，却天生具有极为迟钝的共情力。就像刽子手对待动物，毫无怜悯心一样。所以，世间的道理，不是说出来的，是他的心里有，你再讲这个道理，他一下子就感受到了，就欣然接受了。他心里没有的，你讲破天也没用。

这样说来，世间的道理就真没用了？当然不是。世间道理还是有用的，他的用就在于通过道理，形成共识。尽管这个共识必是圈囿在一定的限度之内，但因为能形成共识性压力，这个社群尚可以此形成秩序感，遵循一定之规，不至于失序而乱了纲常。当然，这个纲常也是社群秩序所必备的要件。但是时间久了，这个共识会僵化滞涩，会形成人自由发展的阻碍。于是，边缘处的其他因素就会以破坏性力量加入进来，成为革命的动力和依靠力量，以此新的共识又重新形成。当我们说社会革命形成的必要条件时，不仅仅将之看作是经济条件，看作是国家的管理失效，以致出现王朝更迭、治乱循环。而应思考另一个问题：即使老百姓都没有了饭吃，处于饿死的边缘，也一样会安然待死,并不必然起来反抗,这样的例证历史上随手可得。因为要打破一种社会结构，还需要一种力量，这种力量就是中心化的离散力，我们可以将之视为边缘力量的兴起。这种边缘力量，就是与共识最远的那一层级。当这一层级逐渐地积累力量，达到了一定的离心效应时，原来的共识就会坍塌，新的共识就会席卷起来，形成中心化效应。当然，自然地也就构成了一种强大的力量而旋转起来，其中心风暴眼，会摧枯拉朽一般，将处于风暴中心区域的一切东西旋转起来，形成一种势能，以此构成新的秩序，直到下一次社会秩序重新构建之时。

2023 年 6 月 9 日于西安小寨

隐忍与低诉：东方美学的浓郁表达

——评电影《隐入尘烟》

马老四本名马有铁，兄弟排行为四，村子里人都叫他马老四，或者直接称老四。他木讷良善，老实肯干，除此什么也没有，栖身之所也是借住，房子是村民马成万废弃不用的。有人来提亲，女的叫曹贵英，也老大不小了，手抖、腿瘸、尿失禁。两边亲人一见，皆大欢喜，老四有了媳妇，女人贵英呢，被哥哥嫂子作为包袱终于甩了出去，让马老四接盘了。从此马老四和曹贵英开启了他们贫困且温暖的夫妇生活。这是由李睿珺编导的电影《隐入尘烟》的大概剧情。

其实，这是剧情的开端情景，剧情表达的重心在于两人世界的生活展开。这个展开是温馨动人的，它将凡人生活中的日常性一点一滴呈现在观众眼前，马老四总是牵着他的毛驴车子，默默地送粪、拉庄稼、干农活。他的媳妇贵英，也总被他要求坐在车上，一刻不离地跟着他。老四呢，不声不响地将所有的爱意都给了贵英，给她买了呢子大衣遮住她尿湿的屁股，捞一条鱼烤熟要先给贵英嘴里塞一块，睡觉时在贵英腰上绑根绳子担心她跌下炕去。他将自己所有的疼爱都默默地给了她，把她捧在了手心里。贵英就是马老四生活中的阳光，是他人生的一切、理想与幸福。种玉米、收麦子、孵鸡子、打土坯、盖房子，两人形影不离，深情与爱意从中悄悄滋长，似乎全世界就只有他们苦辛而幸福的时光。

编导是一个非常善于运用细节的人，他通过生活中人物的点滴动作,悄悄渗透人心,唤起观众的共情力——对艰辛的体验，对贫弱者的同情，对温暖幸福的感知。而且，大凡出情的地方，都会在作品中重复呈现。比如，两人结婚了，马老四在黄泥土墙上贴一个双喜字，问贵英贴得正不正？贵英说，右手稍稍提一点点。搬进新屋再次贴上红喜字，还是同一个动作同一个问话。比如,两人的结婚照,在摄影师的指导下面无表情地定格了，这也是贵英唯一一张留在世间的照片。她去世后，马老四将这张合影剪一半，成了贵英的遗像。马老四在房间取下了红喜字，挂上了这张遗像。这些细处，流泻出马老四的浓浓深情，编导就这样运用了一系列具有冲击力的情感细节，让观者对人物的认同情感在心中累积。还有一些富有童心的小游戏，马老四拿了五六粒麦子，在贵英手上用麦粒按压圆形梅花印，马老四边按边说：以后你就不会丢了，丢了我凭麦印就可以找到你。后来，贵英也默默地为马老四手上按压了麦印，他们两个幸福地久久对视。第三次重复出现这一细节，是在贵英因晕厥而栽进水塘淹死后，马老四将贵英打捞上来。他看着死去的贵英，默默地坐在她身边凝望，然后拿出六粒麦子，一粒一粒沉沉地按在了贵英的手上。这是一个令人落泪的段落，前面这个细节的两次铺垫，让观众在主人公这样的行为里，读出了永远的深爱、永不分离的心声。

这些都是底层百姓的日常温暖，是无声的无奈的，也是苦辛日月中一片明亮的光，这片暖光仅仅发生在两人的私生活范围内。而在私生活之外，则是一片冰冷的现实。马老四在现实中遇到的那个企业家张永福，他病了，要输血，且需要稀缺的熊猫血，只有马老四血型匹配。马老四原本也不乐意，但是耐不住村民的劝说：把这个张永福治好了，他才能把大家的工程欠款还了。村长也来动员，老四想想也就从了。后来又要献血，因了老板儿子帮他垫钱八十元给媳妇买了一件呢子大衣，于是他又隐忍了。每次献完血，张有福家人就请他吃一顿饭了事。最后，张有福儿子还把买大衣的八十元钱，在他卖粮食种子时扣掉。这是马老四所遭遇的外部环境。再说他的房子，原本是借住在村民马成万废弃的旧屋里，房子要拆迁，被拆迁者每户赔偿一万五千元，马成万急匆匆赶回来，让大铲车将房子推倒，拿上一万五千元走人。而马老四甚至没有来得及细细清理房间的物什，一下子就无家可归了。后来在马老四盖房时，从开始打土坯，到垒墙盖房，只有他们夫妇二人，艰难地一点一滴地建起来。村里没有一个帮忙的人。这些地方，让人深深体察到现实中人的自私与冰冷。

电影氛围的营造，对于编导来说，必有取舍，有时甚至不顾及某种矛盾的真实。从《隐入尘烟》中，我们知道，编导想要的是那种质朴而又简约、温暖而又忧伤的美学质地。人物，就是男女两个主人公，尽管也有其他人物的出现，就像是作为木偶道具般的陪衬，并未赋予其生活气息。甚至毋宁说，他阻断了主人公与环境的复杂关联，镜头始终注视着马老四和曹贵英。编导力图简化地处理人物关系，想把更多色彩浓浓地投射到主人公身上，这样马老四的勤劳艰辛、沉默隐忍、诚信良善的品格，在影片中得到了尽情的抒发。影片所假定的故事时空，如水一般漫过观众的心田，唤起人们对老四和贵英的同情与怜惜。在两人的世界里，构成暖意浓浓的诗意人性。在两人之外的现实世界，则是另一番情景。编导运用了一种对比法，将个人化的私生活领域与周遭的社会化环境做了对照处理，暖意与疏隔，是两重天。不能不说，编导的视角是独特的。

编导的独特在于他内置了一个视角，在现代的市场经济之下，在个人的权利意识普遍觉醒的状态下，他却表现了一个最易于被忽略被漠视的人群，他们缺乏自我权利意识，甚至不懂得维护自己的应得之物，而以传统的观念在生存。就像马老四不明白他不断地为别人献血，理应获得对方的补偿一样。他们是沉默者，发不出自己的声音，也少有人代他们发声。尽管电影本身不能做政治化比附与图解，但其构成的形象意义，还是能强烈地唤起人们的共情力。这种唤起，就仿若代言，为无数个无奈地辗转在艰辛生存边缘且被忽略的人群代言。在这一点上，编导也是高超的。他没有对人物评价，甚至刻意隐身，而只让马老四和曹贵英的日常生活说话，说出了他们的悲苦和幸福，也说出他们的内心期望。当如微尘般的马老四和曹贵英沉入大地时,他理应在同类如我们的内心,激荡起两行痛惜的清泪。

影片中的马老四、曹贵英，不自知自己的行为，或者说他们是以他们的本然在行事。但是编导心里是清楚的，他越是揭示他们的良善与隐忍，越是让观众不安。就如同鲁迅对阿Q和祥林嫂的揭示，揭示那种愚昧与麻木的状态。作者越是写出人物的这种不自知，其作品的效应就越是强烈。而编导大约也是鲁迅这一路径。他尽管对镜头中的马老四和曹贵英，投入了自己巨大的感情，但他始终与人物保持了某种距离。这种距离，有利于他的揭示，有利于他在爱的同时，表达出某种怨。这种怨，既是面向他深爱的马老四与曹贵英的，也是直刺他们周遭的环境人物的。他将那种人情中的冰冷做了隐忍克制的揭示与批判。

隐忍与克制，是中国传统美学中一以贯之的主线。通过人物的哀痛、灾变或苦难，而唤起一种广泛的共情与怜悯，成为中国文学与电影在叙事中的一般原则。因之，其美学表现形态是内敛的、含蓄的、蕴藉的。我们在《一江春水向东流》《小城之春》《城南旧事》等电影作品里，都见到了这种叙事质素，其基调就是苦难、隐忍与低诉，形成了强大的唤起效果。作者借作品人物极大地强化了诉求，也呈现出了自己的情感向背。在观众中形成的这种共情力，其实是带有强烈批判性的，且让观众在作品里尽情宣泄了压抑的情绪。这种悲凉的非圆满结局的影片，留给了人们长长的深思与情感沉积，让一种抨击的力量慢慢发酵，从而渗入人们的某些认知。通过内敛隐忍且引而不发,故而将张力传导给观众,使观众的注意力被牢牢抓住。可见，李睿珺深得中国电影美学之神韵，在其作品里随处可见其节制与省俭。

编导当然知道现代社会中每个人都会自觉地捍卫自己的权益，当然知道人与人的权利边界在哪儿，他更是清楚马老四在献血时，对方用一顿饭来糊弄他，显然是欺负老实人。但是电影在叙事时，却是不动声色的，是冷静沉着的。导演将自己溢于言表的情感藏起来，如同人物的隐忍一样，不说话，让观众体味。他也让镜头里的马老四将自己缩起来、隐起来，隐进那间土屋里，隐在那个不与外界相交往的壳里，悄悄地活着。或者与自己的贵英在艰辛里悄悄幸福着，如蝼蚁，只要你不踩着他就行，让他悄悄地活下去吧。作品取名《隐入尘烟》，就是隐入大地，是马老四们渺小如尘烟、隐入其中而人所不见。

附：关于另一种批评的辨析

艺术的天空是广袤的，可以容纳各式各样的人物，就如同它会有公子小姐如贾宝玉、林黛玉，会有鲁智深、林冲等梁山好汉，会有诸葛亮、曹操、关云长等三国故事，还会有蒲松龄笔下的花妖狐魅，如何能用一种形象而囊括所有？就好像稍有常识的人，绝不会认为马老四的生活就代表了中国所有人的生活。他既代表不了城镇人的生活形态，也不能代表乡村人的生活样貌，他就是一个艺术形象，而不是一个概念定义。这个形象里，会让我们看到某一种生活形态中的人。我听到了关于这部影片的不同意见，有人否认马老四这种形象的存在，认为我国已经步入小康社会，哪里还有这样贫穷的人？明明是丑化我们的生活，败坏我们的声誉，给敌对势力递刀子。还有人认为马老四不懂得维护自己的权利，编导拍出这样的人物，完全是哗众取宠，猎奇心理使然，与现实生活不相符合，缺乏现代性观念。显然，一部电影不能解决所有问题，更无法囊括所有问题。在中国广袤的土地上，的确存在有走遍五大洲的地球人，也有生活在富裕的珠三角和长三角的广大人群，但西部地区一些贫困人口照样存在，这也是不争的事实。好的作品是以它的美学精神取胜，我们不能往一部电影里塞进各种各样的愿望和要求，世界没有哪一部电影可以满足所有观众的想法。

以朴素的纪录片风格来表现故事和人物，这在当下颇为稀见。此种精神，似乎与我们司空见惯的浮华矫情和奢侈艳俗相反，它以自己的一副素面，映衬出满脸胭脂气的艳俗之人。从另一种意义上看，它也是对情感肤浅化、功利化、商品化的批判。

它让人见识了这样一对苦难的人儿，在苦难境遇中的温馨与幸福。并以此深深打动了具有一定生活阅历的人，让人们看到了生活深处的韵致底蕴，看到了那遗漏在微尘之中，而又光彩熠熠的金子般的情感表达。

2022 年 9 月 17 日于西安小寨

智慧之恶

——关于电影《小丑》与儿子的对话

亲爱的儿子：

前天晚上，爸爸陪你睡觉时，你又一次跟爸爸探讨《小丑》这部电影，这让爸爸心里一惊。爸爸明白，电影中这个形象，已经深深地扎进皮皮心里了。爸爸曾经给你说过，有些不该看的东西不要看，只要进入你的眼睛，便没有办法从内心里去除。瞧瞧，是不是这样？它会长久地困扰你。小丑这个形象，如此深刻地印在你的大脑里，这一点让爸爸感到意外。陪你睡着后，爸爸回到书房，却半天睡不着，心里使劲儿想，这部影片的哪些东西刺激了你，使你难以忘怀？

我想，是不是小丑这个人物非常聪明智慧，让你难忘？他有着常人难以达到的智慧高度，警察和政府官员都不是他的对手，他用奇思妙想的高招打败他们。他是一个坏人，一个坏人这么聪明智慧，而且使用这样的聪明智慧作恶，且在作恶之后又总能逃脱，这是让你困惑的地方，对不对？因为，在你小小的心灵里，你知道基本的常识，这个常识就是凡是干坏事的人最后都须得到惩罚。可这个小丑不仅干了坏事，而且在干完坏事后，不但得不到惩罚，反而总能智慧逃脱，这是不是令你不解的地方？这一点，你一定会觉得不可思议，觉得惊恐，觉得总有点儿想说但又说不明白的东西，是不是这样呢？

另外，爸爸还想到的是，这个小丑，在他的每一次作恶中，你都能感到他的出其不意，他的各种极其高妙的点子，甚至让人反抗都不可能，你分不清人有这样的高超智慧，怎么都用到了作恶上？这样的创造性作恶，天才型的作恶，真是让人惊悚！你无法做出对错的判断，你无法对这种行为做出你认为的恰当评价，不知该怎样说他、评价他，是不是这样呢？

除此，爸爸的判断是，小丑这个形象，能够印在你心中，是因为你看了《小丑》这部电影，了解了小丑这个人物后，内心总有那么一点儿认同，一点儿快感，有一种释放了自己压抑的感觉，觉得这个人厉害极了。对于厉害的人，你把他看作一个让人敬佩的人，但是你又觉得这个人物是个坏人。所以，你心里矛盾，既是敬佩的又是排斥的，人怎么可以敬佩一个坏人呢？但是，这部暴力犯罪类型的影片，就是这样，既让你感到了他犯罪时的恣意作恶，又感到了某种释放的快感，这是这部电影给你的感受。

一个人怎么可以对犯罪本身产生快感，这是让人困惑的。我的理解是，这是人的天性使然。人的身上，既有着天使一面，亦有恶魔一面。这一点爸爸在所读的许多书中都看到，而且也被人类历史所反复证明。小丑演绎了人的恶魔的一面。电影作为一种娱乐方式，你要将它看作仅仅是娱乐。但在中国社会，另一面却被放大，人们总是想在一部作品里，看到一些教益，而不仅仅是娱乐。

小孩在玩打枪游戏时，为什么愿意将枪射向人，而不是射向窗户或者一个物件？记得你前天玩枪时，让爸爸伸开手，你要向爸爸的手掌射击。爸爸照你说的做了。当然，水晶子弹打在手上并不疼，没感觉。但是，当你的枪口对准爸爸时，尽管爸爸知道这是玩具手枪，尽管知道玩具水晶子弹打在身上没感觉，爸爸还是在一瞬间感到头皮发麻。爸爸所说的意思是，人天然地在作恶时会产生一种奇异的快感，这大约是人类在野蛮时代的丛林里，进行血肉搏斗中累积起来的心理感受。

爸爸对小丑的思考是，作为电影主人公，他的行为，尽管可恶，但由于他是主人公，观众便对这个人物有了同情性理解。他的巨大破坏性，他的高智慧的犯罪，他所具有的超常的破坏能量和能力，都使人对这个人物产生恐惧性的认识，或者说具有了恐惧性的迷恋，正因为如此，所以印象深刻。在生活里，人可以忽视一个对你善良的好人，却根本无法忽视一个对你构成危险的坏人。以此可以认识到，人类的智慧，可以用来行善，也可以用来作恶。就像电影里有小丑这个作恶者，也有神秘的专门与作恶者对抗的黑衣侠士一样。行善与作恶，可能是人类在进行选择时的一时冲动，这一行为，已经不能仅仅用童年不幸和社会不公来解释。作恶之心如魔鬼，可能早就深深潜藏于人的黑暗心灵深处，不小心被释放出来，于是便有了这样巨大的恶的呈现。

爸爸知道，在人类的发展史中，人不断地解放自身。这种解放，分为三个层次：一是人对宗教信仰的抛弃；二是对理性控制的抛弃；现在，到了最后第三个层次，就是人对自身所处的社会环境的扬弃。到了这一步，个人真正成为一个孤独的人，他在追寻自我的独立时，一步步走向了完全自我的邪道。失去了任何束缚的人，遵从内心原则，在内心里寻找自己存在的根据。但是，这样下去，可能永远也寻找不到，能找到的就是连作恶也充满了天才的光芒,不过这种光芒是人类的灾难。所以说，解放的终点,就是对黑暗王国的解放,就是心的欲念的不断满足。满足到一个人足以灭亡整个人类的地步。爸爸在这儿想说的是，人在心中还是应该有一个上天或者上帝，至少应该有一个精神可以依凭的良知或者亲情伦理。不然，就真成为无法无天的魔鬼了。

儿子，这是一个很深很大的话题，爸爸不一定能够说得很好。有些地方，你也可能一下子懂不了，毕竟你还是一个十二岁的孩子。爸爸先说到这儿，你在成长中，会慢慢懂得爸爸所说的话的。

爸爸

2020 年 10 月 22 日于西安小寨

惊诧与漠视

何谓内心资源枯竭?

内心资源枯竭，这是一个非常难以描述的心理现象。

人的内心，一定有着一种能量存在形式。我的理解是，这种能量存在形式在人的意识深处，往往是一种信念或一种愿力。这种信念或愿力作为动力之源，寄宿于你的身体之中，支配着你的身体精神向着某一个确定的方向走，于是具有了巨大的超常的力量。它焕发出宿主身上非凡的创造力，或者说宿主会持续不断地在这种信念或愿力的导引下前行，直至实现这种信念或愿力所导引之目标。在这一通向目标的实践过程中，当然会遇到各式各样的挑战和困难，但正因为有这一信念或愿力的存在，尽管物质生活困窘，环境逼仄艰辛，但他们都能咬牙挺过。我们总惊奇某个人身上释放着一种超常的力量，可以确信地说，这种力量是那个念头焕发出来的，并由精神转换为物质化力量，做出常人难以企及的事业。

我感兴趣的正是这个信念或愿力的存在，它似乎是先验地存在于人的内心的某种念头和向往，大而言之，可以是一个社会团体的精神信念；小而言之，可以是一个母亲对儿女的某种执念和期盼。这种执念与期盼，足以支撑起她对艰辛的难以忍受的生活的坚忍耐受，也足以创造出某种难以想象的奇迹。据报道，2008 年的汶川大地震中，抢救人员发现了一位被房子垮塌压死的妇女。透过废墟的间隙，看到她死亡的姿势有些诡异：双膝跪着，整个上身前倾，弯腰以双手履地支撑身体，整个身体被压变形了。救援队队长突然发现了异常。他费力地把手伸进女人的身子底下，发现有个孩子，竟然还活着。躺在她身体下面的孩子，裹在小被子里，有三四个月大。因为母亲身体的庇护，孩子毫发未伤，抱出来时还安静地睡着。被掩埋在楼体之下的母亲，她不知因了多么巨大的力量，用自己的身子，护住孩子，孩子尚无恙，母亲已死去。类似这样惊人的例子不胜枚举。我想说的是，人的情感性力量或者说人的信念构成的精神力量，是多么强大，强大到令人不可思议的地步。

既然人的内心资源来自信念或愿力，反命题而察之，内心资源当然也存在枯竭的问题。一个人在某一段时段，没有想法、没有愿望、没有未来，也失去了欲望的追寻，对万事万物都没有了兴趣，“形如槁木，心如死灰”。这种状态，就是内心枯竭的状态。最早关注这一问题的还是庄子，他在《齐物论》中以讲故事的方式说：“南郭子綦隐机而坐，仰天而嘘，荅焉似丧其耦。颜成子游立侍乎前，曰：‘何居乎？形固可使如槁木，而心固可使如死灰乎？今之隐机者，非昔之隐机者也？’子綦曰：‘偃，不亦善乎，而问之也！今者吾丧我，汝知之乎？女闻人籁而未闻地籁,女闻地籁而不闻天籁夫!'"庄子在这儿提出了“吾丧我”的问题,就是自己把自己搞丢了,自我丧失其实从另一角度观之,也可说就是自我内心枯竭。

人的躯体里有两个发动机,一个发动机是人的肉体机能,它以吃喝拉撒的形式,保障着人体的正常运转,一个生命体就是以这样的物质化形态存在。它的运转,当然与天地万物相关联,阳光、空气、食物、水等,更别说其他天体现象对生命存在的影响,如太阳风、地磁风暴之类。若以生命的基本存在而言,它仅仅是一个基础的低维度运转形态。我指的是肉体化生存这一运转形态,我们可以从阿尔茨海默病患者身上获得证实。我们知道,在患上阿尔茨海默病这种神经系统退行性疾病后,出现的症状是:记忆障碍、失语、失用、失认、视空间技能损害、执行功能障碍以及人格和行为改变等,这些特征逐渐清晰呈现并加重。有趣的是,一个人在得上这种丧失精神的疾病之后,原先的其他疾病症状却全都消失了。他只有身体的机能还在运转着,若儿女照顾得好,且能持续运转多年。我将这样的机体称之为肉体存活机能。它是一种疾病状态下的纯肉体存在,与精神截然相分的肉体存在。

人体的另一个发动机,是人的精神意志情感,也可以归结为人的信念或愿力。这种信念或愿力作为一种强大的精神内核,支配并拖曳着身体向着它的目标迈进,为它的愿望服务,以达至它的愿景目标。这时候的身体,成了精神的傀儡。当然,说傀儡也不全对，身体机能并不决然被动地由精神所拖曳，它也会反作用于精神，构成对精神的强有力支持，或构成反向的拖拽。精神与身体两者成为相互协作又相互对抗的一对力量。有时协作得好，身体愉快，精神也愉悦。有时精神给予身体过分沉重的压力，消耗了巨大的身体能量，甚至因为这一巨大能量的支出，而使身体机能不堪负载，带来身体的抵抗——疲累或者疾病。若能缓解且还是如往常一样，让身体恢复活力，当然最好。但常有的情况是，在身体的过分消耗透支之后，就可能带来不可逆转的伤害，彻底摧毁支撑自由精神的身体，从而使身体的运行出现各种障碍，导致各种不可逆转之绝症发生。以我所见，身体之癌，大多是身体与精神产生巨大的不协调和对抗而导致。这种对抗，多是精神的力量过于强旺而机体的力量却无法承载。就是说，一个具有一定能耗限度的身体，却承担着一个具有强大运转功能且耗能巨大的大脑，这使两者极不协调。于是，许多天才早逝，便是个中缘由。当然，也有天才最终获得了长寿，这大约是他的精神能量的喷发消耗，恰恰合适了一个健旺强大的躯体，两者协调完美而已。如中国的齐白石,西方的毕加索。一般人都会在生活中获得一个直观性观察，那些各行各业的成功者，不仅其能量形式巨大，且身体活力大都非常强旺。

人对于外物的追求，本为欲望驱使，但这个外物，却成为实现内在欲望的曲折标志，久而久之，这个外物就僭越为目的。

一个人因为某一追求对象而使心理能量耗尽，或者倾其一生心力去干成一件事。常见之情形是，这件事干成以后，这个人的精神就委顿颓唐了，失去了往日之光彩，如庄子所言的形体与容貌枯槁干涸。一个人的内心资源枯竭丧失，大多是生活中失去了目标，寻找不到意义所在，日常也会变得毫无诗意和乐趣，从而丧失所有精神资源。一般来说，一个人文知识分子的内心枯竭，就是他的精神价值没有了依持之物。原来所依持的神圣之物，忽然间成了没有价值的所在，于是没有了方向，在原地打转而迈不出通向某一方向的步子，惶惑迷惘而失意困顿。人类社会中的精英，大都有“先天下之忧而忧”之志，他所忧者，乃社会的不公不平不义，乃贫弱者低贱者，这些问题或这样的人群，常常化为他寄念拯救的对象，这是构成一个民族精英的生命大观，这种大观可以唤起一种超越自身存在的精神力量，使之“苟利国家生死以，岂因祸福避趋之”。若对象丧失，拯救的意义也就自然丧失，由此失去了精神的存在动力。于是，他的精神委顿就出现了。有人将此称为精神危机，其实这与精神危机颇不相同。精神危机的表现特征是，一个人一向信仰的东西坍塌，长久为之奋斗的对象忽然失落，个人瞬间失去了前方。一个人视为最珍贵的价值破碎了，这些都可能使人产生精神危机，从而沮丧颓唐或失意混世。这是就直接的精神因素而言的。当然，精神危机中还潜伏着苏醒的要素。比如，一个生活在“文革”时代的人，一直被某种观念所左右，某一日幡然醒悟，发现一切皆谎言。自己一生中持守的信条原来是空中楼阁，从而一下子成为另一个人，一个强大的悟觉者。

现实生活中，大多人的精神资源枯竭，来自自身生活的断裂。这种断裂的强度之大，完全可能使自己放弃生命，或者强烈到令人疯癫，抑或至更为激烈的杀人复仇的地步，如此等等。滋润两人的美好情愫，为何发生这样的断裂？细细观之，此中一定悄悄演变着某种反向的力量，就是内心情感资源耗竭。于是，恩爱多年的夫妻反目，或者多年的朋友割袍断义，或者是情人之间的情断意冷，如此等等。这些现实生活中的触发，其要害是人内心的依赖或者情感的投射对象发生了位移，原有的丰盈情感流失，昔日在对象身上感受到的东西全部变了味道。对象身上，也曾寄托和参与着自己的生活，有着自己的情感投射，与自己共度了许多美好的时光，但此刻却不见了。当一个人背叛时，这些时光也要随之烟消云散。美好的昔日时光，灾变为恶劣的不忍直视的丑陋。这样的一些美好时光被偷走，或被异化而改变了颜色，成为心中之痛。许多人忘记了，生命就是由一日又一日的时光构成，既在累积丰盈之情，又在累积失望之感，当失望大于丰盈之时，就是两人的情感枯竭之日。

一个人无法与你的昔日时光和解，无法与你共度时光者精神和解，因此你就割让、弃绝、毁灭了你的昔日时光，这是一件多么痛心的事情。我们常常见到，那些恩断情绝的朋友或夫妇，个个恨得咬牙切齿，恨不能将对方撕皮啖肉。这样的情感，就形成了精神上的一个黑洞，在耗散你的能量、吞噬你的精神之光。因为它太强大了，以至于吞噬了你所有的快乐和幸福。谅解和宽容，当然是一种合适的选项，这一点圣贤们有诸多教诲，就此不议。当然吞下苦果是一件艰难的事，你可以将自己和对方都看作一个有限之人，而非无限之神。人对自己都没有办法，他依据自我无法选择的环境熏染而形成性格逻辑，又以这一逻辑与你大不相同。人与人的相爱与冲撞，不正如此。或者其心中的另一个自己，召唤他去做了那件你恨之入骨的事情。这种个我的有限性，我们在基督和佛陀那里，都能反向找见其根源。上帝当然是有大能的，个体当然是有限的，佛陀亦如是，所以有千眼千手，这是能量无限之表达也。是否可以在神性的存在里汲取能量，使自我的内在资源常葆丰盈？

我们寻求自我谅解，就是寻求恢复心理的失衡状态。失去平衡的心理，会使人陷落于黑暗的痛苦中难以自拔。跟自己和解，就是跟世界和解，你的过去里映照着彼此的影子，你将它看作一段自我生命的特殊时光，让那种嫌隙与怨恨散发出孤寂的清辉，隔远了观赏。

2022 年 3 月 1 日初稿

2022 年 8 月 14 日修改于西安

上天在每个人身上都注入了异禀天赋

人的奇特命运里，最为要紧的是，异禀天赋有机会一下子获得辉煌展开。但对大多数人而言，没有这样的幸运。这是因为社会是一个势利化的社会，人的天赋异禀有着一个渐次展开的时间等待，也有一个价值缓慢浮现的过程，还须遇上一个能被发现的伯乐。因之，在海洋一般芸芸众生里浮出水面的天才，的确是幸运儿。要么就是他的家庭为他提供了强大庇护，或者他遇到了所谓的人生贵人。比如，舒婷这个诗人，也就是那首脍炙人口的《致橡树》的作者。除了她出生在一个知识分子家庭，还遇到了喜欢唐诗宋词的爷爷父亲外，1974 年舒婷还有幸认识了“鼎鼎有名的归侨诗人蔡其矫”，并经常将自己的诗作拿去让蔡其矫评点指导。这段经历对她的创作影响深远。她的代表作《致橡树》，就是 1975 年由他们的一次谈话触发而写成。遇见这个导师，舒婷的才禀豁然顿开，成了新时期耀眼的一颗诗歌明星。我要说的是，假若她遇到的不是诗人蔡其矫，而是一个数学家之类，那么她也可能会继续在她热爱的诗歌创作道路上缓慢前行，但却很难在这一时段爆发出强烈光彩，从而形成她在新诗坛上的位置。要知道，她写出《致橡树》的时候，“四人帮”还在台上，中国还处在“文革”中。她的诗人才禀和超前的诗歌感觉，是被蔡其矫唤醒的。她若遇见的是别人，也许可以成为互为尊重和喜欢的人，却未必能遇见成就自己的契机。我想说的是，一个人的天赋获得了有效的开发和运用，就能获得如此巨大的社会效益。另一面的事实则是，对于大多数人而言，终其一生，可能也并不知道自己的天赋所在。就像大多数人也没有认真打量过自己，是否具有运用诗歌语言或者绘画造型的能力一样。甚至，在一个传统的农耕社会里，一个人的异禀天赋，假若不能给他带来物质上的好处，改变他的生活境况，那么他一定会遭到周围人的嘲笑和贬抑，被认为是一个无用的人。村邻在他的所长里，见不到实用价值，所长不能换来钱物，就当然判定其窝囊无用了。

悲哀的事情是随处可见的。老家有一个笔者熟悉的村民叫张有民，每次回家见到他，他总会笑嘻嘻地走过来，以揶揄的口吻讲述生活中非常好玩的事情，他眼里似乎到处生长着有趣的故事。他能将这些稀松平常的人与事讲得妙趣横生，令人捧腹。不幸，在关中平原上的这个村庄里，评价一个男子的尺度，是看他会不会种地过日子，能不能有本事过得比他人好。不幸得很，有民不是一个有气力干农活的庄稼人，日子过得狼狈不如人。于是大家说他没有正事没有能耐，属于被瞧不起的烂娃。十年前，一次回到老家，听人说他病死了，也就五十来岁吧。他天生是一个笑星，可惜他没有出生在一个富裕家庭，也没有碰到赏识他的人。我想，假若他成长的是另一个环境，他的这一天赋又能在童年少年时代被发现，没准就成了另一个郭德纲。但他生长的环境，就只能是一个一种尺度衡量所有人的地方。于是他的异禀却成为缺陷，他的死大约也与这种生存状态相关吧。

人类天赋异禀的向度，是十分丰富和多样的，社会对此的开发，还只是十分初级的阶段，远未丰富展开。上天赋予每个人极为不同的天然质素，人与人的不同，很大程度上，在于你是否运用你天赋所属的条件发展了你自己。如上所述，人们倾其一生，多不知自己的天赋所长，而在一些并非所长的区域耗费一生，艰难无趣地度日。当然，也只能是碌碌无为，难得成功。另一种普遍情况是，人明白了自己的天赋所长，但这个所长在此一时代并无实际用途，也只能令其闲置，哀叹自己没有才分。我在此也并不将人生成功作为唯一尺度，去衡量一个人的价值，但至少是这样，一个人在自己天赋所长的领域做事，往往有事半功倍之效；而在非自己天赋所长的区域做事，则可能劳累沮丧、苦不堪言。就是说，他在自己的劳作里，感受不到任何的快乐惬意。这是让人痛苦的。

我们再来看看人的天赋异禀的具体表现。有的人耳朵好极了，能够非常清晰地辨识不同的声音。声音的高低、轻重、清浊、音色，那些极细微的差异他都能辨识出来。当然，有这样一双耳朵的人，他适合的工作是音乐。不管是器乐演奏，或声乐演唱，或作曲创作，没有一双好耳朵，如何能够感受乐音的丰富性。假如一个人在电话里，常常连自己熟悉的同学朋友的声音都无法辨识清楚，甚至家人的声音也常常搞错，那么他最不适合的工作就是音乐了，哪怕他多么喜欢，或者有多么好的学习条件，这些都没有用。一个人的形感很强，几笔就能抓住一个物象,而且对色彩的感知和记忆都很敏锐强烈,他穿衣装饰，色彩搭配总是那样的和谐入眼，那么他就是一个非常好的具有潜质的画家或设计师。生活中，你会发现有的人，讲起往事来，能将场景还原得栩栩如生，人物的神态、对话、服饰、动作等，一一描述出来，一如昨日。这是一种再现还原能力，这样的人，具有了创作小说戏剧的天赋。有的人空间想象能力超强，他也许更为适合的工作是天体物理学。运算能力超常，当然就具有数学天赋。

上述天赋，人类皆开辟出较为成熟的领域，音乐、绘画、文学、物理学、数学等，所以有此天赋之人，就易于获得运用发挥。人身上还有许多天赋领域，你也不知道去哪儿寻找它的用途。味觉嗅觉极为超常的人，我们说他简直就如狗鼻子一样灵敏，各种各样的气味，哪怕多么微小的差异，他都能嗅得出来，辨识清楚。这样的天赋，适合于什么工作呢？我想，除了做一个调酒师或烹饪师外，我还没有找到更为合适的去向。人的奇特天赋，还有很多很多，我们到死也许并不曾察觉。比如，强大的面相记忆力，你说它有什么用处？我发现，在官场生存的人，面相记忆力都特别好。也是，你怎么可能见过领导一面，下次见面却想不起来了呢？那不就被自然淘汰了吗！曾在一个饭局上见过一位刑警大队长，他说，只要我见过一面的人，十年八年也能记得住。记认脸相的能力，也是警察必备的素质之一。但是生活中有多少人，都有轻微的或不大轻微的脸盲症，我也是，一般见过一面，很难记住这个人。但我却有另一方面的超常记忆，就是空间记忆。比如，只要我去过某个地方，哪怕就走了那么一圈，不管过了十年八年，那个地方的方位，街道的布局或者家门的朝向，都如同照片，清清楚楚印在脑子里。直到今天，这样的一种能力，我也不知道有什么用处。还有共情力，极易受到情绪感染的人，也可能适合于表演吧。由此可见，人的天赋异禀的形态，是多么丰富多样，只是在目下，许多方面人类还没有找到它的合适用途而已。人类所创造的职业，今天还非常有限。过去称为百工，现在呢，即使是一万种十万种工种，也还嫌不够。人类现在所使用的自身的基本能力还十分有限，其他沉睡的潜在能力，还有待开发。美国心理学之父威廉·詹姆斯说：“普通人只发挥了其潜在智能的百分之十。”还有一个多么广大的区域，等待我们去唤醒。

人类现在运行的是一个生产和消费的市场化体制，所有职业高下的衡量尺度是薪酬。一个人的天赋能够被发现并获有效运用，完全以市场来说话。桑德尔，这个来中国多次且十分活跃的政治哲学家，举了一个例子，他说：美国教师年平均工资收入是四万三千美元，但与教师同样是靠嘴皮子吃饭的脱口秀主持人大卫·莱特曼每年能赚三千一百万美元。最搞笑的一个例证是，联邦最高法院的大法官每年收入约二十万美元，而扮演法官的一个喜剧演员，就是《法官朱迪》的扮演者，每年却能赚两千五百万美元。假法官比真法官每年多赚一百二十多倍。市场定价如此，他所赚是他所应得，有人愿意掏钱就行。哪些人能获取更高的收入？这是他生活的时代构成的，主持人与演员有这样的高收入，只能说这个时代对他们的天赋更为有利。一个人的天赋，若没有生对时代，如同一个军事天才生在了和平年代，当然就会被湮没。或者是没有生对地方，如同那个具有笑星天赋的村民，可能一生焕发不出光彩来。

2022年8月19日二稿于富平

唤起：一种被激发照亮的生命状态

唤起，是我近年来时常想到的一种心理现象，也是一种观察到的心理现实。我的理解是，人与人之间，总是或强或弱地存在着一种彼此唤起的关系，说通俗点儿就是彼此应对的关系。但是应对这个概念，不足以表达我对人与人之间这种相互作用的关系的感受和理解，所以说唤起更为准确。扩而大之，就一个国家的制度形态而言，也显然存在着官与民之间那种特有的彼此唤起的关系。一种民族习性唤起一种制度形式，制度形式也唤起百姓的某种习惯行为。这一点，远在启蒙时期的孟德斯鸠就注意到了，他认为不同地域气候条件，构成了人的风俗与习惯，而这些风俗习惯又决定了法律制度形式。“日本人的性格很残酷，所以他们的立法者和官吏完全不能信任他们……他们的法律，在五个家庭的户主中设置一人为官吏，管理其他四个人。”一人犯罪，实行连坐。“制定这些法律的企图使所有人互不信任。”“反之，印度人则很温和、软弱，并有怜悯心。因此，他们的立法对他们有很大的信任。立法者们设定了很少的刑罚，刑罚也不严酷，甚至不严厉执行……快乐的其后产生了坦率的风俗，带来了柔和的法律。”[①] 好家伙，生长在一个特定区域的地理环境下，这气候与山川风貌也唤起生长于其上的人与其形态相吻合。可见，天地间有一种看不见的力量，在你我身上发生作用。就个体而言，唤起就是彼此各以自我的脾性气质教养等，唤起对方喜悦、厌恶、良善、哀伤、仇恨或怜爱等情绪情感，佛教里将此称为缘起。从根本上说，缘起就是动念之刹那所产生的结构起周遭人与事的意绪，它无疑也带有情感向度。佛家更想说的是，因对象和环境而生成的事件，本性为空，因缘际合才形成某种结果出来。人的念想从哪个情感轨道发出？这当然非常重要，它可能就唤起了对方某种对应的心绪，恶或者善。当然，这种善或恶的发出，不仅仅是简单的同一向度：善唤起善，恶唤起恶。它也会因遭遇某种情景而改变，或环境或对方，使行恶者中止，或者使行善者改道。

唤起，是否可作为解读小说、戏剧、电影之法门？看看古今中外经典名著，故事里的人与人之间，怎样走向了非常不同的道路。看看他们是怎样的起始，从而相互作用，善唤起了善，恶唤醒了恶，或者善的唤起中止了恶的行动，或者恶的唤起终结了善的念想。不用说，古今经典里都有精彩的表达。比如，法国作家小仲马的代表作《茶花女》，后来被意大利作曲家威尔第写成

① ［法］孟德斯鸠：《论法的精神》，张雁深译，商务印书馆，1961 年 11 月版，第 240—241 页。

同名歌剧，流播广远，影响甚大。故事的大致情节是这样：一个贵族青年阿尔芒，爱上了巴黎社交场中的交际花玛格丽特，玛格丽特被爱深深打动后，断然脱离交际圈，两人离群索居，租住到了巴黎郊区。有一天，阿尔芒的父亲找上了门，为了家族的荣誉和女儿的幸福，要玛格丽特断绝与儿子阿尔芒的交往。这怎么可能？玛格丽特为了这份爱，舍弃了她奢华生活中的一切。你现在要她放弃，可能吗？两个人物处在这样矛盾对峙的状态下，玛格丽特如何接受这个提议，并且还不能让阿尔芒知道真相。小说的精彩就在这儿，两人从对峙到默契，正是一个良善与崇高的唤起。老父亲向玛格丽特倾诉他的困境，说已经订婚的女儿亲家，知道了儿子与玛格丽特相爱这件不名誉的事，发出通牒，要么阿尔芒与玛格丽特断交，要么他们家就退亲。老父亲伤心地请求玛格丽特，说："一个女孩子的前途就掌握在你手里了，她可从来没有冒犯过你啊，而且她是应该有一个美好的未来的……既然你痛悔前非，玛格丽特，把我女儿的幸福给我吧。"在这样的唤起之下，玛格丽特的防线崩溃了，她在信中说："我爱你，阿尔芒。迪瓦尔先生对我像父亲般的态度，我对他产生了纯洁的感情，我就要赢得这个正直的老人对我的尊敬，我相信以后也必定会得到你对我的尊敬，所有这一切都在我心里激起了一个崇高的思想。"[①] 是

---

① ［法］小仲马：《茶花女》，王振孙译，外国文学出版社，1980 年 6 月版，第 238—239 页。

的，这样的理解和尊重，唤起了玛格丽特内心崇高的情感力量，令她放弃了自己舍掉一切而得到的爱情，最终也因伤心加上阿尔芒的误解带来的怨恨性摧残，导致她大病加身，一个年轻的生命就这样陨灭了。

曾经看到一个真实的案例。一个身负多条命案的嫌犯白宝山，在警察侦破之后，到他家里抓人，警察在门外喊他的名字，他马上感到外面喊他的人不对，预感会出事。往出走时，正准备拿枪，他母亲问了一句：外面的人叫你干啥呢？他说出去办个事。然后放弃了抵抗，跟着警察上了车。他后来告诉警察说，你们得感谢我母亲，是她的一句话，让我放弃了拿枪抵抗，我不愿意在她面前杀人流血。这个悍匪，枪法很好，作恶多端，那一刻唤醒了怜惜母亲之意，仅仅因为对母亲的情感，仅仅为了不让母亲目睹一场血腥的场面，由此而中止抵抗。

唤起，是内心的一种同源性寻找。人世间个体千差万别，对于具有心理同构的人，总是充满亲切感，或者理想一致，或者臭味相投，或者对方的谈吐令自己惊讶，或者对方的想法撞击了自己的性灵深处，或者两人在拼搏中结下了生死友谊等。“羽毛相同的鸟，自会聚到一起。”荷马在《伊利亚特》这部史诗里，描写了英雄阿喀琉斯与帕特洛克罗斯之间的深厚情谊，当他得知帕特洛克罗斯战死沙场时，失声痛哭，身旁的人生怕他过度悲痛而自杀。如此状态下，阿喀琉斯身上燃起强烈的复仇火焰，非得亲手杀死赫克托尔。不然，他内心的悲伤不能停止，那种因兄弟死亡而丧失的英雄气概也不会重返自身。阿喀琉斯的母亲忒提斯把新铠甲交给儿子，帕特洛克罗斯穿着阿喀琉斯的铠甲死去，他们之间至亲至爱的情感，仿若一个灵魂孕育在两个躯体里，将对方看作另一个自己。这就是《伊利亚特》里所演绎出的两位至交英雄所构成的“朋友是另一个自我”。亚里士多德将荷马的这个史诗故事发扬光大，在十卷本的《尼各马可伦理学》中，竟有两卷内容（卷八、九）来阐释友爱，其篇幅长度占全书内容三分之一，提出了“朋友是另一个自我”的论题。[①] 亚氏的这一句话，“真正的朋友，是一个灵魂孕育在两个躯体里”，在后世作为名言警句在全世界流传。

两人在各自的内心唤起了什么样的情感，能达此深度？这一点在古今中外都不罕见。相互慰藉，深度理解，目之为同道。唐代的元稹与白居易，就是在思想趣味上，诗歌创作观念上，成为难得的一对朋友。两人同时强调诗歌的“补察时政”“泄导人情”的社会功能。白居易认为“文章合为时而著，歌诗合为事而作”。元稹也说“自风雅至于乐流，莫非讽兴当时之事”。他俩同有一腔忧国忧民之抱负，他们为此不惜被贬斥而放言直谏、针砭时弊，他们同具超常的才华与风流蕴藉的情感。两人

① 车晓艺：《朋友是另一个自我——亚里士多德〈尼各马可伦理学〉卷八、九研究》，重庆大学外国哲学专业硕士学位论文，2019 年。

同具丰富内心世界，被彼此点燃唤起，其深情，无与伦比。白居易最深情的几首诗，就是写给元稹的。元和元年，两人分手，白居易送别元稹去了外地。写诗表达自己的心境：“勿云不相送，心到青门东。相知岂在多，但问同不同。同心一人去，坐觉长安空。”[①] 好家伙，长安城里，因为元稹这个“同心”者“一人去”，竟然觉得整个“长安空”了。元稹离世后九年，白居易梦见好友，情不自禁，缅怀挚友：“君埋泉下泥销骨，我寄人间雪满头。阿卫韩郎相次去，夜台茫昧得知不？”[②] 这是多么深切的情感唤起，且一经唤起，便至死不渝。

我不大能十分肯定友谊的深度究竟是怎么回事，木心说：“友谊的深度，是双方本身具有的深度。浅薄者的友谊是无深度可言的。”他还借用西塞罗的观点说：“只有好人之间才会产生友谊”，并且认为西塞罗“还是说得太忠厚了”。[③] 木心以此来辨识那些圣贤大哲，可以一窥其意。他认为像苏格拉底这样的大哲，“他的学生、他的朋友，都在通宵长谈之后，惫极，瞢然颔首而去。”依照木心的理解，大约是苏格拉底没有唤起这些对谈者，或者说对谈者听不懂苏格拉底，他们的思想没能处在一个频道上。木心这样理解：“没有苏格拉底是寂寞的，有起来

---

① 见白居易《别元九后咏所怀》一诗。

② 见白居易《梦微之》一诗。

③ 木心：《琼美卡随想录 · 风言》，广西师范大学出版社，2009 年 1 月版，第 82 页。

也不会七个八个一同有。这里一个，那里一个，分在两国两洲，年代也隔得远，远远。所以苏格拉底者，就是寂寞的意思，而且，不寂寞就不是苏格拉底。”[①] 不寂寞就不是苏格拉底，这为超越时代的大哲们祭出了一道绝望的谶语。在一个群体里，你苏格拉底怎么可能遇到知音呢？像你这样的，五百年才能出一个的人，哪儿容易找到知音？你的知音也许在远隔万里之遥的周朝，那儿有一个叫李耳的人，你们也许可以听懂对方，但你怎么可能轻易就在身边遇到知音？若那样容易，伯牙就不会“破琴绝弦”了。他当然知道，钟子期的稀缺可贵，遍览天下，哪儿还能找到第二个？嵇康写了《与山巨源绝交书》，临死前，没有将子女托付给阮籍，还是托付给山巨源了，他知道他的品格为人，知道他会倾心照顾自己的儿女。他与他的绝交，仅仅是因为山涛好意举荐他去做官，他觉得受到了误解屈辱。你还能不了知老友的心思？却非要“手荐鸾刀”而越俎代庖，让我去干这份令人羞辱的官差？你自以为的好事，在我看来是“漫之膻腥”，那一股子腥膻之气别来玷污我。但在政治上的划界，却没有抵挡这份为人的温厚。嵇康当然了知山涛，可以说，嵇康了知山涛的多个层面，包括他的温厚，而山涛却未必窥知嵇康性格里的决绝。决绝到天崩地裂的程度，决绝到以命相搏的程度。他们两人的相互唤起，尽管已能撞击多个层

---

① 木心：《即兴判断·夏阑三简》，广西师范大学出版社，2009 年 1 月版，第 17—18 页。

面，却有一个层级未能达至。

《红楼梦》中的贾宝玉，尽管也觉得宝姐姐知书达理，聪慧美丽。但是，在一些尖锐的个人意见上，却与之绝难苟同。而与林黛玉十分契合，这种契合，使其感情向背大大倾斜于黛玉，原因在于黛玉从不说那些“混账话”。什么混账话？不过就是黛玉从不劝他走“仕途经济”的那些聪明话，无非是用功读书，得了成功而已。宝玉内心深藏的对功名利禄的厌弃，只有在另一个对象林黛玉那里才被唤起，也才更为清晰地呈现出来，并以肯定的方式，在他的意识里获得位置，成为一个自我属性之所在，也才有他的爱恨取舍和最后出家的断舍离。懂你，是你的唤起还是我的唤起？抑或是双方的诗心里藏着一面锣鼓，等待你的敲响，然后同时聆听。

我们还常常见到另一种情况，就是那些深得我心的“敌人”。特别是在思想界学术界，真正的论敌，就是深深懂得自己的人，尽管两人观点相左，却对论敌十分欣赏。如经济学家林毅夫，在学术观点上，与杨小凯针锋相对，林毅夫认为“后发优势”，杨小凯却认为“后发劣势”。两人都有对方驳不倒的理由，彼此却十分欣赏。杨小凯于2004年7月7日离世，林毅夫这位杨小凯的生前论敌，第一时间在北京大学中国经济研究中心召开了追思会。他在致辞中说：“众士之诺诺，不如一士之谔谔。”[①] 足

① 见谢志浩《杨小凯与林毅夫》一文。

见他从心底对杨小凯的敬重，惺惺相惜，动人心弦。杨小凯的卓越且无畏，在林毅夫心中，打上了深刻的烙印。他们的相识，源于 1985 年杨小凯在美国筹办了一场关于中国经济的研讨会，正是这次会议，“杨小凯结识了在芝加哥大学经济系攻读博士的林毅夫。后来被视为‘论敌’的两人，其实相当欣赏对方的学术造诣与过人天资。1990 年，后来成为复旦大学经济学教授的韦森赴澳读博时曾到杨小凯办公室做客。他清楚地记得，杨小凯专门从书架上抽出一本装订好的博士论文，作者正是林毅夫。‘这部论文做得很有水平，毅夫的经济学功底甚是了得，做得很规范。你可以好好参考。’事实上，师从诺贝尔经济学奖得主舒尔茨的林毅夫也曾在公开场合将杨小凯称为自己‘效法和学习的榜样’。”[①] 在杨小凯生前，林毅夫就认定，他是最接近诺贝尔经济学奖的人。两人的论战，尽管毫不相让，但内心却十分喜欢。杨小凯的离去，令林毅夫感到了寂寞。真正知己知彼的论敌的存在，正是一种更为深邃的唤起。

这是一双极为奇特的对手。“文革”中，忧国忧民的杨小凯，写了一篇震惊上层的大字报《中国向何处去》，那年他只有二十岁。认为“中国存在新的特权阶级，要建成巴黎公社式的民主政体，必须再来一次新的暴力革命”。这张大字报给他带来十年的牢狱之灾。1979 年 5 月 16 日晚，林毅夫这位出生于台湾的“又

① 见刘亚东《中国向何处去？重温林毅夫与杨小凯、张维迎的交锋》一文。

红又专的杰出青年”,“金门前哨模范先锋连的连长”,“泅渡过海，抵达大陆”，不久后进入北大经济系读书。[1]也是这一年，杨小凯平反后准备报考中国社会科学院数量经济研究所实习研究生。两位非同寻常的人物，展开了不同路径的人生。大约因为他们人生的前半截的大不同，构成了他们不同的经济学理论选择。也大约因为他们奇异的人生路径,又构成了两人的深度理解。他俩的彼此撞击是那样尖锐,又是那样直击心扉,谁也难以忘怀。真正的敌人，他最能明白你的要害处。这样说来，真正的敌人作为一个更具有力量的唤起者，唤起你的警觉，唤起你的疼痛，唤起你对自我的重新打量，让你不能有丝毫懈怠。敌人是深化了的自我存在，将你含混的、模糊的、似是而非的存在明晰化，让你作为独有的我而鲜亮存在。在这样鲜亮的对峙性存在之中，往往在历史的合题中达成统一。这个合题实现的那一天，经济学界会不会去告慰杨小凯?

最后,我要说的是,唤起是一种十分复杂的心理与现实存在，远非我这寥寥数千字能说得清楚。物理学中有一个概念，叫能量级差。这一概念也进入社会学领域。就是说，人与人之间的能量等差是非常不同的，能量低的人，必然会受到能量高的人的影响。上面我所论的彼此唤起，是发生于能量大体相同的人身上，在能量级差极大的人身上，我们看到的是，能量低的人

---

① 见谢志浩《杨小凯与林毅夫》一文。

常常受控于能量级别高的人。这只能是另一篇文章所讨论的问题了。

2022 年 1 月 11 日夜

2022 年 10 月 14 日修改于西安小寨

在天赋的自然之性里捍卫自我

在中国历史上，君权处处想着包揽一切，就是所谓的统治无死角。任一角落，都要留下皇帝权力的统摄意志，都要显示出皇权的威仪，所谓“四海之内，莫非王土”。当然，四海之内，也需要任一角落响彻君王的声音。这是王权从内而外发出的主动地扩展自身的愿望。卧榻之下，岂容他人酣睡？皇帝的卧榻，无非太大了些，广至九州四海而已。

但是，大约从西汉董仲舒起，儒家学说被抬上了精神统治的位置，对儒家精神的阐发，对孔孟之道的注释，就成为文人的立身之基。为帝师成为一代又一代文人的梦想，也成为人生成功的标志。于是，在君统之上，还形成了一个若有若无的道统。文人以道统为托，仿若真成了帝王之师，帮着皇帝统御天下，要建立起一个王道乐土来。但在多数时候，这个道统并不见得真能起到作用，对皇权而言，它的约束力实在有限，仿若一个摆设放在那儿。我们知道，大凡权力，都有一种内在的趋势，就是不断地试图扩展自己的边界，皇帝的权力这么至高无上，能乖乖地让你儒家那一套说辞给统摄了去，听你摆布？何况你的这一套说辞，并没有与之相配的制约机制，以之限制它的任性并与之形成颉颃对抗。道统在实际运行中，大抵成了虚设。但历朝历代，总有一批文人儒生，以此为据，甚至以命相抗，就像方孝孺之辈，宁肯舍了九族十族的，也要捍卫那个道统。

文人所捍卫的东西是什么另当别论，我感兴趣的是文人捍卫本身的心理动机。其实在我看来，起作用的是文人从这个道统里，依稀看到自我价值的存在之理。你也可以说是文人捍卫了一种文统。这种文统里，有着文人所依凭的人生意义。也许他并不自知，并不自知自身为什么非得看重这个东西，而且有些时候会违拗上意，从而丧失自己的现实利益；有些时候又万分危殆，危殆到丧命绝户的地步。潜在的灾难如此之大，但他却如飞蛾扑火一般，扑上这点儿光明。的确，它是一抹光明，这个光明就是个体在自己的行为里，不能只是顺从上意、阿谀逢迎、曲意迎合。所以，自古以来，没有人认为阿谀逢迎是一种德行，没有人不将这种品行指斥为人性堕落的表现。原因简单，就是作为一个活生生的人，一个有着自由意志的人，他的自个儿不见了，自体融入他人的巨大阴影里，消失了。

对于一个人来说，哪儿还有比自身的消失更为悲惨的事情？

就每一个体而言，他的自身存在，自然与君王一样，也具有一种天赋力量，就是他理应不会忽视自我的存在，不会忽视自己也是一个会思考的动物。他本能地不愿意让自身消泯在他人的意志里，他也要展示自我存在的力量，这种自我存在的展示愿望，是内生于人体的。于是，个人的自由意志，天然地具有了展现和保留自我的愿望。这种愿望，是上天赋予的，人生来就具有自由地行使天赋人权的能力。很多时候，他的这种展示会遇到王权的统摄，遇到不留自由空隙的统治者的残酷打压。我们看到的历史现实就是，大多数平头百姓的愿望，被压制下去了，他没有表达自我的通道和手段。还有一种情况，就是被压制下去的大多数人，本来展示自由意志的愿望也不够强烈，也就易于在上位的威吓下屈从。而作为文人，却恰恰是自由意志的内生力最旺盛的人，也是表达愿望最为强烈的人。这个时候，他就与王权形成了一种对抗，这种对抗也许是不合作，也许是自我心理疏离。看透这一点，就非常能理解王阳明的龙场悟道。他悟透的是，“始知圣人之道，吾性自足，向之求理于事物者误也。”自己不能因为明武宗皇帝的否定而自我否定，尽管你可以说皇帝年轻而被奸宦刘瑾操控，但惩罚令是代表皇权的朝廷发出的，你如何处置你的内心感受？王阳明终于明白，对自我忠谏行为做出裁决的不应是皇权，而是我心。具有良知良能的此心，必现光明。过去依凭外在判断，而此刻在自体之心中找到了根，于是具有了巨大的力量而精神重启。

汤显祖的“至情说”也是如此，他认为“情不知所起，一往而深。生者可以死，死可以生。生而不可与死，死而不可复生者，皆非情之至也”。他想抵抗的还是那个僵硬的君主专制意识，他用死生的转换来表达个人的情感愿望和意志的坚贞，就是人不能仅仅是一个听话的傀儡、一个被操纵的木偶、一个国家机器上的无声无息的牺牲者。

大多时候，小小的个体，难以与强大的权力构成真实的对抗，个体没有这个力量，因为他面对的是强大的国家机器。国家机器的要件是军队、警察、法庭、监狱等，它要维持统治秩序，所依持的是暴力强制，它的建立本是暴力的方式，巩固也是。若存觊觎天下之念，如水泊梁山的好汉们，那也须“杀去东京，夺了鸟位”。重要的是这个“杀”，前提也是“放着我们有许多军马，便造反怕怎的！”权力就是这样，以暴力方式获得，似乎理所当然的是获得者说了算。这种权力之下的臣民，似乎只能受制于这个权力的宰制。但在现代文明理念浸淫之下，假如人们还是这样理解国家权力，还是停留在这个原始的暴力话语系统里，个体的任何愿望，何以能得到体现？天下，真是王的天下、一个人的天下么？

其实在前文明时代的中国，就有那些感觉敏锐的人，他不想自己纳入君王的那个系统中去，但他又无法与王权对抗。这个时候，他就选择了一种消极的方式，也可以叫作有限度地疏离王权，逃避王权的统摄宰制。所使用的方式，就是遁世隐居。这种方式，是想为自己找到一方不被统摄的净土，而真正活成自己。这种不跟你玩的心理，保留了个人的人格天地，竭力不让王权将自身同化了去。在这一点上，陶渊明为后世树立起了一块丰碑，后世的文人为什么这么尊崇他？从根本意义上而言，就是他建立起了一条与王权的成功标杆绝不相同的价值尺度，他从田园生活里见到的诗意、见到的喜悦、见到的真意，扩充了人们的生存空间。我们除了王权控制的俗世生活和这个生活中的功名利禄之外，还会在退一步之中，找到真实的身体栖居之地、灵魂安放之所，他的深远意义就在这儿。就是在王权之外，还有一个自我建立的适意的安谧的家园。这个家园，拒绝了王权的侵害，让东篱的菊花、隐现的南山、归巢的鸟儿，成为生命的“真意”所在。当然，还有另一种存在，这个存在就是将王权的统摄注满自我的内心，从而使自我的内在资源枯竭。我也可以将这样的人，称之为内心枯竭、自我丧失的人。

由此视点看待人文历史，那些真正构成人之所在的人，他们一定反抗了某种对自我的侵吞和腐蚀，从而保卫了真实的自我存在。比如，屈原、司马迁、陶渊明、李白、王维、苏轼、柳永、王阳明、汤显祖、曹雪芹等。

从另一视角看，历史上也有那些后人称之为明君的人，他并不固执地想一统天下，他会为他人留有自我呈现表达的足够空间。这样，在他统治的那一时空内，他竟然能与同时代的佼佼者，一起分享了人文历史的天空，从而构成彪炳史册的盛大景观，形成绚丽多彩的群星灿烂的天空。是的，群星灿烂，而不是一星独耀，这就是我们津津乐道的唐宋时代。那种活泼的生命力，从他们溢出心底的吟唱里，被千年之后的我们如此强烈地感受到了。

你看看一个朝代的氛围，就能推想出个体与君权之间的关系。帝王的残暴专横尤甚之时，你往下看，从大臣到百姓，层层叠叠的社会生活，便也具有了暴虐恐怖的成分，整个国家呈现出僵硬的、缄默的、无趣的、晦涩的状态。这样，你也就明白了为什么唐宋时代，中国人的生活是那样开放自由，诗歌里为什么会有那样充满热情的创造力。唐人的豪迈自信、洒脱自由、勇于担当、乐观清朗的精神，从他们的边塞诗中，一眼就能见出。“君不见走马川行雪海边，平沙莽莽黄入天。轮台九月风夜吼，一川碎石大如斗，随风满地石乱走。”在这样严酷的自然环境中，呈现出的是昂扬乐观的情绪，“虏骑闻之应胆慑，料知短兵不敢接，车师西门伫献捷。”强大的内在力量，壮美的心理感受，竟能将严酷的自然环境转化为审美愉悦：“忽如一夜春风来，千树万树梨花开。”这“春风”，这“梨花”，是在“北风卷地白草折，胡天八月即飞雪”的严寒之下的心理即景。这样我们便知道了，一个时代的风尚是什么，知道了为什么在明清诗人笔下，就写不出这样的诗句来。

我们再看看唐代妇女的生活，诗人笔下明快的画面是：“三月三日天气新，长安水边多丽人。”这是一幅多么和谐的生活画面。与此相映照，王维笔下是“竹喧归浣女，莲动下渔舟”。欢快，既是诗人的心绪，也是外物的现实。“丽人”映衬在“天气新”之下，“浣女”溢出“竹喧”之声。发自内心的快乐与轻扬的生活画卷，你在一个阴郁的时代是难以见到的。因为阴郁的时代，切断了诗人快乐的歌喉，他唱不出来欢乐的歌。他可以戴着锁链歌颂,你一听便知是伪饰的假笑,枯涩僵滞是那个时代的标志。

唐代的生活情调是放松的、优美的，这当然与唐代的政治氛围相关，官员敢于直陈己见，诗人敢于放言歌吟，百姓敢于大声说话。轻松优美的生活情调，于是弥漫整个大唐。这就是唐代为什么会成为一个伟大时代的深刻原因。而在“万马齐喑究可哀”的时代，哪儿还会有放达的歌喉和轻盈的笑语。再听听宋人晏几道对爱的追忆:“去年春恨却来时。落花人独立，微雨燕双飞。”你会觉得人间有这样细腻的美的感受力，将自己对爱的美好心境，这样入心入肺地传递出来。这种忆念，用了“小苹初见”“心字罗衣”,表达失去的怅然,表达流逝不再的美:“琵琶弦上说相思，当时明月在，曾照彩云归。”即使是对歌女之情，也透露出诗美的光芒，优雅的缱绻的唯美气息，穿透历史云雾，将那种忧思与伤感，丝丝缕缕向我们萦绕而来。自由心态之下的爱恋，才能生出那种生死相依的绝唱，才能有“曾经沧海难为水，除却巫山不是云”的凄美景观。

少年时期，我曾有一个很固执的想法，认为皇帝么，不就是一人而已。一人的行为，怎么可能禁锢了整个天下？哪有那么大的威力！不信。后来经见的事情多了，观察历史多了，才始明白，原来皇权具有非常强大的内在驱动，就是自我复制能力，他天然地高速地复制传播自我。皇帝尽管是一人，但其行为，就是一种最高的存在力量，这种力量本能地无限复制并强力传导，加速向四周蔓延扩展。于是，上面什么样，下面也定是什么样。假如下面走了样，即使这个样儿走得再好，得到的也会是惩罚性“纠错”。他不在乎真理的探求，他在乎的是皇权威仪是否得到贯彻，他一定要将这种自我复制的威仪扩张到底。除非遇到另一个强大权力的阻挡。

当然，清明宽松的政治也会将自己的样儿复制下去，会使天下充满勃勃生机,这也就是人们忍不住赞美盛唐的原因。于是，群星灿烂的盛唐天空，我们看见了唐高祖李渊、唐太宗李世民、唐玄宗李隆基、唐高宗李治、唐代宗李豫，还有武则天等，也知晓了贤臣魏徵、房玄龄、杜如晦、长孙无忌、狄仁杰等。除了政治权力的天空，唐代还为后人留下另一重诗美的世界，为我们留下了李白、杜甫、王维、白居易、李商隐、李贺、岑参、高适、王昌龄一大群闪烁着奇光异彩的诗人。绘画方面呢，则有阎立本、李思训、李昭道、张萱、周昉、吴道子、蒋干、韩滉等，音乐舞蹈方面有李龟年、雷海青、张红红、许和子、永新、念奴、何满子、杨琼、谢阿蛮、安叱奴、公孙大娘等。一个朝代的强盛，是由这么多各式各样的人物组成的，广阔的天空是可以给予各种各样的人物表演并自我展现的。只允许君王一个人独占，而不允许其他人分享，这个本应多彩灿烂的天空，只能是一片黯淡。

2022 年 7 月 15 日于西安小寨

安守故土还是离乡漂泊?

——社会性选择中的基因变异

人与人是那样不同，这种差异，有时让你惊奇，惊奇到不可思议。生活中每当看到奇人异事之时，我总莫名触动，内心久久震荡。有一种人，他不管待在什么样的环境下，他都会仰起头来向远方凝视，他不满于自己所处的环境，他会想方设法跳出去，寻找更大发展空间。自己脚下这一方热土，仅仅是一个随时准备离开的跳板而已，他痴迷于远方。正因为他神经上有一根弦儿，随时绷着，你会发现，他能抓住任何一个可能的机会，随时飞奔而去。他不认为自己就该是这块热土上的寄生之物，他没有树性，不扎根，随时准备飘浮于任何一个宜居之处，并且不断向上攀缘。他有一种能够不断重新开始的魄力，他能把“非我所属”的环境变为“属己”的环境，他有能力为自己开拓一方新天地。人多是喜爱熟悉的环境，在熟悉的环境才感到惬意舒适，但这种人却有不惧怕陌生的心理素质，他觉得哪儿都是故乡。他对周遭环境极为敏感，环境一有问题，他立马就撤离。即使现有环境不错，他在这个环境里也活得风光，但正因他喜欢向外张望的习性，时间久了，他也会选择离开，成为新环境下的一分子。他更大的本事是，在自己的上升通道里，能够努力寻找到使自己成为自己所是的那一个。他像一条变色龙，不断改换自己的颜色，以便适应自己所是的环境，如同北方的黄色蜥蜴，到了南方就变成绿色一样。

人群中的绝大多数，与上述这种人格截然相反，终其一生，都只是在自己的可能性里安排自己的命运，从没有试图张望外面的世界。或者，在他的意识里，外面的世界，是一种危险的存在，虚幻的存在。在他而言，不具有可触摸性。他随遇而安。当然，他偶然也会碰到可以跳出自我囹圄的机遇，但这种机遇，对他仿若不存在一样，这不是他的现实与可能性。即使那个渡他过河之舟出现在眼前，他也觉得这叶扁舟跟自己无关。舟既不能改变自己，也不能对自己发生任何有效的影响。他所能认识的，就是自己的有限环境，有限的几个人。他与第一种人即使碰巧朝夕相处，却神隔万里，他们的精神处在绝不相同的时空通道里，两条平行线永远不能相交。这种人，你不能跟他谈论超出柴米油盐范围的话题，他觉得那是天上的星星，只能看着它熠熠闪光，只能远远地瞭望。星星和他的生活，没有任何关联。

剩下的，是处于两者中间的人。假若说，第一种人只占人群的百分之五，那么第二种人大约占人群的百分之八十，两者居间者，大约是人群中的百分之十五。这只是我的一个观察，是属于现象性描述，更无法做出统计。这种人固然也知道外面的世界，也不否认外面世界的精彩，但他觉得那精彩是别人的，我要做的是眼下自己的精彩。外面与己无甚关联。他也会时不时向外张望，但只是看看了事，从来没有认真想过变更自己的现状，哪怕这个现状多么不如意。他会在一个地方扎根，成为这个环境的组成部分。他觉得自己所在环境最好，他处在这个区域里，是本地虎，属于这个区域的精英人物之一。尽管这个环境是一个有限的环境，他在这个有限里如鱼得水，活得滋润且自在。他更多的时间不看天外，就如同望不见更为辽阔的未来一样。他终身都处于这样的状态里，始终未能将自己与外部世界勾连起来。他也许极有才华，但他始终经营的是自己的脚下，是一个清醒的现实主义者。他始终未能尝试走出自囿之外，所以难知外面世界的滋味，无感于天下之大，天外之天。这类人中，也会偶有超出自己禁囿者，而感知了天外之天的。但大多将经营足下事业当作心经，操持修炼一生。他们代表了这个区域文化的主体色块，是这个区域的灵魂所在。

上述这三种划分，不是我的发明，远在战国时期的庄周，在《秋水》篇中就已表达过相同的意思。他说：秋天河流涨水时，径流极大，两岸之间，不辨牛马。此时，“河伯（河神）欣然自喜，以天下之美为尽在己”，于是“顺流而东行，至于北海”。见到北海的河伯，喜冲冲的神色不见了，望洋向若（海神）而叹曰：“‘闻道百，以为莫己’者，我之谓也。”原来自己就是那个孤陋寡闻的人哪！海实在是太大了。在此，庄周借北海若之口说道：“井蛙不可以语于海者，拘于虚也；夏虫不可以语于冰者，笃于时也；曲士不可以语于道者，束于教也。今尔出于崖涘，观于大海，乃知尔丑，尔将可与语大理矣。”[①]北海若、河伯、井蛙（夏虫、曲士），此三者，你无法向井蛙言说海之大，他认为他那个尺寸之间，就是天下了，优哉游哉，自得其乐。你说海之大，他无法理解也无法想象，会直愣愣瞪大眼睛，怎么可能？他受限于他所处的空间，他的想象达不到走出自我边界的能力。而河伯则能游出江河，观于大海，并“乃知尔丑”，知道自己的局限，于是可与河伯语海论道矣。这不也是人的三种状态吗？在这儿，我们见识了宽广深刻的庄周之思。

古今中外的经典小说里，我也发现了一个普遍现象，就是小说家在动念结构他的小说时，一定有一个本源性的触点。也就是说，他的内心深处，一定有一个人物，将他深深地触动了。这个深深触动他内心的人物，一定是在一个庸常的沉闷的生活世界里，想伸出头望向远方的那个人，是他的身上有了一些特异的东西，这些东西刺亮了作家的思维。他也许并不能从伦理上道德上理清这些，但是他的直觉总是被他吸引，内心总是被这个人深深搅动。那些如树一般长在原地的人物，一般不易成

---

① 陆永品：《庄子通释》，中国社会科学出版社，2006年5月版，第243页。

为触动作家内心的对象。法国作家福楼拜在他的代表作《包法利夫人》里，所着眼的主人公是一个富有的农庄主的女儿爱玛。包法利开初爱上她时，他的前夫人嘴里恨恨地念叨："鲁奥老爹的女儿，一位城里的小姐。"[①] 其实爱玛也不是什么城里人，在法国被称为外省人，·个小小城镇而已，家里还是以种地作为主业。但爱玛稍有不同，她在修道院受到了良好教育，懂得跳舞、地理、绘画、做绒绣、弹钢琴。这些东西，作用于具有内在渴望的爱玛身上，使她在嫁给包法利之后，具有了向外瞭望的可能性。尽管这种渴望，使她接二连三地被玩弄、被利用、被欺骗，以至于最后服毒自杀。小说关注的恰是这种渴望，这种浪漫的心绪与情感，尽管你可以说，爱玛轻浮、浅薄、虚荣、水性杨花、耽于幻想，而且正因为这些，将她推向了绝境。但爱玛身上的那样一种带有毁灭性的浪漫渴望，那种强烈的想要走出既有生活藩篱和道德伦理规则的冲动，这些正是吸引作家的所在。

捷克当代作家米兰·昆德拉，在他的代表作《不能承受的生命之轻》里，男主人公托马斯是一个外科医生，婚姻失败，于是对女人发展出一种奇怪的情感：渴望与畏惧。既想得到女人又不想被女人束缚住。他爱上一座小城里的餐厅女侍——特丽莎。瞧，又是一个小城的女子。小城的女子特丽莎，身上具

---

① ［法］福楼拜:《包法利夫人》，傅欣译，北岳文艺出版社，1994 年 7 月版，第 18 页。

有了向外张望的念想，她随时准备跳出她所在的环境，到大城市开辟新生活。于是，在寻找猎物的托马斯那里，两人一见就来电，这是因为特丽莎身上的那种跃跃欲出的向往，是这种渴念把她带入到完全不同的新世界之中。司汤达的《红与黑》中的于连·索黑尔，成长于法国的维立叶尔小城（还是小城），是一个锯木厂厂主的儿子。这个环境里，凭气力吃饭，父亲老索黑尔半个眼也看不上这个小儿子。他喜欢的是老大，身强力壮，肯吃苦干活。可这个苍白瘦弱的小儿子于连，偷奸耍滑，总是躲在一旁痴迷于那些不能当饭吃的书。什么卢梭的《忏悔录》、拿破仑的《圣爱伦回忆录》《出征公报节略》,还有拉丁文的《新约全书》《教皇传》等，完全不像是一个爹娘生的。但老爹不能理解的是，竟然是市长德·瑞那先生请他当家庭教师，而且年薪开到三百法郎。就这样，老爹问他的想法，他第一句话就是："我不愿意做奴隶"，然后说"到他家里，我同谁一桌吃饭"？[①]他没有关心别的，首先是自己的尊严和地位。他的这种意识，环境没有给他，家庭更没有给他，是那些书打开了他向外瞭望的世界。他的世界，不仅仅他的哥哥一无所知，就是其父也是半个眼看不上也看不懂。但市长和三百法郎的年薪，老爹是懂的,只是有点儿意外而已。这个于连·索黑尔,在自我的大脑里,

---

① ［法］司汤达:《红与黑》，罗玉君译，上海译文出版社，1979 年 4 月版，第 25 页。

建构起一个超出他现实的世界。他是这座小城里，一个不安分守己的向外瞭望的人，也可以说是一个野心勃勃的青年。尽管他的命运与爱玛一样，也是悲剧性的。

中国的小说人物里，路遥的中篇小说《人生》里的高加林，也是同类人物。他不满于所出生的这个高家村，挣扎着要从这个村庄走出去，走向县城，成为城里人。他尽管出生于这一片土地，但却是这一块土地上的异类；尽管身边有刘巧珍这么聪颖漂亮懂事的女孩子，但是也拴不住他的心。当他迫于无奈上县城卖蒸馍时，羞愧得喘不过气来，“他感到自己突然变成了一个真正的乡巴佬了”。[①]是的，在心底他从没有将自己和一个真正的庄稼汉等同起来，而他竭力想摆脱的就是自己的乡巴佬身份，这是高加林这个人物的底色。在路遥的长篇《平凡的世界》里，一号人物孙少平，也是个高加林式的同类，倔强不屈地要走出庸常的生活，追寻理想中的那个诗意与远方。他与脚下的现实是疏离的，与天边的星光是亲近的。我还可以举出更多的经典作品来阐发这一现象，但例证无法穷尽，还是就此打住吧。我的问题是，作家们为什么不约而同地会选择这类形象，或者反过来说，这样的人物为什么会强烈地触动作家敏感的创作神经？

---

① 路遥：《人生》，《陕西文学60年·中篇小说卷 上》，陕西人民出版社，2015年1月版，第203页。

让我们的思绪，再进入到自然科学领域遨游一番，来探索这一存在吧。科学研究证实，人类的诸多行为，都清晰地写在基因图谱上。遗传的特征有二：一为基因原样复制式地从上往下传递；一为在复制中发生变异，子代偏离了母本而有了新面貌。依据现在科学家们的共识，遗传基因决定着人类的一切，包含个体的发展方向。眼见得男人女人们在选择对象时，将对方的遗传基因作为理性考量的硬尺度。人人明白，不能逞一时之快，还须考虑后代的质量绵延。基因 DNA 的传递功能，是生命繁殖能力的密码。这些当然都是现代人的基本常识了。引起我久久兴趣的，是遗传基因的变异。变异在自然界中，发生的概率极低，低到不能想象的地步，是 1 / 109。如此低的变异功能，恰恰使生物在稳定行进中暗含了进化之可能。本来，DNA 稳定的上下传递，是生物存在的根本。一般来说，“变异是有害的，或者至少是中性的”，但在这一万种不可能里，“偶尔新的蛋白质在完成任务时比原来的蛋白质更好，这样的变异就对生物体有利（也许增加了生物体存活的概率，于是通过增加子代的数量，增加其物种持续存在的概率）。变异让自然选择得以进行。”[①] 当然，遗传基因的底座必须是稳定的，变异发生率必须是罕见的。但有趣的是，大凡遗传，必有缺陷，世间根本就不存在绝对完

① ［美］斯蒂芬·韦伯：《如果有外星人，他们在哪？——费米悖论的 75 种解答》，刘炎译，上海科技教育出版社，2019 年 12 月版，第 396 页。

美的遗传，而缺陷恰恰暗含了对变异所留有的方便之门。所以，自然选择不会采纳没有变异或说无法变异的物种。我在这儿不嫌累赘地谈论遗传变异，想引入一个话题，就是人的生物性存在，在某种程度上，与人的社会性存在是那么相似。就如同一个稳定的社会结构体，哪怕它好到不能再好，也必存有缺陷。若没有这些缺陷，就无法发展，就是死水一潭。它的缺陷导致了它的变异，从而更好地进化。变异太频繁也不行，社会结构就不稳定，人内心也就没有安宁感幸福感。上述庄周所言的井蛙、河伯、北海若，井蛙就是那个稳定的基本层面，而河伯是暗含着的变异。中外小说里，像爱玛、特丽莎、于连，像高加林、孙少平这些人物，都是导致社会变动的活跃分子。没有这群人的变动驱使，社会结构可能就会陷入一种沉闷、板结、僵化、了无生趣的状态里，也就没有了社会进步。

触动我写出这篇文章的动因，是自己的人生阅历中，多次见到那种绝不甘心于原地生存的人，也更是见识了那种一生中从未抬起头对外部世界张望的人。这两种人都令我沉思！感到了造物主的伟大，在一个群体里，并置了各色人等。对人的这种认知，有助于明白自己，有助于对天命的欣然接纳。只是感叹，为什么就不能在二三十岁时明白这些呢？那该有多好。但人多是以自己所处之环境，作为自己跃动的根基。环境又是先你而在的存在，你也只能受限于它的规定性，个人可以腾挪的自主空间，又是十分有限。个体何以在这有限的境遇中，找到自我突破的缺口？从而抬起头来，打量远方，检视自身，寻求更为广阔的自我发展的可能性。我想说的是，这种主动寻求自我发展的可能性的人，在人群当中是极为稀见的。

2022 年 3 月 15 日于西安小寨

“路径依赖”中的人生、艺术及其造化

能够在文学史或艺术史上立得住的作家、艺术家们，大体会有一个共同的特点，那就是他们的创作有了一个自体面貌，有了与他人相较而言的鲜明的艺术个性，或者叫作风格。风格这东西大抵而言，是稳定且不可重复的，尽管有些作家、艺术家风格近似，但绝不雷同。就如同地球几十亿人，没有一张面孔是完全重合的。当然，那些三流的拙劣的模仿者除外。任何有尊严的作家、艺术家，终其一生都在“寻找属于自己的句子”，以此构成独有的创作之路。当这样的道路被找到，他会称心如意地在这条道上持续行进，而且越走越顺畅。

这种顺畅的状态里暗含着一种理论原则，叫路径依赖。最早使用这一概念的理论家叫道格拉斯·诺斯，他凭借这一理论，精彩地阐发了经济制度的演进，并由此获得1993年诺贝尔经济学奖。路径依赖的含义，类似于物理学中的惯性原理。一个物体一旦运动起来，就会沿着它原有的轨迹和方向，形成惯性运动，带着矢量向前。正因为一种创作风格的形成颇为艰难，且前期有着大量的精力投入和辛苦的探索，所以一旦成型，就会被创作者不断强化，从而自然而然地沿着这条路往前走，由之形成对这一路径的惯性依赖。

人的这一行为模式，不仅发生在经济学家所言的经济制度的演进之中，也不仅仅发生在作家、艺术家的创作之中，它也出现在我们生活的方方面面。一个经过长期实践且技术熟练的工匠，他会不断地在自己所长的工程领域进行重复性劳作。他当然做得很好，回报率也很高，从建一个小平房开始，到建造一座亭阁，抑或再参与建造一栋楼房，他终生会持续在这个方面发展自己。如同一个作家、艺术家始终不渝地沿着自己的创作个性不断发展，于是，就形成了一个不由自主的创作方向。他依赖于此惯性路径获得报偿，也获得社会的肯定性评价。不断强化的评价刺激，包括薪酬激励，反射到行为者身上，自然就形成一个自我评价定势：自己除了盖房子什么也不会做了，如果离开这个活儿，自己所有的价值感都会消失。那么，这条生存轨迹成为自己的不二选择。

细察起来，几乎人人都有一个从小构成的自我认知评价。长期的生活历练和社会实践，自觉不自觉地养成一种成功的心理暗示，就是他面对一个问题或者一种选择，会自觉不自觉地向那种常常为他带来心理快感体验的路径上移动。而且，越是成功的概率大，次数多，他越是依赖这条路径。警察在进行刑事侦查时，常常倾力于研究罪犯的作案细节，他们会将不同案件但作案手法（细节）相同的案件，并案调查。这是因为他们发现了那个带有个性化的作案手段，以此大体得出结论：这两起案件是一个罪犯所为。就如同我们在阿Q和祥林嫂身上发现了共同的特质：不自知的愚昧，被处在上位的权力者所威压，处于可怜的位置，又在做着使自己更加可怜的事情，作者对笔下不幸人物的同情中又带有某种“怒其不争”的怨愤。我们以此来归纳鲁迅的创作思想与艺术个性，以此来判断这种“呐喊”处于什么样的环境之中，与时代背景的内在关联是什么。当然，作者在其创作中，最能触动他创作神经的敏感点就是形成他惯常路径的内在推动。

人类中也有个别天才，常常跃出了一般性原则。甚而可以说，唯有天才，方能呈现出多变的面孔，不断更换自己的路径。他的作品也因其风格的不断变化，令人困惑和惊讶。毕加索就是这样一位横绝二十世纪的画坛传奇。二十岁时，他就开始了自己的“蓝色时期”，紧接着又是“玫瑰红时期”。1907年，画作《亚维农的少女》诞生，成为他立体派风格创立的标志。这还不算，三十岁之后，毕加索的创造力持续喷发，他的那个活跃的不安的灵魂，促使他开启了一个又一个新探索。论者认为，他的作品和他的生活一样，没有丁点儿统一性、连续性和稳定性。不管哪种方法哪种主义，都没有成为他持续探索的障碍。变化无常和难以捉摸，使他如绘画艺术中的神，变脸一样变换着花样繁多的面孔：昂扬或者狂躁，亲切或者厌恶，诚恳或者伪装。从他的创造力中，我们见到的只是神一般的活力与神一般的自由。有人认为他以“完全彻底的自由任意重造世界，随心所欲地行使他的威力”。是的，在他的作品里，你所看到的创造力来自心源，就是那种坦荡至极的性情与天真无邪的感受力，这些加上他心无挂碍的造型与色彩，表达出一个任意重建的生活世界。在他的作品里，什么艺术的定律，什么社会的规约，什么大众的意见，统统站一边去。他什么都可以不要，唯愿希冀的是创造。我们在他的创造道路上，找不出始终不渝的稳定风格，世间的一切陈规对他是不存在的。他从“蓝色时期”跳到“玫瑰红时期”，从立体主义时期跳到新古典主义时期，从超现实主义回到田园时期。具象到抽象，自然与象征，来回切换，他仿佛是自由之子，任意挥洒着巨大的才情。他挣脱了一切束缚，由之为艺术立法。他从没有因他某条成功的路径而产生依赖，当某种风格形成了，接下来便是抛弃与改变。

大多数艺术家，难得有如毕加索那样的神功。一般来说，一个成熟的画家，会形成自己稳定的风格，不管是他热衷表现的对象，还是他带有个性化的技法，都显示着他的风格。我们说，齐白石的虾、徐悲鸿的马、李苦禅的鹰，这样的社会性评价里，以画家某种代表性的作品来指代他的整个艺术。艺术家以这一稳定性昭示世人，将自己的艺术特征渗透在观赏者的记忆里。一般画家当然也会有变法的时刻，但他所变之法，往往还是沿袭着自己的路径，很难重开他道。这就是路径依赖带来的思维惯性、审美惯性、技法惯性。这种惯性里，存在着报酬递增机制。就是说，画家在画他的“虾”“马”“鹰”时，最容易出彩，同时也最易于获得喝彩，随之而来的是，最容易获得激励性的润笔报酬。

人的创造性本来可以作为一种对社会发展有益的影响而获得肯定，但令人困惑的是，这种创造能力一样会被用在给社会带来痛苦的事物中。美国当代导演斯坦利·库布里克有一部电影,叫《发条橙》。这部影片就以一个坏小子阿里克斯为主人公，表现了他具有创造性的犯罪行为。他是一个有着暴力倾向的少年，游手好闲、打架滋事，带几个同伙游荡到郊外一处公寓，骗开作家亚历山大的家门，痛打主人还强奸了他的妻子。后来又到“猫夫人”家作案，并杀死了“猫夫人”。阿里克斯在展开他的犯罪行为时，影片表达了导演的某种奇特的暴力美学认知，他将“创造性”这一人类天性中普遍具有的正向评价，引向了一种坏人作恶时的创造性表现：心血来潮和奇思妙想。这样的作品，涉及人的某些本质，就是对庸常乏味的厌倦，从而尝试新的带有刺激性的创造行为。这是一部令人惊悚的影片，它探索的东西,让人内心惊惧和不安。因为这种犯罪脱离开路径依赖，展开来的是一种更具破坏性的更难捉摸和预测的行为，因之对社会的伤害更大。

我特别感慨的是，芸芸众生，大多一辈子干一种活计，走着一条道儿，从而丧失了重新开始的勇气和条件。他能够依靠自己的辛劳养家糊口，在这一点上也可以说是成功的，他赚的每一块钱，都仰赖于自己长期所从事的那个行业或者工种。比如，小张是个刷墙工，他初中毕业，就开始干这个活儿了，墙越刷越好，活儿也越来越多，当然挣的钱也多起来。于是，在小张的心理感知里，这是他最为稳妥的挣钱方式，他自然会不断地沿着这条路走下去，直到老去。他成了远近闻名的刷墙工，十余年来从没有尝试干另外一种活儿，也许另外一种活儿比刷墙更能赚钱，但他想不到去尝试，也几乎没有这样的机会。因为周围朋友或者熟人，所有能想起他的人，只要电话叫他，都是刷墙。以至于人们不叫他的名字，叫他张刷子，他也笑笑接受。这是一张名片，也是一个招牌。这样的路径依赖，使一个人一生只有这样一个机会、一个样子、一种方法，去学、去做、去生存。人无疑是有多种可能性的，也能沿着不同向度开辟出自我广阔的道路。但是，只要路径依赖产生，人多不敢去尝试另辟蹊径。原因有二：其一，因为原有的路径已经熟悉，且有了稳定的报偿。比如张刷子他已经成为一个熟练的刷墙工，并且做得很好，至少比起刚入行的人来说，他更为熟练也获得了用户信赖。自身先失去了重新开创新路径的动力，或者说，他不敢因为开辟新路而失去原有的饭碗。其二，他的个人生存环境，已被原有路径所暗示的评价填满。就如同什么人召唤什么人一样，他身边似乎围满了需要刷墙的人。装修的、工队上的、亲友介绍的，想起他，就想起刷墙。找他的电话，十有九个是刷墙方面的活儿。这样，别的路径被堵塞了，他也视而不见别的生存路径，他眼里的天下，就是刷墙这一个活计。

人生的可能性是多样的。同样的智力水平，有的人赚钱很容易，有的人却艰辛度日。艰辛者也未必是自己没有本事，而是他困在自己的情境里，失去了选择的机会。他被自己所在的那个现实存在囚禁住了，他只在自我所在的困境里兜圈子。从现实的角度考量，假如一个具有商业头脑的人，有幸进入了一个很好的商业圈子，那他的造化可能会很大。他若能有勇气跳脱自己原有的禁锢，恰逢其时地进入到另一个非常好的行业里，将可能给自己带来翻天覆地的变化。比如他能在2000年后选择进入房地产行业，或在2003年后进入银行业，或在2004年后进入书画经营行业，或于2010年进入计算机行业，如此等等。一个人若被困在自己原有的禁囿里，那就看不到其他任一可能性。如上所述，他若能改变自己，适时选择上述某一行业发展，即使自己能力是个中才，也比进入到比如文学创作领域更好混生活。这是仅就收入多少所做的比较。文学与上述行业比较,简直是云泥之别。当然，人们选择对文学的钟情与热爱，更多是感受精神上的收获。上面只是就个人财富而言的比较，具体到个人选择，会更为复杂，在此不赘。人的幸与不幸，常因了偶然事件而被情势推着走，等到尘埃落定，最后就成了确定的那个样子。真正令人感佩的是那些嗅觉敏感的人，可以在不同时间转换自己的角色，从一个不称意的行业跳到另一个行业，从而为自己开辟广阔的道路，也赚来大把钞票。这样的人，就是那种不会僵化地依赖原有路径的人，他们是真正的自我创造者。

在人的情感方式中，如交友、爱情、婚姻等选择中，也有惰性的路径依赖。最为常见的情景是，有一种人，他在寻找自己的另一半时，寻找到的常常是自己的冤家对头。就是说，他的行为方式里，包含着某种既定的惯性，他第一次找了一个带给自己痛苦的人，奇怪的是，在第二次选择中，他找到的依然是同一类型的人。为什么呢？原因不外乎他的性格里的某些要素，恰恰构成对这类人的吸引。或者说，他的性格里，潜藏着对这一类人构成的耀眼光环。还有，他所喜欢的对象身上的某种特质，恰恰令他苦恼不堪。正像一个性格温和的人，喜欢上一个率直泼辣的对象，他所欣赏的这一个性，恰恰就是他痛苦的来源，但是自我却不由自主会喜欢这样的人。亦如一个内心世界激荡且细腻丰富的人，却总是喜欢温顺单纯的对象，他也会为了这一温顺单纯而感到无趣乏味且痛苦一样。人的这种秉性依赖里，藏着自我悲哀的命运因子，在自觉不自觉之中，走向了自己不愿看到的结果。

在自我的路径依赖里，演绎着多少无奈、挣扎和苟且，当然也会有小小的安慰、和解与欢愉。很多时候，尽管明白了这些，但身陷其中而难以自拔。只能是摇头苦笑，说一声，造化弄人而已！

2021 年 9 月 28 日一稿

2022 年 4 月 9 日修改于西安小寨

文明是孕育在死而复在的暂留之中

世间大约很多人都会设想，假如没有了自己，这个世界会是什么样？我估计清醒理智的人，所得出的结论会很令人伤感：没有了自己，这个世界还会照常运转，仿若自己没有到这个世间来过一样。中国人在上世纪七十年代，口边常有一句话：离了你地球还不转了？这句话来源于毛泽东对彭德怀的讽刺性批评，原话是，他“煽风点火，唯恐天下不乱，大有炸平庐山，停止地球转动之势”。今天，我们都知道，渺小如个人者，无论怎么在地球上蹦跶，眼睛一闭万事休，地球该怎样转照样怎样转。这是理性的科学的思维。但我要说的是,人类发展出的文明，却没有这么简单，它在开初，就想象性地假定了人死后似乎没有完结，还有魂灵的存在。在半坡遗址中，有一个小孩瓮棺葬，陶瓮里装着一个孩子的遗骨，有意思的是，瓮棺的盖子上留了一个孔。学者们认为，这就是半坡人对灵魂存在的假想。半坡距今有六千多年了，属于史前文明。可见，从人的意识诞生时开始，一个人的存在并不因死亡而结束。

文明的演化非常复杂有趣，正是这一点点的不同，将人的死亡并不看作终结，于是才有了许许多多衍生而来的社会文化形态。假如说，人死如灯灭，万古不复见。等于这个人的一生清零，想来该是多么可怕。仿若你没有到人世间走过一遭一样，来无影去无踪，这是怎么回事？你压根儿就没有存在过！清零，这是多么让人崩溃和绝望的现实。至今记得斯皮尔伯格的电影《人工智能》中的一个情节，那个性爱机器人乔被空警抓住悬空时，知道自己将被销毁，生命行将谢幕，对着机器人孩子大卫喊出了两个单词："I am"（我存在）"I was"（我存在过）。大卫的所历就是乔自己存在过的证明。我们每个人不都想得到存在的证明么？所以，留下自己曾经存在的痕迹，是一切有为之人最为悲辛、绝望的努力。好在，大概正因为这一点，它发展成为人类文明进步的强有力动因，文明由此延展而辉煌。反向推之，假若个体的存在因其死亡而清零，不管精神层面还是物质层面，皆是零的状态，后续者无可继承，我们的未来还有什么可以凭借呢？幸亏人的死亡不是清零状态，而延展出的那么一点点存在，成为人类文明通向未来的大道。

在这儿，我想表达的意思是，人类在自己的进化中，发展出两种东西：一是物质，一是精神。这两样东西，成为一个人存在的见证，延续了个体生命的存活时间。就是说，就个体生命而言，他结束于某个确定的时间节点上，但他留下了两种凭证。一是他生前创造的物质，比如他盖的（或买的）房子，他打造的农具，他做的手工推车、桌椅板凳等；还可以是某一件信物、某一个饰品，他种植的一棵树等，这些成为他生命延展的有力证据。他的儿子、孙子会说，这个椅子是父亲留下的，这座房子是爷爷手里盖起来的。生命以这样的方式延展。他死了，但是他的存在没有清零，而是留有印痕，深深镌刻在血脉子孙的心头，不断往下传递。当然，这种传递，是一种渐弱式传递，“君子之泽，五世而斩”。随着时间的延展推移，越到后来越弱，别说五代，弱到三代之后，便不大明白前辈都干了些什么。只有那些名门望族，因为祖上如日中天的光彩，便强烈地照耀了后世子孙。或者说，因为祖上的万世之功，使这个在八十世之后的子孙，还能知道自己的祖先，就是那个名叫孔丘的人。除此，芸芸众生谁还能清晰地记住三代祖宗之上？之上皆杳无音信，消失在历史的长河里。只有那些照亮历史的人，才能将自己的荣光横贯历史，让子孙为之荣耀。更多时候，即使祖上曾荣冠古今，但子孙却没能延续自己的血脉，就如同李白的儿子伯禽，终生未仕，到了孙子那里，史载：“伯禽有子一人，出游不知所终。女二人，都嫁给了当地农民。”[①] 后世当然也就不知道哪个姓李的是属于李白这一脉。唯有留下荣耀千古的伟业，才能留下荣耀千年的子孙。所以，中国的文化还有一种说法，叫荫庇子孙。原来，一个人生前孜孜不倦地奋斗，不仅可以令本人享受荣华

---

① 山东大学文史哲研究所：《中国历代著名文学家评传》，山东教育出版社，1983年5月版，第325页。

富贵，还可以将此福利延展后世，使后人得到荫庇。

生命的另一种存在凭证，是精神产品。而且，精神产品的存活历史更为悠久。当然，以现存于世的物化形态而言，所谓的精神产品，就是那些圣哲留下的文字，他们以文字语言的方式保留了他们的思考，为家国民族乃至人类的发展建立了某种尺度或者模型。这些圣哲，尽管肉体早已不在，但却因了他的开创性思想，或者如《道德经》《论语》，或者如《理想国》《形而上学》，从此光耀史册，将自己的存在，延续到了百世之久，也可能伴随人类的存在而达至永恒。他们是人类社会真正的无冕之王，永生之灵。这种存在是多样的，稍微有点名堂的家族，会有所谓家训，等而次之者也有所谓遗风。至于普通百姓，也会将自己的人生经验传递给自己的儿女，所谓的精神遗产，如此等等，不一而足。这些，都是一种生命失去之后的精神延续，一种非因死亡而清零的存在例证。传统文化里有《颜氏家训》《朱子家训》等，就是一些颇有传承的家族，以其成功的人生经验对后人进行传承和教诲,以使后代家业不败,富贵绵延。因之，我们见到了一个个家族代代相传的精神气象，这种传递中，似乎有着某种独特的精神因子，使他们往往在竞争中胜出。吴越钱氏家族，就是一个典型的案例。这个家族从唐末做了吴越王的钱镠开始，出现了一大批卓越人才，特别是近代在各个领域都有俊杰冒尖，引起人们广泛兴趣，为此还专门成立了吴越钱氏研究所。出生于浙江吴兴的钱玄同，其父钱振常是清代同治十年的进士，其子钱三强是我国的力学之父。江苏无锡的钱氏，出了国学大师钱穆，其兄钱挚的儿子是世界著名科学家钱伟长。无锡还出了著名学者钱锺书。这些例子里，藏着一个旺族的证明。当然，其中必有其旺盛的生命力与高超的生命智慧的延续。在其后代身上，人们看到了精神遗产的某种独特传递。

人死后除了上述物质与精神的两种非清零状态外，还有一种基因传递。在后代身上，我们都乐意见到自我的存在，即使自己并不高大英俊，但是在儿女的体貌上，见到自己的相似特征时心里还是悦然接纳、愉快万分。更为有趣的是，在思维方式上，我们也见到了某种熟悉的场景。个体生命将一种可见的存在，延续到了后代身上，使我们甚至不惜以生命为代价而保存后代的绵延，他的存在就是我曾在的证据。生命以这三种方式传递，在传递的链条上，有个人的选择、家族的存亡以及民族的兴衰。家国民族的未来，常常取决于那些为这个族群勇于付出的人，他天然地将大任担在肩上，甚或牺牲了个我可能会有的幸福安宁，而将身心贡献于这个民族，造福社会大众。这一切，也都仿若自然的选择一样，选择了一种利他之心，同时延展了这个族群的进化与发展。人类的这种存在证据，就是人群中佼佼者之功业。大而论之，对这些民族的护佑者以怜惜庇护，也是对自我存在的一种保障和延续，亦是为了自我的生存开辟出更宽广的道路。

上述三种延续自我存在的努力，由之发展出各个民族的历史文化，其向度又各不相同。我们老祖宗孔圣，从人生命延续的渴望这一内在需求出发，发展出血缘亲情这一自然伦理，并以“仁”“礼”作为核心理念，构筑了基本的社会秩序原则，再以“慎终追远”，发展出祖先祭祀和崇拜意识。这样，加强了我们现世的存在感。同时，将我们的存在，追溯到了先祖那里，并以礼敬膜拜的方式固定下来，建立起强有力的家族观念，成为我们活着的意义构成要素。人活在世上，要给祖先争光，别“丢先人”就行了。日常化的口语中，有多少关于“先人”的规训。在这样的规训里，延展着我们的过去、现在和未来。法规法典条文,就是以上述的原则作为法的生成,将其称为自然权法。认定社会开辟出来的大道中，潜藏着我们的内在愿望，人原来在费尽心思、变着法儿地延展我们的存在。存在成为我们最为本源的动力要素。我们实在不愿意，两眼一闭，万事皆空。我们希冀我们的肉体别离后，这个世界还留有我们的气息和印痕，而且希望它越长久越好。这样一种愿望,似乎不是谁教给我们的，而是我们生下就带来的，天然地带来了一种趋向久长存在的冲动。圣人们无非较早较深刻地认识到这一点而已，他们将这一点扩而大之,成为一种传统一种文化,一种建构起来的伦理规范。维柯在《新科学》里，做出了这样一个论断，说在人类的早期，处在各自封闭的时空里，互无往来，就如同古希腊并不知道有个东周一样，毕达哥拉斯也不知道东方有老子孔子，不管是哪个民族却不约而同地产生出三样东西：宗教、婚礼和葬礼。这三样东西，都和人的存在绵延相关。所有的宗教，总是对死后有着描述和承诺；所有的婚礼，都是将两性结合神圣化，实际是将人的绵延神圣化；所有的葬礼，都是让活人记住亡者生前的点点滴滴，希冀人们能或长或短地延续他曾有的存在。圣贤们自己也在这个命题之中而无法超出，他们果然因为欲成万世之功而使自我久长了，就如同老子孔子的久长一样。

当然，还有一门最为厉害的学问，是什么呢？以我所见，就是超出了个人存在延续的社会性考量，而发展出一种与直接性存在毫无关涉的玩意儿——哲学。它是一门没有实用价值的学问，像是一种高级智力游戏。只是，从这种智力游戏里，最终发展出来了逻辑学和形而上学，还发展出了科学。它让人类长出翅膀，在不自由的局限里，奋力飞翔。它反思人类自身之外的自然存在，这一点，最是令人惊讶。

2022 年 5 月 15 日夜于西安小寨

两性关系中的动物性秩序

公平、正义、平等，是会思考的人类才可能生发出的问题。这个问题的尖锐之处是，没有人愿意接受和承认自己生来就该被人欺负，就该是人下人。尽管每一个民族中的圣者，曾经为了这个民族有秩序的生存而建立起一套说辞，认为上下尊卑是上天注定，应该被遵循，但很快就被“王侯将相，宁有种乎”这类暴力性呐喊所推翻。上下等差这类前定的秩序安排，在不同国度，事实上还或轻或重地存在着，如印度的种姓制度，至今仍在生活中起作用。即使发达国家，人与人之间，那种隐形的贵族与平民之间的分界，还是隐约可见。如此，两种声音：遵循既定的等差秩序安排与打破这种等差屏障，在人类历史的前行中如复调一般交替出现。其最为深刻的动因，是个体的不断觉醒，是流动不息的个人意愿所构成的宏伟推力，不断地冲刷这种现实存在。

按理说，没有哪一种动物有这样的思想！动物世界里，无有所谓公平与否。一个狮群，只能有一头雄狮，若再产生一个，那就撕咬争斗呗，谁战胜谁，谁就是老大，这个地盘就是谁的。

凭实力,凭勇气。雄狮在撕咬搏斗时,母狮们在旁边悠闲地休憩,连观战的兴趣都没有，更别说帮哪一方了。上天似乎安排了一种特殊的方式，构成了一种动物界的秩序。

公平正义，在人间世界，不管你是否乐意，它总是趋向这一方向。当然，有些时候可能比较曲折，但在大趋向上谁也不可改变。人类似乎正在向着一种公平迈进，不管是社会福利还是对自由经济的保护、对垄断的遏制，或者是将橄榄形的社会结构作为一种理想，让大多数人都过上中产的日子，这似乎成了人类社会的目标。

这是物质化的理想，而且被人类认为是最为基本的理想状态。人类的生存，不就是吃饱穿暖么？在这样的科技力量的推动下，人的物质化生存，在可以预见的未来，当能很快做到衣食无忧。那么，接下来会发生什么？就是说，物质的公平化趋近于实现之日，下一个目标会是什么呢？其实，从人类文明诞生之日，几乎没有多大变化的是两性关系。

两性关系，构成了人类事实上最为悬殊的非公平状态，而且你几乎看不到人类这一古老的特性有任何改变的可能。这一问题，成为最难消泯的差异。

假如说，健康的美女是一种尤物、是顶端存在的稀缺资源的话，那么她从来不是以公平分配式的原则运行。男权时代，美丽的女人是对成功男人的奖赏。尽管女人在这个时代还没有自己选择夫婿的权利,而是以“父母之命,媒妁之言”确定终身。

但在事实上，女孩子的父母亲理所当然地会费尽心思，为自己的女儿谋取一个好人家。妇女获得社会地位之后的今天，女人手里有了决定自身的选择权，那么她选择的依据是什么呢？当然不是以平等、公平或怜悯的方式选择对象。在这一方面，女人身上所表现出来的古老的动物特质，显示出最无情最坚硬的一面。

你永远不要期望一个女人因为同情一个男子而跟他结婚，反正我没有见过。那么，女人在选择男人时，依据什么原则呢？当然是择优原则，优是什么呢？优就是差异，就是最好能比自己更聪明更能干更富有，至少旗鼓相当吧。所以说，性别差异构成了人与人之间最为本源性的差异。在这一点上，恩格斯也看得十分清楚，在论述《家庭、私有制和国家的起源》时，就将私有制、家庭、国家的消亡，作为通向共产主义的必然路径，他是实实在在看到了两性之间的差异与不平等。

人类重大的文明成果，一方面以物质化形式存在，另一方面是以精神化形式存在，还有一种，就是基因的上下传递。所以，人在做选择时，总是以差异为目标，就是以超出自己的现状为目标，企求通过婚姻来改变自己的生活状态。两性不仅构成了私相传递基因的一对，更为重要的是，两性在基因传递时，具有强烈的排他性。这就构成了人类最古老最难以去除的天然私心：各自都在下意识地选择那些具有强大且优秀基因的人作为传递对象。

有意思的是，人在主观上不断地选择对自己有利的方面，回避对自己有害的方面，所谓趋利避害是人天然的选择趋向。人在做趋利选择时，其所选对象，竭力想超出自我平均水平，使自己立于有利形势下。但是，上天却不知在什么地方，有着奇异的超常安排，迫使上下流动，假若不流动，就依据暴力来打破这种板结状态。然而奇怪的是，并不总是聪明人生出聪明的孩子，普通人生出普通的孩子，你不知道是什么在其中起作用?

这确实是天道的一个秘密，绝不容许一成不变的东西成为永恒，愚笨者永远愚笨，聪颖者永远聪颖。它通过变异，显示出天道存在的面容来。有趣的是，我们谁也无法掌握这种变异。正因如此，世界显示出多样和变化，让愚笨者或穷人家的孩子不绝望而怀抱期待，使富贵之家也不敢狂妄自大。谁知道呢，前方的路会有什么在等着你！你不知道你会生出个什么样的孩子,你也不知道孩子在成长的道路上,是奋发向上还是萎靡躺平。

根据基因遗传密码，生物的突变或者说变异，竟然成为事物演进的一个秘密。一般不会发生变异的地方，事实上却发生变异。那就是说，天道里还真有着“风水轮流转，明年到我家”的不确定性，它不会让风水持续性地向一个方向吹。所以，尽管个人在选择时，总是遵循着一个拉开差距的原则，但是上天却以奇异的方式，将两者的巨大鸿沟削平。即使是非平衡状态的婚姻，也有着削平等差的潜在动因，就如同一个美女找上了一个丑男，其中必包含着双方的另一种平衡原则。这个丑男，要么是以他的财富，要么以他的地位，要么以他的才华，填平了两人之间的鸿沟。不然呢，凭什么？这个时候的差异性，往往表现在以己之长换取对方之长，换了一种打法而已。上天也好生奇怪，就把不同的好，给予不同的人，很少能让一个人将天下所有的好都占尽。

以此观之，我们对命运的不公就有了另一个观察视角，当你是穷小子时，何不发奋？当你是富公子时，何不谦卑？

2021 年 11 月 21 日于西安小寨

女性境遇是爱恋神圣性的天然尺度

看到这样一幅插图，那是在小说《牛虻》里，画面上挺立着的是女主人公琼玛，亚瑟半跪在地上，拉着琼玛的一只手，深情地吻着，琼玛的右手抚摸着亚瑟的头发。在这幅画面里，我们清晰地看到了在狂热的爱欲支配下，亚瑟那种全身心的倾情投入。他被强大的爱所包裹，不顾一切地将自我献身于所爱的对象琼玛。甚至可以说，爱在这儿成了征服者，亚瑟成了被征服的对象。这是关于革命、爱情与信仰的一部小说。在我的阅读范围里，还很少见到我国的作品中，不管是插图还是美术作品，有这样的表达。古代肯定没有，现代似乎也没看到。假如有，也不会像《牛虻》中所给予的正面评价，对一种狂热的爱的正面评价。它一定是讽刺的、训谕的、警示的，这是中国传统文化特征。上述尽管只是一幅美术作品，但那样一种深情、一种被狂热的爱所征服的情景，读者从作品中，从人物身上，能感到那种呼之欲出的爱情力量。它是正面的、褒扬的，显示着人间纯净美好的情感，表达着令人神往的美与情感的力量。我们的传统文化里，当然也有着极为美好的呈现，但是在两性之爱的展开上，却少了那种发育完美的形态。假如在我们的文化背景下阐发这幅图画，有这样一句恰切的表达：“拜倒在石榴裙下。”这句话的蕴含是贬义的、嘲弄的。一个顶天立地的堂堂男子汉，怎么能拜倒在石榴裙下呢？实在是没有出息的表现！

于是，所谓有出息的男人，就自然将女人作为了工具。这一点，在我们的历史传统里，有着经典的记载与表达。比如，所谓古代四大美女：西施、王昭君、貂蝉、杨玉环，哪个不是被作为诱敌的毒饵在使用？谁能落得一个好命运？生于春秋末期的越国女子西施，被越王勾践作为复国的炮弹，送给了吴王夫差，目的是让对方沉溺色欲之中而意志消沉，最终勾践计谋成功而吴国败绩。王昭君呢，本是汉元帝的宫女，为了安抚北方的南匈奴呼韩邪单于，于是元帝将王昭君嫁于他，以女人作为礼物成就和亲策略。王昭君理所当然成为国家战略棋盘上的一枚棋子。尽管1923年郭沫若对这一历史事件有了戏剧化的新阐释，将王昭君写成一个觉悟的主动抗争者，但在历史现实中，她很难逃出被摆布的命运，也难以消解远离家乡亲人造成的内心凄楚。貂蝉生于东汉末期，身为王允的私家歌女，被王允暗许吕布，明嫁董卓，意欲离间此二雄。计谋得逞，本为义子的吕布杀了干爹董卓。杨玉环的故事流传更为广泛，几乎妇孺皆知，原因大约是唐玄宗开始时真的爱上了她。几千年的帝王史，没见哪个皇帝有真爱，唐明皇却“万千宠爱在一身”，所以便感天动地起来。但结局照样悲惨，安禄山打进长安来，大家都认为是唐玄宗“重色误国”，硬是在西逃的半道上，兵谏唐明皇非要他除掉杨玉环，马嵬坡于是成为杨玉环的葬身之地。四大美女，哪个有好命运？有说法是西施事成之后，与范蠡驾着一叶小舟远走高飞了。那实在是文人的美好想象。试想，处于两国争斗旋涡中的女人，岂能保全自身！历史就是这样书写了女人的作用与女人的风险，她成了妖孽害人的化身。假如说上述四大美女还多是从可用的工具性价值着手叙事，其他女人就更是不堪了，如妲己之亡殷。《国语》记载，“殷辛伐有苏，有苏氏以妲己女焉，妲己有宠，于是乎与胶鬲比而亡殷。”《史记·殷本纪》也说，帝辛（古称纣王）“好酒淫乐，嬖于妇人。爱妲己，妲己之言是从”。历史记载得清清楚楚，是妲己与胶鬲亡了殷商。似乎没有帝辛什么事，他不过是“爱妲己”，唯“妲己之言是从”而已。西周的天下据说也是女人帮忙给灭了的，《史记》中说周幽王得了褒姒这个冷美人，为博她一笑，点燃作为战事报警的烽火台，褒姒固然笑了，但以此戏弄诸侯，最终自食其果，待犬戎真正攻打镐京，没有人来帮他了，最后死于刀剑之下。责任似乎还在女人身上，这样的例子不胜枚举。我们的传统里，女人就是以这样的角色进入历史的，她与“祸水”之名相关。其独立的女性价值在哪儿呢？她们似乎只成了一种工具，真正的女人情感呢？爱的位置呢？不见了。

陈忠实的长篇小说《白鹿原》，堪称中国当代小说经典。其女性人物中，着墨最多的是田小娥，尽管故事展开的时间已是

1930年代左右，其命运的书写也照样难脱历史惯性。她开始嫁到郭举人家，被郭举人当作泡枣的工具，举人感兴趣的，就是她身子的“妙”用。遇到黑娃后，黑娃疯狂的爱欲，也唤醒了她作为一个女人的本能，两人彼此被唤醒被点燃。但田小娥的生长环境和独特个性，似乎让她不配有好命运。她被黑娃带回白鹿村后，进不了祖宗祠堂，得不到公公鹿三的祝福，只好与黑娃搬到村外的一座破窑洞栖身。在搞农会时，她做了妇女主任，黑娃也是积极分子。随后，国民党反扑过来，黑娃上山当了土匪，鹿子霖乘虚而入，侵占了她。鹿子霖随后又将其作为打击白嘉轩的炮弹，让她脱下了新任族长白孝文的裤子。最后，田小娥被公公鹿三杀死。女人的命运，要么成为男人的泄欲工具，要么成为攻击敌方的武器，就是没有将她当作人。田小娥是可怜的、悲惨的、令人同情的。田小娥一生遭遇到四个男人，哪一个将田小娥作为真正的女人怜惜？田小娥的死是惨烈的，她被鹿三捅了一梭镖，回过头来，惊讶是公爹，叫了一声“大”而死去。一部经典作品里，可以品味到其中渗透的深厚传统意识，以及这种传统里浸淫的某种源远流长的理念。这种理念，渗透在郭举人身上、黑娃身上、鹿子霖身上、鹿三身上，还有白嘉轩身上。女人所处位置，是由她所在的那个环境安排的，她怎么可能逃得出文化的规定性？

苏联时期，也诞生了一位名叫帕斯捷尔纳克的大作家，写了部长篇《日瓦戈医生》，作品构思于1945年末，到1955年

12月全部完成。这个时期，是苏联的“解冻时期”，斯大林于1953年3月去世，1956年2月苏共二十大召开。1957年11月，《日瓦戈医生》以意大利文问世，随后又出了法文版，迅速成为畅销书。1958年10月获诺贝尔文学奖。小说的女主人公拉拉，一生也遭遇了三个男人：律师维克多·科马罗夫斯基、革命者帕沙·安季波夫、医生日瓦戈（也是诗人）。我印象深刻的是，作者笔下拉拉遭遇的这三个男人，虽在故事叙述者的眼里，各有批判切入的角度，但在与拉拉的爱情上，却有着某种一致性。律师维克多，善于投机钻营，是那种浑身充满市侩气的人物，但他在拉拉遭遇困境时，还是带了难得的食糖来看她；在拉拉与日瓦戈隐居乡间面临被逮捕的危险时，他寻到这个地方来救拉拉去蒙古。革命者帕沙后来成为一名军事指挥官，因其残酷性曾烧掉一个村庄，后来化名为斯特利尼科夫，在被红色政权追捕时，他正行走在寻找拉拉的途中，被捕后被清除。日瓦戈医生更是如此，充满深厚的人道同情，与拉拉成为真正相亲相爱的一对，充满着对拉拉的怜惜与真切的爱恋。这三个人物，尽管个性与境遇相差很大，品质也各有不同，但在对待拉拉的心态上，其内心深处同时兼备了爱的情愫。小说的叙事情感，甚至是以男人对待女人的情感态度而衡量这个人的真正人格的。所以我们可以看到的是，在不同文化语境下的女人境遇，呈现在不同国度的文学作品里，无不打上现代性或者传统性的烙印。对女人爱恋的神圣性，成为一种天然的尺度，衡量着故事人物的精神高矮。我们传统的语境里,长出的却是另一类形态。这是非常不同的文化土壤生长出的男女之爱，在这点上，让我们明白并区分出现代爱情与古典传统爱情之本质。

中国传统文化语境下，女人成为男人的沉沦陷落之地，而不是升腾起来的艳丽之花和精神力量。帕斯捷尔纳克笔下，男人在与女人的爱恋中展开并升华，就如同日瓦戈在与拉拉的爱恋中爆发出诗意一般。男女两性在彼此的映衬下，是彼此沉沦，如鹿子霖与田小娥？还是彼此升华，如日瓦戈与拉拉？一个有污点的女人，在一种文化里是以何样的方式被对待，映衬出这种文化的自洁功能和力量,它是健康的或是腐朽的。《约翰福音》里说，文士和法利赛人，带着一个行淫时被拿的妇人来，叫她站在当中。对耶稣说，夫子，这妇人是正行淫之时被拿的。摩西在律法上吩咐我们，把这样的妇人用石头打死。你说该把她怎么样呢？他们说这话，乃试探耶稣，要得到告他的把柄。耶稣却弯着腰，用指头在地上画字。他们还是不住地问他，耶稣就直起腰来，对他们说，你们中间谁是没有罪的，谁就可以先拿石头打她。我知道，在一个无“信”的国度，这个妇人是会马上被砸死的，因为众人想用投出石块，来证明自己无罪，以为别人没有看见，那个罪就不存在。在世界一流文学的经典表达里，如但丁、雨果、列夫·托尔斯泰、陀思妥耶夫斯基等，我们见到了他们的一种精神，那就是上帝俯视下的信、反省、自我救赎。只有建立起面向自我的反思省察，小说家才能结构出通向人类大道的艺术和故事形态。没有这个，故事会是另一种样子，所面临的问题也就完全不同了。

2022 年 2 月 4 日（大年初四）于西安

人们靠分开的痛觉来辨识爱意[①]

爱意与痛觉

关于爱情和婚姻，我们须得承认，这个问题非常简单却又非常复杂。简单到任何一个人都觉得自己有资格对这个问题做出回答，而且是毫不犹豫地认为自己就是真理、就是权威，因为他本身就是这个问题的实践者。所以，他会很有底气地对此问题做出自己的结论，认为男人是什么样，女人是什么样，爱情是什么样，婚姻是什么样。

但这个问题又非常复杂深奥，即使一些大作家，写起爱情来也感到困难，尽管目下人们常能看到一大批粗制滥造的影视作品、刊物小报演绎出来的人间爱情故事，但能有几部作品令你在两性关系中获得了真知，提升了自己的境界？的确太少。人们极少见到当代哪部作品对这个问题的理解能达到令人信服的高度。高度依然在思想家那里，在古典主义作家那里，如托

① 原载于《延河》2007年第12期，题目有改动。

尔斯泰、雨果、曹雪芹等。所以，一位作家曾深有感触地说：只有两类人敢写爱情，一类是那些大师级的作家，一类是那些不谙世事的初出茅庐者。我很赞同他对这个问题的深度理解。因为从很大程度上来说，通过爱情，个人才能体验感受到真正的幸福。而且对许多人来说，也许只有通过爱情，才能通达那种快乐的高峰体验。

另外一种状态也有，比如一些大哲人、圣贤、艺术大家、坚定的信仰者、僧侣阶层等，他们也许孤身生活，终生未婚，但依然能够体验到那种涌动的幸福感。他们在自己的精神创造物里，品尝到了我们在两个人的结合中才能品尝到的幸福感。他们是人类中的另一“品种”，是非凡的奇异的人。他们的思想距离我们常人太遥远，反倒是离“神”更近。于是，大约在神性或者真理性的思想光辉里，他们沐浴了我们常人难以企及的温馨的天光，享受到了这种非凡俗的快乐，也就忘掉了或者不需要异性结合所带来的、人本身所产生的快乐幸福感。我对他们，常常是仰望的姿态。但我明白，我自己似乎做不到，却对他们有着一种明晰的感知和亲切的理解。类似于康德、维特根斯坦、贝多芬……上帝给予他们的思想之光太炫目，他们就在这种炫目的光芒里，幸福得眩晕。而眩晕，取代或遮蔽了他们对爱的渴求。

从理智上，我对不需要异性而能获得人性的超越和完满的人，总是心存敬意。因为，对一个人来说，这种不需要是强大的，古人云“无欲则刚”就是这个道理。需要，恰是一种软弱的表达。当我们失去所爱的对象时,常常痛不欲生。这种“痛不欲生”是由我们的需要构成的，他对你越重要你就越痛苦，所以最彻骨的痛苦是极为相爱的人分手。造物主的这种安排和设计真是妙极了，每一个人都需要一个倾心相爱的人，甚至我们终其一生都在寻找这样一个人。我们没有勇气和力量使自己独身一生，我们须得在对方的眼光里、爱抚里，才能算是安然地走完一生。

两性的封闭空间

这样，我们进入了一个命题：我们为什么需要另一半？上面说到造物主的这种设计和安排的奇妙。你试想,越想越觉得玄奥,想到深处，你都很难不对造物主产生敬畏。所以，西方许多伟大的科学家，比如牛顿、爱因斯坦都有着对上帝的虔诚信仰。关键是人无法解释宇宙间这种奇妙的设计和安排，所以他们就将此归为至高无上的神。圣经中对这个问题的回答是,在世纪初创时期,上帝首先创造了男人，然后在男人身上取下了一根肋骨，创造了女人。在人类神话里，对两性关系就有着预设，也许这种预设就是男权时代的投影，但毫无疑问的是，男人女人这样一种相互缠绕的关系，在其中也得到最生动的说明。

柏拉图对男女关系的解释更是形象而生动。他说，本来男人和女人是合为一体的，就好像是背靠背站着的那样。人前后有四只眼、四只手，非常强大。这种强大关键还在于人自身就是一个完整的世界，他不需求什么。我说了，不需求本身就显示出了一种超常的强大。于是，上帝感到了人的威胁，为了削弱人的力量，就将人从中间一分为二，一边是男，一边是女。这样，人一生要花费很大的精力去寻找自己的另一半，对上帝就不构成威胁了。柏拉图的这个解释非常有趣，至于它是不是事实并不重要，重要的是他对男女关系的准确表达和深刻理解。人的一生不就是在为寻找自己的另一半而费尽心机吗？人不就是因为对异性的彼此需要才显示了人的软肋吗？想起这一点就非常令人感慨，你无法超越你自身。男子见了楚楚动人的女子就无法忍住自己的冲动，女子见了自己喜爱的男子也会朝思暮想。可见这另一半是人生的宿命，是你不得不面对的一个困扰你终生的命题。

恩格斯在《家庭、私有制和国家的起源》一书中，从人类生存的角度谈到了两性关系，认为不同时期的两性关系模式是生产力发展不同水平的产物，说两性关系在不同的生产力水平下，会有不同的婚姻组合形态。所以说，人类的婚姻经历了群婚制形态、对偶制形态、一夫多妻形态、一夫一妻制形态等。他是从社会经济的发展看待婚姻的，说婚姻的组合是生产的需要。所谓的生产有两个方面，一是夫妻结合成了一个生产共同体，男耕女织，有了不同的分工。这是物质的生产。另一方面是人口的生产繁衍。男女结合为了使自己的种性延续，就要繁衍后代，这也是一种生产。当然，在落后的生产力水平上，这种结合，是极为必要的。而且一夫一妻制的产生，正是社会为了更好地求得自我的繁衍和改善。女性为了确定自己孩子的生父，于是就产生了一夫一妻制，她的目的是将这位男子留在自己身边共同获取食物，照顾子女。这样，在原始的条件下，也就增加了子女的成活率。所以，你在民间俗语中，就可见出人们对夫妻关系的形象概括，他们将夫妻关系称为“米面的夫妻”。其含义就是为了基本生存所必需的物质条件，这一点构成了两性关系的核心要素。

我之所以不厌其烦地探讨人类历史中的婚姻演变，只是想说明爱情和婚姻在现代发生了哪些革命性的变化，这些变化会有哪些后果？它是怎么来的？

二十世纪以降，人类在科学技术领域取得了大踏步发展，这样产生了两种后果：其一，技术大大缩小了男女在体力上的悬殊差异，为女性在客观上取得与男子同等的地位创造了条件；其二，技术革命，使人类有史以来延续数千载地被饥饿所困扰的现实成为历史。在近百年里，发达国家基本上逐步地解决了人类生存的基本需要——衣食问题。只有当人类基本的生存问题不再成为问题时，人类的精神问题才会凸现出来。也就是说，人类对精神的需求，只有到了这个时候，才真正地成为大众思考的问题。也只有到了这个时候，爱情关系、男女关系、夫妻关系，才有了另一种崭新的意义。

当女性真正地具有了主动性、选择性的时候，人类的两性关系才进入真正精彩的阶段。因为在未能彻底解决衣食问题之前，人类的爱情状态，毫无疑问，是以物质性的状态为主导的。也就是说，女子在恋爱中，是以男子所能提供的物质条件的好坏作为标准的：谁能让我过好日子，谁就是一个好丈夫。这是朴素的真理，活命的真理，取舍是显而易见的。

古人的这种取舍，直到今天也在发挥着作用。我们在今天的选择中,不是照样可以看到以房子、车子、票子作为标尺的吗?而且从严格的意义上来说，这样的选择是没有错的。任何一个女子，都希望通过婚姻使自己的处境发生根本性的变化。所以人们也说,女人无阶层。她嫁给谁,谁所属的阶层就是她的阶层。嫁给穷人，她就是穷苦的阶层；嫁给富人，她就是富人的阶层；嫁给知识分子，她就生活在知识分子的阶层。民间说：嫁给官人当娘子，嫁给杀猪的翻肠子。这是通常人们在婚姻问题上进行抉择的现实背景。所以，婚姻对女人何等重要呀！对于常人来讲，这样的打算不无道理。人无法使自己脱离对物质的考虑，这是问题的一个方面，至今还在起作用的一个方面。

以上，我们讨论了“人为什么需要自己的另一半”。这样，我们逐渐地逼近下一个命题：我们需要什么样的另一半？什么样的爱情是最有价值的？什么样的选择是最合适的选择？

欲望升华的可能性

我们为什么需要另一半？因为我们惧怕孤独寂寞。当然，这是从人的精神深处说的。从表层上看，我们需要对方，是因为我们的性心理的推动，我们为满足自己的性需求。然而，在一大堆异性中，你需要的是一个什么样的异性？这种选择，则完全展示了我们深层的精神需求。正是在不同的选择中，形成了不同的文化，不同的素养，不同的价值观、幸福观，也决定了我们是否幸福和快乐，决定了我们生活的质量和品质。我们常常是出于什么理由去选择我们的对象呢？我们的参照是什么？这真是一个非常困难的问题。但据我的观察，人们选择对象时，往往依据以下几种原则：

一、对方须同自己的生活教育环境和背景相似。这一点是容易理解的，所谓的门当户对就是如此。相似的生活环境背景，易于使两人具有亲近感。两人在相处之中，则易于沟通和理解，易于和谐相处。

二、与上述情况相反，完全背离自身的生活教育环境和背景。这一点很是奇异，大量表现在社会下层青年中，他们往往生机勃勃在向上攀缘中，欲寻觅的对象就是早觊觎于心的富贵名门之后。比如，在司汤达的《红与黑》中，于连就是一个典型人物，不管他追求的是市长夫人还是侯爵小姐，都体现了他的这一取向。在我国当代作家中，路遥的《平凡的世界》中的农村青年孙少平，他倾心相爱的田晓霞，就是地委书记的女儿。同时，这种现象也表现在上层青年中，也许从小对自己生活的环境感到厌烦，对于另一阶层中的同龄人反而充满奇异的兴趣。

特别是对他们勃勃的进取精神和坚毅的人格风貌，则充满喜悦和爱慕。或者是对贵族生活感到厌倦，反倒喜欢乡村纯情质朴的女子，像普希金笔下的诗体小说《叶普盖尼·奥涅金》中奥涅金和达吉亚娜的爱情。还有米兰·昆德拉的《不能承受的生命之轻》中托马斯对特丽莎的爱。其实，这种表现，还有着更深的生物性根源。在此我不再赘述。

三、以童年的经验和印象作为取舍依据。很多人在童年少年所接触的大于自己的异性，其性格样貌易于构成他们一生的审美经验基础。所以，在选择中，他们往往不自觉地依照着童年的经验。另外，还有一种情况，其父母作为一种摹本，不管是个性气质还是体态容貌，都会下意识构成其择偶参照。

四、生活中现实的考虑。这种人大约是最物质化的，他的择偶绝对地服从物质利益原则。谁对我最为有利，谁就可能是他的追逐对象。所以有趣的是，现在许多富人在择偶时，往往处于困惑的状态中，因为他们常常在一大堆蜂拥而至的追求者中,无法判定哪些人对自己真正喜欢,哪些人只是喜欢自己的钱。

五、精神层面的神遇。这种人大约算得上不食人间烟火的异类。在过去，他们大约是出身于那些衣食无忧的“食肉者”阶层。像贾宝玉这样的人物，基本上不用考虑俗事俗物。于是，才可衍化出精神的绝对高蹈。无疑，这样一种状态代表着人类的一种发展未来。因为，如前所述，现在这样的“食肉者”越来越多。于是，以自己的精神契合作为唯一标尺的人似乎多了起来。

六、这是我所谈论的重点。我的看法是，只有选择能使自我提升的婚姻，才是最有价值的爱情婚姻。也就是说，在婚姻中，我们理应使自我得到提升。假如造物主在创造两性时，就暗含着两性的需要、吸引、对抗和提升的设计，那么在两个人的世界中，我们没有理由将两人的关系变为彼此奴役支配的关系、变成彼此仇恨冷漠的关系，或者仅仅是生存利用的关系、泄导性欲的关系，抑或是贫乏枯燥的关系等。也就是说，造物主在设计中，已经给予了我们相互提升和发展自己的广阔空间。因为两个人的世界，绝对有别于三个人以上的群体社会。在两个人的世界中，有着个我尽情呈现的空间，是有限度的自我隐秘状态的可许性发展。

假如将世界分为三个层面的话，一个人的世界是黑沉沉的自我王国；两个人的世界是自我释放的可许性的灰色地带；三个人（指多人）的世界是社会性的明朗地带。西方文化和中国文化有所不同，西方的世界在一人和三人之间并没有给予二人世界以可许性的呈现空间，而多以法律形式作为纽带。比如，西方文化中，夫妻之间的相处以直接的法律作为规约深入到夫妇生活中，两人的矛盾状态可能以法律形式来解决。丈夫对妻子动粗，妻子自然会想到请求警察援助。中国从古到今的文化沿袭里，在这一方面呈现出决然不同的规约。在两个人的世界里发生的事情，须得两个人来解决，很少有将两口子的事情求助于外的，更别说是求助于警察、法律，除非两人实在不得不走向分手离婚的状态。

我在这儿描述这种状态，旨在说明在中国文化中，两人世界被给予充分的可许性空间。这个可许性空间，就成为个我可能呈现在两人世界中的自由意志的充分展示。或者还可以说，这个空间，为两个人能够充分地创造性地改造二人世界提供了可能。我在言说这种可能时，当然不能不顾及社会条件给彼此开辟的空间和可能性，但我在这儿重点想说的是两个人的世界构成的这种封闭状态，这种彼此的自由性、纵恣性，处在一个封闭的空间中，使自我的思想行为可以任意驰骋，使自我的创造性可以任意发挥，从而呈现出丰富斑斓的色彩。甚至是外人无法想象的丰富斑斓的色彩。这是外人无法进入的两人的神秘诱人的世界，在这个世界中，法律却步，道德却步。

这还是一个人性充分展开、想象力充分展开、创造力充分展开的世界。个人有可能在其中得到最大程度的实现。而且，对于社会来说,其付出的成本却是极少的。因为在社会的规约中，许多人因为各种原因，可能是自卑，可能是童年的伤痕，可能是不善于言谈、交往，可能是羞怯，可能是惧怕失败等，使他在进入成人的世界后，在和他人的交往相处中，很容易充满惧怕和失败，充满对外部世界的敌意、排斥和烦恼。但在两人构成的世界中，这些在外部世界的伪装，可能是必要的伪装，就自然地剥去，不复存在了。他在两人的生活中，创造着自己的世界——充满情趣的美妙的世界。

这样，在个我与对方相处中，他们各以对方为对象，完成着自己、实现着自己，这就是人间最为美妙的男女两性构成的极乐世界。在人的生存中，我们都想在对方世界中获得自我的完成与实现，这种完成与实现包括获得对方的承认，包括给予对方爱心。就是那种在宗教崇高神圣的感知中，我们感知到奉献与给予的快乐。我们在对方的愉快和欢乐的感知中，自己也享有那份感知和喜悦。因为，对于个体而言，最喜欢做的事情是让自己喜欢的人也能像自己一样，感受自己所感受到的幸福。所以，我说两性关系最为理想的状态是，我们可以彼此提升，而且也感到了这种提升。而不是堕落和下沉。

在两性关系中，我们最易于发现男人的不同品格，反之亦然。一个男人将自我展示得最为彻底时，莫过于在女性面前。周作人说：要考察一个男人的品性，一个是看他对待宗教的态度，一个是看他对待女人的态度，足矣。当我们在对方身上看不到我们自己的光彩，我们无法将自身只在对方身上才可能展示的东西开掘出来时，这个婚姻可能是残缺不全的，或是缺乏健康机体的。截至目前，以我看来，两性关系的丰富性、幸福感在人类的世界中并未得到充分展开。我的意思是，两性关系所可能给人类开辟的美好幸福图景，并未能得到充分的开掘运用。我们见多了沉沦的两性关系，见多了缺乏诗意、缺乏喜悦的两性关系，见多了将两性关系剥离成为赤裸裸的肉欲的两性关系，见多了精细考量打算的利益化两性关系，见多了苟且的、凡庸的、贫乏无味的两性关系。假如爱情和婚姻使自我如此下沉，那我们为什么还要将爱情视为神圣之物？爱情婚姻的意义在哪里？

两性关系的未来设想

在以上论述中，我所谈到的具有相互提升的两性关系才是理想的、真正有价值的、值得追求的两性关系，是理想的婚姻状态。在两性关系的现实经验层面，这样的状态其实是很难达到的，它有着各种各样的制约因素。

我们怎样才能确定，这一个人或那一个人才是实现彼此精神提升的另一半？实际上，我们在寻找另一半时，现实的困难比远古时期更为强大。现在的科技文明，衍化出多样而发达的人际交往手段：交通的快捷、通信的发达、网络的便利等，提供给我们无限的快捷方便。但是，这个无限却同样带给我们选择的苦恼，因为可选择对象的扩大蔓延，使我们在选择中的焦虑增加了，难度增大了。我们选择度的加宽，越发使我们在茫茫大海中想要寻找某一条鱼，变得遥不可及。尽管我们身边也许就有着意中人，但由于视界的扩大，往往会冲淡我们对周遭的感觉，以致往往会不满足于身边的人和事，这也可以称之为选择的远视。因为不管是从参照还是从现实所能提供的手段而言，所谓的跨地域婚姻、跨国界婚姻都已变得稀松平常。因此，多样化的选择反倒加剧了选择的困惑。在物质匮乏的年代，我们要是上街购物，在选择上很容易做出判断。但在物质充溢、商品过剩的时代，选择则反而非常困难。在爱情的抉择中亦然。

还有一种情况是，我们内心的细腻化程度越来越高。当自我越来越丰富细腻时，你其实向社会提交了一份难题，你想要寻觅与自己相契合的另一半是非常困难的。因为，社会还无法为你创造出完全能够契合你的另一半来。能够和你完美契合的人太少了，这时你的丰富和细腻就转而变为你痛苦的根源，你的优势成为你的劣势。另外，对于一个丰富的心灵而言，感受生活的细腻能力强化，使他在日常中很难融于生活，过分敏锐地感受到生活的不和谐，感受到痛苦。但是，社会的进步，恰恰在不断地创造出这样的人——所谓文明的人。

我想到了《红楼梦》。林黛玉就是这样的人，难道她的命运还有比死更符合逻辑的结局吗？她具有那么纤弱而敏感的气质。在那样一个时代，那样一个环境里，除了贾宝玉，还有谁可以与之相配？所以，黛玉葬花，埋葬的是一个娇美的理想。我们常人觉得这是一个浪漫的场景，觉得黛玉看见花瓣儿的凋零，引起对青春流逝的感慨，对失去的爱情的伤悼。其实对黛玉来说，一点儿也不浪漫，是真实地自我表达。大约只有贾宝玉才可能对她的葬花产生共鸣和理解，有什么办法呢，天又不将宝玉给她。我在这儿说林黛玉，是想说明，社会的文明程度越来越高时，人内心的细腻化程度增强，同样会在择偶方面带来新的困扰。就好像林黛玉的细腻情感，很难再遭遇与之同感的人一样。实际上构成一种选择的困境，也构成了自身痛苦的根源。

这样，正因为在现实层面构成两性关系中的彼此提升甚为少见，而其基本状态令人难以满意。面对这些，思想家们有着清醒的认识。当两性关系中的现实实践大多构成了痛苦胶着状态时，也刺激思想家对此进行新的构想，对人类爱情婚姻这种结构形式进行深刻反思。像法国当代解构主义大师德里达对婚姻形式，就有着前瞻性的大胆设计。德里达说："假如我是立法者,我会提出干脆从非宗教的民法中剔除'婚姻'这个词或概念。'结婚'是个宗教性的、神圣的、异性间的价值，具有繁衍后代，相互永远忠诚等的誓言，乃是非宗教政府向基督教会的一种让步。特别是它的一夫一妻制，那既非犹太人的（上个世纪欧洲人强加给犹太人的而且对很多代北非犹太人来讲，它都并非是一种义务），也不是穆斯林的传统。取消'婚姻'这个宗教性的神圣化的歧义词或虚伪概念，他在政教分离的宪法中没有位置，可以代之以契约式的'世俗结合'，一种普世的、完善的、精细的、灵活的、可在性伴侣或不强行限量的伴侣之间进行调节的协约……一些人采用两种模式进行，而另一些人的结合既不根据一般民法也不依据宗教惯例。这是乌托邦，但我今天提前预示。"德里达是法国解构主义大师，以他的观点看来，人类所设计的婚姻的神圣性，不应将之应用于民法中。而民法中的婚姻应该应用契约性关系。这样,既是契约,就应该是完善的灵活的。也许在契约婚姻中，两人的约定是五年，五年之后可以再续约，也可以结束契约。而不是具有神圣性的永恒的无限量婚姻。以他的意思，就是在世俗的民法中，取消婚姻的神圣性，最重要的是不强行要求一夫一妻制下的神圣承诺，代之以在异性伴侣之间进行调节的协约。当然，一部分人也可自愿坚持婚姻的神圣性，而走向教堂。这样，人们可在神圣性和契约性之间进行自我选择，也可以兼采两种模式。

德里达对婚姻的这个前瞻性设计，其实已经在现实中出现萌芽，发达国家两性关系的多样化已经提供了一种参照。只是在突破法律的禁区方面还有待时日。但正是因为涉及这样一个关乎人类每一根神经的重大问题，德里达也不得不表现出极端地审慎，将之称之为“乌托邦”，就是说这仅仅是一个理想化的无法实现的东西。在未来是否也无法实现？我们还无法断言，所以他又说是“预言”。事实上，在中国的现实国情里，一夫一妻制的婚姻模式也是照搬西方国家的。很明显，将婚姻的神圣性运用于民法中，使每个人在走进婚姻殿堂时，必须信誓旦旦，承诺忠诚，事实上将这种神圣推向了虚伪的境地,将众人的祝福变成一场儿戏。因为，无数的婚姻实践证明，两人走向婚姻殿堂时刻的状态，仅仅是此刻的状态，它无法证明或无法确保婚姻的未来性状。而且事实上，许多人反目了，许多人分手了，许多人还在维持着并不幸福的婚姻。这样，这种神圣性的婚礼场面，再回过头来看时，就仿佛一场滑稽剧，一种讽刺。人们明明知道爱情的爆发并非必然天长地久，人们却总是想留住这瞬间性的感受，并使之永恒。这是一种祈愿，而非现实理性的精神。

可以说，在文艺复兴之后的四个世纪里，以商业文化作为主导的西方文明大踏步前进，并由之演化出一系列符合商业精神的道德伦理。这些，已经渗透在生活的方方面面，并由西方文化的强势因素而推及全世界。唯有两性关系方面，却不是以商业精神构成的契约关系，而是以宗教般的誓言相凝结，谓之天长地久，谓之白头到老。所有的祈愿，所有的祝福，都是神圣化的。要求承担的义务，也变为永恒而神圣性的。但是，大量失败的婚姻实践，使婚姻的神圣宗教性质受到人们的质疑。爱情和婚姻有没有永恒不变的幸福？永恒不变的动心？这一点其实已经在现实层面有着否定性的回答。它所引起的人们内心的伤痛记忆，也是如此残酷。曾经所有的点点滴滴恩爱，都化作了丝丝缕缕的疼痛。瑞典导演大师英格玛·伯格曼在他的电影《不忠》里，借用博托·施特劳斯的一段话，阐释了两性关系在人内心留下的伤痛：“生活中的任何挫折，例如生病、破产或事业上的失败，都不会像离婚那样在潜意识里留下如此残酷而深刻的伤痛。它直接触及每一根恐惧的神经，唤起人的恐惧，一下子就能刺入通常生活触及不到的心灵深处。”

也正因为这样，正因为两性关系对人的内心带来如此巨大的影响，带来快乐与绝望，带来幸福与不幸，而最重要的是，它无法使人的内心处于持续性的幸福宁静状态。于是，相当一批优秀的人，便转而在艺术、科学、宗教中寻找自己心灵的归宿。爱因斯坦说："首先我同意叔本华所说的，把人们引向艺术和科学的最强烈的动机之一，是要逃避日常生活中令人厌恶的粗俗和使人绝望的沉闷，是要摆脱人们自己反复无常的欲望的桎梏。一个修养有素的人总是渴望逃避个人生活而进入客观知觉和思维的世界；这种愿望好比城市里的人渴望逃避喧嚣拥挤的环境，而到高山上去享受幽静的生活，在那里，透过清寂而纯洁的空气，可以自由地眺望，陶醉于那似乎是为永恒而设计的宁静景色。

"除了这种消极的动机以外，还有一种积极的动机。人们总想以最适当的方式来画出一幅简化的和易领悟的世界图像；于是他就试图用他的这种世界体系来代替经验的世界，并来征服它。这就是画家、诗人、思辨哲学家和自然科学家所做的，他们都按自己的方式去做。各人都把世界体系及其构成作为他的感情生活的支点，以便由此找到他在个人经验的狭小范围里所不能找到的宁静和安定。"是呀，爱因斯坦的困扰和选择，也是我们的困扰，但却不是我们的选择。我们凡人也必然遭遇到这些，我们因了自身的情感生活而心灵无法获取宁静安然。爱因斯坦们将自己逃避在科学、艺术、哲学、宗教里，但我们还须得在日常狭小的个人经验的范围内受苦，忍受着这种沉闷的煎熬和缕缕苦楚。因为，我们在等待并寻找幸福。我们总是相信，一定会有一个明丽的未来，不幸是个别的，不幸是他人的。

无目的阅读才是真正的阅读[①]

——答《西安晚报》记者张静问

记者： 仵埂老师，跟我们讲讲您的读书经历？从什么时候开始喜欢上读书的？

仵埂： 可以这么说，我能够自主阅读的时候，是十二三岁，大约是“文革”开始的那个年月，那是一段很悲凉的时光，那时没有什么娱乐，能够找到一本书来看，是非常幸福的事。很多时候，你不容易找到一本书。有一本书，一定是在小伙伴们中间传阅。早期几个小朋友还成立了一个类似读书共享会的小组织，就是各自将自己的小人儿书拿来大家共享。就这样，从喜欢看小人儿书开始，很快就不满足了，喜欢起侠义小说，诸如《三侠五义》《七侠五义》《小五义》《罗通扫北》《说唐》等，小伙伴在一起争论故事中谁最厉害。再后来就开始喜欢上历史小说，《三国演义》《水浒传》之类。《红楼梦》也看得很早，大概有十五六岁，但是当时不知道这本书叫什么名，因为没有书皮，

---

① 原载于《西安晚报》2018 年 7 月 30 日。

就这样稀里糊涂地看，也并不觉得怎么好看。真正觉得有味道那是在上大学重读之后。后来对外国文学作品发生兴趣，父亲在陕西省歌舞剧院工作，他们那里有个图书馆，每次回老家探亲，他总会带书给我，那时就看到了托尔斯泰的《复活》、巴尔扎克的《农民》、司汤达的《红与黑》、《契诃夫中短篇小说选》等。另外,“文革”前出版的《红日》《红旗谱》《红岩》《创业史》这些代表了那个时代最高水平的被称为“三红一创”的红色小说,几乎都读过。那是一个时代的共同阅读记忆。可以肯定地说，那个时代爱阅读的年轻人，几乎没有人没读过。

农村书籍极为缺乏，这是那个时代留下的深刻印象，所以读书也就压根儿谈不上选择，逮住什么看什么，只要是书就行，甚至包括看字典。家里有一本父亲留下来的民国时期的小字典，我没事就拿在手里翻。前面缺页，没有部首检字表，我就自己重新做了一个。有一段时间,不知怎么手里转来一本康德的《天体演化论》。拿起来就没头没脑地读下去，不大懂，但还是要看，似懂非懂地看完了，里面讲宇宙的形成，提出星云说。我后来非常喜欢天体物理学，对宇宙万象充满莫名的兴趣，直到今天。可惜当时没有人教，更没有兴趣培养一说，不然走向这条道也未可知。在我印象里，村子周围十里内的村庄，只要谁家有书，我都会想方设法找到这户人家,同人家搭讪交朋友,借人家书看。这样如饥似渴的阅读生涯，让我枯燥贫乏的生活，一下子变得亮堂起来。我有了现实生活之外的另一种虚拟生活，精神的另一世界，这是通过阅读建立起来的。这一点，与我未来的走向有着极大的内在关系，我能在恢复高考制度之后，于1980年以一个初中生的学历考上大学，这十几年持续不断的阅读，正是其原因所在。

记者：作为一名老师，读书也是工作之一，您喜欢哪一种类型的书籍？现在阶段，主要进行哪方面的阅读？

仵埂：作为一名大学教师，特别是人文学科的教师，读书成为工作的必需。我必须不断吸收新鲜养料，充实自己，使自己保持旺盛的精神活力。我的阅读比较驳杂，没有将自己限定在某一个狭窄的专业范围内。尽管自己的专业兴趣是文艺理论，研究较多却是当代文学。对理论热爱，从青年时期一直延续到现在，特别对哲学、美学，具有更浓烈的兴趣。好的文学作品，也一直喜欢。觉得它给你打开了人生的另一境界，好朋友一般，向你敞开人生的隐秘世界。就是说，它能将人性最为隐秘的深邃处叙述出来，令你获得的不仅是看了一个好故事，更是熟知了另一个鲜活的人的内心生活，你惊讶于人竟然会这样去想去做！好小说是能拓展人的精神空间的。

我还非常喜欢科普读物，诸如《自私的基因》《伊甸园之河》《时间简史》等，觉得这些阅读，对于了解地球上的各种生物、扩展我们的眼界、了解人本身的生存，具有莫大的好处。一些政治读物，也给人以强大的冲击和启示，比如基辛格的《世界秩序》、黄仁宇的《资本主义与二十一世纪》、勒庞的《乌合之众》

之类。在全球化的今天，但凡思想者，必会思考研究“人类未来的走向”这样的大问题，也必会做出自己的回答。

中国读者，对于阅读历史的热情，从上世纪九十年代开始直到今天，二三十年来尚未衰减，因为历史和现实总有那么一些或明或暗的紧密关联，不管是皇宫戏还是历史小说，或者历史读物，常常迎来读者热捧。我觉得易中天那些阐释历史的通俗读物，蛮上档次。他的那本《历史的惆怅》，就留给我颇深的印象。既有可靠的历史研究做支撑，亦有非常通俗化的精彩叙述。

记者：您有没有读书心得跟我们分享？您觉得读书在您生活中占据了怎样的地位？除了工作、研究之外，您现在主要喜欢什么样的阅读？

仵埂：通过几十年的阅读体验，我感到，令我最愉快最幸福的阅读，是无目的的阅读。我觉得无目的的阅读是真正的阅读，是享受性的阅读。沉入思考之中，享受阅读快感，与那些洞察万物的智者高人对话，是多么惬意的事情呵！有时书中所论，恰中下怀；有时著者所思，瞬间将你点亮；有时书中人物，让你掩卷情难已。独坐书房，内心溢满幸福，获得对世间万物的理解。这种满足，非锦衣美食可比。

打开心智的阅读，不为什么目的，阅读本身就是目的。不要把阅读看得太功利，觉得读了一本书，一定要在书中寻找点对当下的自己有帮助的东西。若不这样，感觉就亏了。其实，阅读在很多时候，是一种天然的智性冲动，人将自己沉浸于阅读的愉悦中，思考天上地下的问题，也许这种思考无解，但我很享受这种过程。阅读没有目的，但最终却合乎人的智慧需要，合乎人的精神发展，是人的尊严的胜利。人的尊严使人不能对存于其中的天地万物无知无识无能，阅读却是暗合了人统摄宇宙万物的天性，所以是“无目的的合目的性”。现代阅读，许多人喜欢那些当下有用的书籍，比如《遇见未知的自己》之类，这些提供心理困境的解答。这样的阅读，注重实用。阅读视野还是狭窄了一些。不是说不好，是说仅有这些远远不够，应该扩充你的知识边界，不要将自己囿于直接有用的阅读中。比如，这两年引起读书人关注的《人类简史》这本书，是以色列一个青年人尤瓦尔·赫拉利写的。读这样的书，没有任何实用价值，它绝不可能给你的生活提供某个现成的答案，但却对打开你的眼界视野，善莫大焉！

读书现在已经成为我生活的一部分，成为一种习惯。任何时候，手边若没有书，觉得少了点什么。若是出差，也总会在包里塞上一本书。哪怕是读一本县志或一本科幻小说，将自己沉入其中，不知今夕何夕，那是我觉得最为享受的时刻。享受，是我对阅读的最大体会。

记者：您的读书生涯，有没有什么关于读书的小故事让您印象深刻？

仵埂：1977 年，那时书非常少，我竟然看到了《陆游集》。能见到一位宋代诗人诗歌全集，颇为罕见，何况是在富平的一个偏僻村庄。你会觉得在那些破棚瓦舍里，似乎冒出来一件稀世珍宝。更为稀奇的是，这本书的主人，本身并不喜欢读书，更别说是诗歌了，偏偏他却拥有两大册《陆游集》，至今我都觉得是个谜。记得封面是淡蓝色调，设计素雅。我对这套书爱不释手了。我向他借书时，他毫不迟疑，说："拿去吧。"就给了我。我顺便还和他探讨了几句，发现他还真看了，能说上来陆游的某句诗。对书的主人，我一下子产生了敬意。并且，马上跟他亲近了许多。书主人叫安成永，曾是我初中同学。他母亲去世早，他的衣袖常常挂着破絮。但是人长得精神，而且利索，为人也义气，我很喜欢这个朋友，要是一起玩，我一定会叫上他。

这套书在我那儿停留了许久，有一年时间吧。劳作之余，我断断续续读着，当时对陆游理解很浅，看看注释，猜猜诗意，只是诗人逼人的壮浪豪气留给我深刻印象。尽管最终读完了，但能记住的并不多。有名的《示儿》记住了，还有《诉衷情》中的"胡未灭，鬓先秋，泪空流。此生谁料，心在天山，身老沧州"等句。因了这本书，我对安成永难以忘怀。记得他曾催我还书，我知道他很爱这套书。我去过他家，没有再发现其他任何一本书，也许这是他唯一的一部书了。

几十年不知不觉过去了，当初借书的情景，历历在目。大约因为生活太单调，难得有什么稀奇新鲜的事发生，一件小事，虽然很久了，还清晰如昨。我把《陆游集》还给安成永，不久，他就参军了。后来，我上了大学。参军在当时是一件好事儿，须要生产队同意推荐才行，大家争着去。生产队干部还有点公心，首先推荐家境最贫寒的子弟。他们参了军，探亲的时候就能讨到媳妇，这可是一件人生大事。安成永当兵了，我很为他高兴，还想着在部队他会被提拔个排长连长的，没想到终究没有，几年后他就从部队回来了，继续种地。

我偶尔回老家去，问起他，邻居告诉我，他的日子过得很艰难，算是村子里可怜的。我听了很难过。别后一直没见过他，心里惦记着，每次回乡总是匆匆。我想，什么时候总要在故乡住几天，邀他一起喝茶谈天，问问那部《陆游集》，怎么来的？现在还在不在？

天下观与世界公民

大约是 1999 年秋天，一日傍晚，毛旭太约我到小寨的一个茶坊吃茶，说是带了两个德国老外，我兴冲冲应了。一切新奇之物，我皆兴趣盎然。毛旭太是北京二外毕业，后留德十年，本来搞德国文学，归来却转了行，搞苹果新品种的栽培种植和推广，竟搞出了大名堂。九十年代国人体制内外自由转换，信心满满，创造力勃发。此是后话，按下不表。

待坐定，毛博士一一介绍。这是一对中年夫妇，男的叫约翰·内斯，搞工程机械；女的叫贝雅特，专业是中国语言学。他们是毛旭太的朋友，专程来西安探望他。贝雅特坐我左手，右边是毛旭太，对面是约翰·内斯。我们随意地攀谈起来。见到德国人，我脑子里首先跳出来的自然是康德、黑格尔，还有那一串儿耀眼的人文明星，如歌德、席勒之类。这些人物，中国文化人耳熟能详，更别说那位作为中国人导师的马克思了。于是，我非常羡慕地说："德国民族真厉害，出了那么多伟大杰出的人物。"我一一罗列，如数家珍。当然这不是咱们的"家珍"，而是人家之"珍"，我辈唯余艳羡，艳羡到如邻家大爷般熟悉的地步。毛博士将我这种艳羡赞颂和敬望之语翻译给这对夫妇。开口回应的是贝雅特，她的中文尽管不大流利，但是表达还是没有多大障碍。我礼貌地将目光投向她，听她娓娓道来。贝雅特诚恳地说："你说的这些人物的确伟大，但他们是人类的财富，不属于德国。"这样的回答让我很是意外，我没有想到她会这样说，一时语塞。后面我们边聊边喝茶，话题也漫无边际，说了许多，但别的都没有记住。

这个与老外漫聊的夜晚，因这几句出其不意的话语留在我记忆里。其印象如此深刻，直到今天，二十余年过去了，也未能忘怀。此前，我向来的认知是以我族作为中心而划界的，长期构成的心理意识是以国家民族为中心的天下观。从没有尝试站在天下看我国族。喜滋滋地以我族的一切发明创造、一切历史文化，作为骄傲的资本，心里升腾起的是无限的自豪感，也理所当然依此类推，想象异国他族也理当如此。从没有想到会有这样的理路，竟然已经将世界人类作为一个整一单元看了。个体的思想创造置放于整个人类历史的大时空里，从而忘却言说自我的优越自豪。从整个人类的视角看取这些杰出人物的思想文化贡献，而不是站在一个国族的立场和视角下看取这一域。

以春秋战国时代类比，好比春秋时的孔子，其考虑问题的出发点，绝不会仅仅是以母地鲁国为出发点，老聃也不会因为自己是"楚苦县厉乡曲仁里人"而只是站在陈国的立场去评说天下。依此类推，春秋战国时的思想家们，其看取的天下，就是自己目之所及能达到、能涵盖的天下。然后为这个战乱不已的天下开出疗救的药方。整一性思考，一直是人类思维所欲达之维度，也是人的尊严之所在。想想看，在你思维能力具足的情况下，你能让它一叶遮目不见泰山？进入二十世纪之后，全球化思维已经是一个常识，对于一个思想者而言，还自喜于偏居一隅，且抱残守缺，那不正是莫大之悲哀么？

康德在《关于一种世界公民观点的普遍历史的理念》中，表达了关于“世界公民”的思考，他说：“在经历了若干次改造的革命之后，自然当作最高意图的东西，即一个普遍的世界公民状态，作为人类一切原初禀赋在其中得以发展的母腹，总有一天将实现。”[①] 康德为什么会将“世界公民观点”放进“普遍历史”之中，为什么会说“世界公民的状态”是自然形态下的人类的“母腹”？并且预言它未来终会实现。这是因为，康德明白人类问题的终极解决，必须从这个母腹中发展出“世界公民”理念，并且这个“母腹”中，就埋藏孕育着“世界公民”的基因种子。正因为如此，在其历史演进中，国族之间构成的竞争和对抗情状，直至残酷的战争杀戮，全是从国家这一暴力机器发出的，且均是在爱我国族的旗帜下发起的，希特勒如此，东条英机也是如此。最后的解决方案，除非实现“伦理共同体”，

① ［德］康德：《关于一种世界公民观点的普遍历史的理念》，李秋零主编：《康德全集第8卷 1781年之后的论文》，中国人民大学出版社，2013年6月版。

才可达“永久和平”。这种伦理共同体也就是人类的普世道德理念，地球人遵循一个统一的价值理念，从而消除掉族群、宗教、文化的差异带来的相互敌意，这也就是全球统一化的解决方案。马克思也是从这一理路出发,不无幽默地说自己是“世界公民”。当然，他当时还因了现实困境——被普鲁士取消国籍后四处流亡，总是遭遇不同国家的驱逐。我要说的是，他的共产主义学说，也就是一种消灭了国家存在的人类大同理想，国家都不存在了，以国家为单元构成的民族利益共同体，也就化入全球化之中。如同今日的企业家，你可以选择世界上任何一个国家地区去办厂,而不一定非在你的母国办厂一样。企业家的国界意识，事实上在逐渐变化。

所有的哲学家、历史学家，对于人类的未来发展，大凡都有一个共同的思考前提，那就是尽管各个国家民族的历史文化差异极大，但在其发展中，都承认人类有一个统一的文明尺度，承认人类演进有着它的历史逻辑。这个演进逻辑，也让我们从西方搬来了马克思主义。我们搬来它，就认为它具有放之四海而皆准的效力。文明尺度，是可以度量一个人贡献大小的，就是说，他提供了哪些人类还不具备的知识？提供了哪些前人并未意识到的问题？或者说，在其思想精神尺度中，有没有哪些通向人类未来的因素？比如，自由、法治、民主、平等、博爱等这些要义。假如说，一个人的思想根底里，尽管受他所处时代的局限，还依然能发展出通向未来的精神因素，那么他的思想就具有了超前的意味。就如同曹雪芹，他所处时代并未给予他自由恋爱的社会现实，但是他却能在他的书写里，将其情感向背全都给了“宝黛”这一对发自内心相互喜爱的少男少女。尽管他们的爱恋在现实中难以实现，最终成了悲剧，但通向未来的这一指向，却烛照了人类之大道。

从大航海时代始，人类已经开启了全球化的进程。一种新的文明秩序，正在徐徐展开。当然，摩擦、对抗、冲突，在所难免，但在对抗中却不断地趋向统一。有类于我们的春秋战国，周王朝初期有一百三十多个诸侯国，不断地兼并，到后来成为七国，再由七国统一为一个整体。诞生于诸国的思想家，似乎母国也并不以其为荣，因为他们也是跨国四处游走，特别是那些有大怀抱大野心的人才，更是四海纵横，哪儿留用哪为家。苏秦是周人（今河南洛阳），出使赵国，提出“合纵”六国以抗秦，挂六国相印，后又长期居于齐国为客卿。张仪乃魏国人，却为秦国效力,创“连横”外交战略,以横破纵。孙武为齐国人，却弃齐投吴，被拜为大将，率吴军大败楚军，差点儿使楚亡国。我想，春秋战国诸子，脑子里的格局，一定是在他那个时代所能涵盖的天下，各个怀抱的是天下整一观念，未以一国一地为必留之所。

这种天下思维，在墨翟的思想里表现得最为充分。他对天下战乱不息的药方是“兼爱”，也就是普天之爱。批评孔子所讲之仁爱为“等差之爱”，认为这样的爱是有“厚薄亲疏”的。既然有等差和厚薄，亲所亲，远所远，那当然就有了对“非我族类”的抢夺争战了，这恰恰就是祸乱的根源。各人爱其所爱，疏其所疏，天下如何能安宁？只有“兼相爱，交相利”，爱无差等厚薄，才会消除相互的攻伐，而达天下之大治。墨子这样说：“虽至大夫之相乱家，诸侯之相攻国者亦然：大夫各爱其家，不爱异家，故乱异家以利其家。诸侯各爱其国，不爱异国，故攻异国以利其国。天下之乱物，具此而已矣。”其原因何在？“皆起不相爱”。若能够“视人家若其家，谁乱？视人国若其国，谁攻？……若使天下兼相爱，国与国不相攻，家与家不相乱，盗贼亡有，君臣父子皆能孝慈，若此则天下治”。[1]他的思路是，既然爱一切人，爱别人家如我家，爱别人国如我国，哪还会去他家他国捣乱攻伐呢？这个逻辑没有错！“欧共体”的经济一体化，就开了这样的好头。国界线消失了，法国人可以到德国上学，还可以到意大利工作，随便你到共同体的任一国家发展，没人阻挠你。那你说，还有打仗去侵占他国地盘的必要吗？

世界史将《威斯特伐利亚和约》视为人类国际关系的新起点，国际体系的框架就是从这儿开始的。当然，这个和约也是由欧洲的三十年混战（1618—1648年）为代价而构成。从此所有人，包括诸侯和他的臣民，都具有了宗教自由，新教各派内

---

① 墨子：《兼爱·上》，《先秦诸子文选》，重庆人民出版社，1957年6月版，第7页。

部达成了和解，新教与天主教之间则厘清了各自和平相处的界限。国与国之间均势构成，欧洲的国界大体确定，不再以相互吞并为目标，确立了互不侵犯原则。尽管此后还有一战、二战，但其大体国界与原则形成，这个趋向没有变。

这样一种地球村或者说全球化时代，人类命运休戚与共，这个共同体已经构成，曰“人类命运共同体”。这些无不说明，在人类当下的发展趋向中，任何一个国族，若其发展不能向着人类所共同具有的趋向演进，必然会形成某种反向的力量。他既无法改变这一发展潮流，也会使自己陷入困境里。而全球化视野和人类性眼光，将是当代公民所理应具备的基本常识和能力。他将所有人看成了人类这个大家庭的成员，以世界性视野来观照人类社会。而不仅仅是一个德国人的视角或一个日本人的视角。老聃、孔丘是我们的圣哲和先师，我们感到骄傲，但他们也是人类的，他们的智慧光芒也是人类的骄傲。当我的感知将他们看作我们的，那就意味着我们和他们之间，还有一条深深的鸿沟。那就意味着，民族和国家，还是界限分明，分明的界限里，包藏着疏离、陌生、防范及可能的冲突。人类的未来，要花很长的时间，很大的气力，去填平这个分界，将我们和他们统统变为我们。听到美国的西点军校以《孙子兵法》为教材，就喜悦得不行，心里那个自豪呀，仿若自己就是孙武之后，沾了一身喜气。其实，当我们知道了我们的军校里，也一样在研究德国克劳塞维茨的《战争论》，也就少了那一份洼水里的自豪。

王阳明在对《大学》进行阐发时，对“明明德”有自己独到的领悟，他说：“大人者，以天地万物为一体者也，其视天下犹一家，中国犹一人焉。若夫间形骸而分尔我者，小人矣。人之能以天地万物为一体也，非意之也，其心之仁，本若是其与天地万物而为一也。”[①] 王阳明在这儿所说的核心是，天下之人，具有共同的知解力，所以人杰者能够做到“天地万物为一体”“天下犹一家”，其根本就在于人之心为“仁本”，具有那种普遍的“恻隐之心”。于是，这个“仁本”能够让天地万物为一。也就是说，人杰能够将天地万物视为一体，将天下视为一家，而不能者为庸人。其天下眼光与胸怀，在此略见一斑。我想特别强调的是，其实在王阳明的思想里，就埋藏着与康德思想同一的种子。康德所言的孕育世界公民的母腹，在王阳明这儿，就是“仁本”。这个“仁本”，即天下能够达到统一性的深层结构里的那个基因种子。

文章开头提到的这位贝雅特女士，她随口说出的认知，却挂在我心中二十余年，直到我伴随着家国经历了一系列事变，包括我数次出国游历，以及网络信息的加速发展等。二十余年间，

---

① 王守仁的这段话是他阐释《大学》时所说。他认为《大学》就是学作大人之学，所谓的“明明德”，就是明白人是具有“天地万物为一体”的共同感知力的。转引自冯友兰：《中国哲学简史》，生活·读书·新知三联书店，2009年5月版，第340页。

中国也是翻天覆地，地球村这个概念，直面撞进我们的精神生活里。我开始感受、体验到的人类历史，正扑面而来。全球化的整合力量，深刻地影响了我的思考。那种古典主义式的农耕文明下的“地方性知识”，正在成为历史。世界性事件的不同感知和评判，也在以鲜明的传统与现代理念之分野，撕裂着人群。但是，你能明晰地感到，这种暂时的撕裂有着一个向前发展的趋向,终究会形成大体统一的意见。因为是人,总有这个“仁本”存在,它是我们作为判断的最深刻根源。尽管有一时一地的遮蔽，但总归会亮堂起来。所以，我是一个乐观主义者，我知道这种大势不可逆转。假如说，二十世纪之前的中国，其知识阶层对中国在世界演进中的角色，还不能清晰地把握和了知，还停留在一个晦暗朦胧的阶段。那么，经过了洋务运动、新文化运动、1849 年的革鼎以及改革开放之后，中国的知识阶层已经看清了中国在世界演进中的格局与位置，接受外部事物的能力大大扩展，一个全新的时代业已展开。

二十世纪之初勃兴的新文化运动，响彻在中国大地上的关键词是：达尔文、《天演论》、白话文、中体西用、三民主义、无政府主义、马克思、苏俄、劳工神圣、妇女解放、宪政、自治、共和、革命、平等、自由、民主、科学、新生活、新教育、阶级斗争等。这么多样纷纭的思潮，在其迸发过程中，种子落入大地，大地进行了选择，尽管选择具有偶然性，但其中无疑有着不得不如此选择的因缘。时代照亮的，只能是自我选择的那一部分。我们没有选择别的主义，选择了马克思主义和以苏俄为师，选择了革命和阶级斗争，也选择了思想理念中的平等与科学，仿若对其情有独钟。但对自由，似乎不甚了然；对博爱，也懵懵懂懂，并不稀罕。老祖宗那儿本来就有仁爱，就有"老吾老，以及人之老"。在愈演愈烈的阶级斗争学说里，两大阶级都殊死搏斗起来了，你说要爱一切人，岂不天方夜谭？但现在似乎是另一潮流，在浩浩然涌动。

历史学家余英时，对故国一往情深，对故国文化更是充满深爱与自信，他说："我一直相信中国既是一个古老的文明，其中必有合情、合理、合乎人性的文化因素，经过调整之后，可以与普世价值合流，带动现代化。我不能接受一种极端的观点，认为中国文化传统中只有专制、不平等、压迫等负面的东西。"他相信这一切，相信我们的文化里会开出通向现代文明的明媚艳丽之花，但须得调整，须得与"普世价值合流"。这一点，业已成为共识。所以，他说："哪里是安身立命的乐土，哪里就是中国。"①

2023 年 4 月 7 日于西安小寨

① 李奭学：《哪里是安身立命的乐土，哪里就是中国——唐奖汉学奖首届得主余英时教授的生平与贡献》，《新华月报》，2014 年 8 月上。

百年妇女地位之变化

“渣男”“暖男”式的评价中见出历史沧桑

每个时代，都会有一些流行语，如同流行时尚一样。今日的流行语，与上世纪八十年代大大不同，当然更与上世纪六七十年代判若云泥。古代时尚的变化尽管很小，但细究起来，即使一个王朝内，不同时期，还是很不相同。唐天宝年间的时尚是：“小头鞋履窄衣裳，青黛点眉眉细长。”但到了白居易的时代，这种装束已经大大过时了，所以白居易说这些一生被囚禁在宫中的可怜宫女，“外人不见见应笑，天宝末年时世妆”。生活在不知不觉中发生了一些变化，这种变化你回头一看，会吓一跳。比如，当下的流行语：渣男、妈宝男、暖男、小鲜肉、油腻男……你琢磨这些流行语，蓦然惊觉，这是女人对男人的评价，是女性视角而非男性视角。这样的评价，竟然发展为一种公共语言，成为流行语渗透于我们的生活中，成为一种评价约束尺度。

我特别想说的就是这种评价约束尺度。当一种流行语成为社会的公共话语之后，它就成为一种习惯、道德、习俗、风尚。这些东西当然是柔性的，不具有直接的强制力，但毫无疑问，它却具有了一定的社会制约力。这是因为，一个国家民族的秩序构成，除了强大的国家机器，诸如军队、警察、法律、监狱等强力机构外，还离不开社会道德和习俗的约束，离不开社会风尚和文化习惯的制约。流行语就是这样构成我们的社会风气，成为一种对男人的评价尺度，并具有了柔性的约束力。

几千年来，中国社会在儒家文化的熏染下，有一种女德要求。这种要求显示的是男权社会中，男性对女性的压迫之势，因之形成的流行语则是对女性的限制和要求。最为常见的对女性的评价是，贤妻良母、节妇烈女、淑女、荡妇、泼妇、麻迷等。从这些流行语中，我们看出的是男人视角，是男人对女人的评价尺度。农耕时代，少见有女性对男性的评价，当然更少见那种形成流行语或者成语的语素。这是因为那时的女性，压根儿没有社会权利，自我处在社会压迫的底层，哪儿谈得上话语权。

女性社会地位的改变，仅仅是近百年的事情。工业革命和基督教的平等观念的深入，使男女两性关系也在这一变化中发生位移改变。假如说，人与人的社会关系的改变是人类显性变化的话，那么男女两性关系自身的消长变化，则是缓慢的、隐形的。以中国为例，从有文字可考的殷墟甲骨文时期到二十世纪初的满清灭亡，三千年间男女之间的关系状态，几无变化。所谓的几无变化，是指在这三千年间，以男权作为绝对主导、女性作为依附状态而言的这一性状，几无变化。真正的变化是从二十世纪初开始，从欧美文化中传播来关于男女平权的观念，这种观念何以产生？最根本的原因，除了文化传统中的基督教平等意识外，更为现实的推动力量，则是前工业社会的发展。这一发展，唤醒了女权意识，构成了欧美近代波澜壮阔的妇女运动，她们站起来为自己伸张权利，反抗数千年以来的性别歧视和压迫。

妇女解放为什么是社会普遍解放的尺度

回顾二十世纪以来的妇女运动，我们可以看出，妇女平权运动真正形成较大的社会影响和社会声势，恰恰始于二十世纪开初之际，代表性的国际三八妇女节就是为纪念妇女为自己伸张权利而设——1909 年 3 月 8 日。此日，美国伊利诺伊州芝加哥市的女工和全国纺织、服装业的工人举行规模巨大的罢工和示威游行，要求增加工资、实行八小时工作制和获得选举权。这是历史上妇女第一次有组织的群众斗争。当然，这场妇女运动的出现，也不是偶然的。此前，工业革命已经进行了百余年，英法发达国家妇女已经为自己不平等的待遇而多次斗争。1908 年，纽约有将近一万五千名妇女走上街头，要求缩短工作时间（八小时工作制），增加工资和享有选举权（妇女选举权）等，并喊出了象征经济保障和生活质量的“面包加玫瑰”的口号。

次年3月8日的芝加哥女工示威游行，被1910年8月于丹麦哥本哈根召开的国际社会主义者第二次妇女代表大会确定为具有世界意义的纪念日，得到与会代表的一致拥护。“三八妇女节”就成为世界妇女争取权利、争取解放的节日。

为男女平权运动做了充分的理论准备的，是恩格斯。早在1884年(距今一百三十六年),他在《家庭、私有制和国家的起源》一文中，专门论述到妇女问题，他借用傅立叶的话说：妇女的解放是衡量一个社会普遍解放的尺度。这话说得多好！为什么妇女解放这么重要？为什么女性的解放会成为社会普遍解放的尺度？这是因为，妇女处于社会的最底层，最底层的状态当然是衡量一个社会普遍状态的晴雨表。就好像我们说，这个社会的富裕程度，不是以社会的上层为尺度的，若以上层权贵生活状态为尺度，那么在“路有冻死骨”的同时，则会有“朱门酒肉臭”那些豪奢的莺歌燕舞般生活状态。正因为妇女处在整个社会的底层,她们的解放程度,预示着这个社会普遍解放的程度。

妇女地位的演化变迁

恩格斯所生活的时代，妇女是被压迫的，而且这种压迫已经持续了上万年，从母系氏族向父权制过渡之后，情况一直如此。据尤瓦尔·赫拉利所著《人类简史》所言，人类从狩猎采集到农业革命，大约是七万年前到一万二千年前。农业革命开始之日，其显著特征是种植、蓄养、固定居所，而不再四处流动，这个时候就是恩格斯所说的专偶制也就是一夫一妻制逐渐形成的时期。这种稳定的两性关系，使男子有了可以辨识确定的子女，以此构成了财产继承权的变更。此外还有两个条件，一个是男子在农耕文明下，在生产中的地位上升，这一点也许和男子的体力强健相关。另一方面，在此之前，狩猎采集阶段，以母系作为纽带的氏族关系开始与之发生冲突，私有财产产生了，而支配者归谁？男子在生产中的位置上升和子女的可辨识，从而导致妇女的地位开始下降，母权制被颠覆。此后，这种状态一直延续到二十世纪。也就是说，延续了一万余年。

这期间，妇女的地位就成为波伏娃所说的“第二性”。第二性的涵义是指在社会地位和社会价值判断里，你是第二等公民，处于非平等的状态下。恩格斯得出结论，认为妇女的这种不平等的受压迫地位的形成，是由于私有财产的形成，而私有财产的形成也包含着家庭的形成，所谓专偶制家庭的形成。这时，妇女就成为男人的私有财产，成为生殖机器和男子淫欲满足的奴隶。“在一切蒙昧人中，在一切处于野蛮时代低级阶段、中级阶段、部分地还有处于高级阶段的野蛮人中，妇女不仅居于自由的地位，而且居于受到高度尊敬的地位。”但是“随着财富的增加，财富便一方面使丈夫在家庭中占据比妻子更重要的地位……因此，必须废除女权制，而且也就被废除了。……母权制的被推翻，乃是女性的具有世界意义的失败。丈夫在家中也掌握了权柄，而妻子则被贬低，被奴役，变成丈夫淫欲的奴隶，变成单纯的生孩子的工具了。”上面我通过恩格斯对这一问题的论述，来回顾女性在人类发展史中所经历的地位变化。

在恩格斯对妇女状态深感不平的时候，世界各地的先知先觉者，已经为妇女的平等权利而奔走呼吁。十九世纪末期，妇女地位情况开始得到改变。第一个为女性争得选举权的国家是新西兰，那是 1894 年；到 1902 年，澳大利亚成为第二个。此后，芬兰和挪威女性也相继取得选举权。其他欧洲国家女性大多在第一次世界大战之后才取得选举权。英国这样的发达国家，在 1905 年，还把两位主张女权的妇女投进监狱。到 1918 年，英国才决定三十岁以上女性具有选举权；到 1928 年女性才有了同男子相同的权利。在美国，直到 1920 年 8 月，女性才获得完全的选举权。法国更晚，到了 1944 年，女性才获得选举权。我们这样来回顾历史，是想让大家有一个感觉，就是在欧美诸发达国家，妇女社会地位的变化，是晚近百余年的事情，而不是天然的就成为今天我们看到的样子。经过这一百多年的努力和争取，妇女们的状况有了相当可喜的变化。当然，其背后还有一个社会历史的变迁，工业革命的发生推动。

中国妇女解放的程度高于欧美

在中国，妇女的解放始于晚清时期，以 1898 年 6 月的戊戌变法（也称戊戌维新）为标志，其变化是梁启超成立禁缠足总会，倡导妇女不再缠足。接着是孙中山提倡“妇女平权”。1912年民国成立之后，孙中山发出禁止缠足号召，自上而下推动这一革新。提倡妇女读书、走出家庭，进入社会生活，参加社会事务。这个时候，尽管有了自上而下的号召，但是此风并未能完全于短时间贯彻到民间。一种风习的形成难，革除也难，有滞后效应。如果说,中国的妇女解放在梁启超、孙中山的呼唤下，上层女性已经接受了这一新观念，但就广大的农村而言，真正的妇女解放是在中国共产党建立政权的1949年之后。五十年代初期，全国上下掀起了一场妇女解放之风，“婚姻自主”“读书识字”“妇女也顶半边天”。这些强烈振奋人心打上时代印记的响亮口号，响彻全国。特别值得一提的是，这一次的妇女解放，是从下到上，特别是以基层民众为动员，非常彻底地从观念上解决了女性的社会地位问题，国人的女权意识从此建立并被大众广泛接受。要说中国妇女的解放程度，今天看来，只就社会生活领域而言，要比欧美发达国家更彻底、更超前。

如果说，上世纪五十年代的妇女解放，还停留在思想意识层面，既有深厚的传统习惯和势力的潜在阻挠，也有社会生产力发展的制约。比如，妇女所承担的家庭管理、生育教育子女、洗衣做饭等，这些繁重的家务客观存在，将妇女捆绑在家庭里，使其无法迈向广阔的社会生活，走出家庭，参与公共事务。但是到了二十世纪下半叶，人类的生活方式发生了极其重大的变化，这个变化的标志有两个方面，极其深刻地影响到人类的历史进程，影响了妇女在社会结构中的地位。其一为城市化进程，其二为信息革命。

都市化的容纳与信息化的体力弱差

先说第一点：城市化进程。都市是一个很奇妙的怪物，庞大复杂，充满诱惑充满魅力，各种元素在其中碰撞交融。同时，它还具有磅礴的力量，是你看不见的一股洪流，悄悄地运行，携带着泥沙巨石，无可阻挡，它似乎潜藏着一个目标：文明、宏阔、细腻、和平、包容、融合。你发现，都市对任何新奇的东西，都欣然接纳，很少拒绝。人类进入这样一个都市化存在，与过去相比有了截然的不同。人与人之间，那种粗粝的东西不见了。细腻、光滑、整洁，温文尔雅、彬彬有礼，礼貌教养等形成了，蓬勃多样下的秩序感渐渐形成了。这些东西，对妇女而言意味着什么呢？意味着在历史时空下，男权的自身优势渐趋衰微。都市就是一个象征，一个家园，一座巨大的房子，它隐喻：一万年以来，人类在农业革命之后形成的农耕与定居的特征，所构成男主外、女主内的特征，在都市化的进程中改变了。它形成了一个事实存在，带有野性蛮力的粗粝的田野劳作，结束了。男人和女性在体格上构成的差异，弱化甚或消失了。反而，都市将女人的雅致细腻的优势发挥出来，使整个都市泛化成为一座雅致的存在居所。这是都市化进程为男性与女性带来的地位挪移与改变。

另外，都市化还带来了法治革命。法治的呼唤与逐渐健全，为社会稳定安宁创造了条件。在一个随时可见的以野蛮暴力为炫耀的乡村社会，你无法想象女性可以穿着暴露而招摇街市，那是多么危险的举止。而都市女性，可以穿着显示身体曲线的露体服装，在大街招摇，而男人反而穿得整整齐齐，与乡村形成鲜明对照反差。

再说当下的信息革命，我们知道，信息革命有其世界史意义，我在这儿不论，只论与女性相关的问题。信息革命，最后拉平了男女体格上的差异，男人的气力和强健的体魄没有多大用处了。在计算机面前，有一口弱气的人，都可以敲打键盘工作，不管男女老少，人人平等。甚至，女人更有优势，因为女性心理细腻，况且耐受力大于男性。农耕文明时使用的劳动工具，从镢头、铁锨、推车、犁、镂、耙、耱这些须得强健体力才能应付的工具，被机器、计算机所替代，女性发展的最后一道客观阻力被扫除，其未来潜力无限。剩下的就是观念了。上面我说了，中国妇女解放，起步虽晚，但是很彻底，优于世界各国。与印度相比，更是不同。印度是1950年1月从英国殖民统治下解脱出来，成立了印度共和国。和新中国几乎同时，而且印度实行的还是民主体制，但印度的发展却不及中国。许多学者对此困惑不解，为什么会这样呢？我的解答是，印度的妇女在其文化结构里，处于被压迫的位置，其文化传统一直相沿至今，这是一个极为重要的原因。它的文化里，焕发不出一种磅礴的力量感。一半人口处于被抑制的状态，你还想让它爆发力量，实在很难。当然，印度也处在变化之中，比如对妇女的歧视在不断改善。

男女性别体征演化出的世界公理

我这样追溯人类史，讨论男权社会的演变特征，论述现代都市化进程与科技革命对人类历史进程的影响，对女性社会地位变迁所起的作用。男女的生理结构在其互动衍变中起到了基础性作用。西方女权主义有对人类的注解，她们认为，人类从父权制开始，当男人成为社会的主导力量后，就以男人的性特征演化出世界公理和世界秩序原则，那就是占有性、进攻性、竞争性、侵略性、掠夺性，直到战争最终解决问题。而女子的性特征则更多地含有母性特征，那就是养育性、保护性、给予性、奉献性，所以通向和平。近半个世纪以来，更多的人意识到了人类的窘迫之境，而欲寻新出路。也出现了一些值得注意的变化，妇女开始登上历史舞台。新世纪之后，一些国家，女性登上了一直被男性占据的领袖位置，比如现任阿根廷总统克里斯蒂纳·菲尔南德斯、印度总统普拉蒂巴·帕蒂尔、智利总统、爱尔兰总统、芬兰总统、菲律宾总统、利比里亚总统；还有德国总理默克尔、新西兰总理、韩国总统朴槿惠、莫桑比克总理等，都是女人执掌国家政权。

男权社会的发展，已经从农耕文明开始近万年了。人类社会的诸多困境无法解决，妇女来接替男权之棒，来管理世界、管理地球，是否会开拓出决然不同的道路来？这是我们的期待。今日，发达国家开始出现女性领导人，这是一个标志，是女性在这个世纪刚刚透露出的一线光芒，像太阳一样，已经喷薄欲出了。所以我说，二十一世纪是妇女的世纪，是人类未来的担纲者。文中开首所言的流行语，恰是在显示着女性存在的一种话语力量。

2018 年 3 月 8 日初稿于西安小寨

2020 年 2 月 3 日 二稿

2023 年 2 月 18 日三稿

欲望与想象[1]

——对库布里克《紧闭双眼》的解读

上　篇

《紧闭双眼》是美国导演库布里克的一部探讨婚姻性爱道德的影片。这部影片，使库布里克的敏锐深刻和卓越才华得到了充分展示。库布里克的作品涉及的题材非常广泛，有对死亡主题的令人毛骨悚然的叙述，如《奇爱博士》；有对战争问题的深入揭示，如《光荣之路》；有对人类未来的探寻，如《太空漫游》；有通过暴力犯罪对艺术创造性的探寻究问，如《发条橙子》；有对社会道德的激烈批判和对扼杀人自由的深刻表达，如《巴里·林登》。总之，他作品的价值就在于对人类当下所面临的一系列重大问题，特别是对当代人的精神困惑的敏感和细腻的体察反省，所做出的深刻阐述。在他的多部影片中，都触及当代人的这种困境和迷茫。在《紧闭双眼》中，库

① 原载于《延河》2013年第2期。

布里克揭示的当代人的迷惑是什么呢？在我看来，他探讨的是两个问题：其一，性爱爆发的瞬间性以及性爱追求的永恒性（婚姻的持久与稳定）之间的冲突；其二，人的性幻想的问题。就是说，在两性关系的实践中，个我以自体的快乐冲动作为本源，成倍地扩展自己的性幻想、性实践的问题。《紧闭双眼》中，比尔·哈福德踏进的那座奢靡而又神秘的豪宅，其中带有的神秘宗教气氛的性仪式、性派对，就是这种无穷扩展的景象。现实世界中，性困惑是人类所具有的根本性问题之一。人一方面在渴求着爱情的忠贞性、恒久性，但另一方面人类又极易受到诱惑越出规范，或者说在性问题上极易产生幻想、极富想象力。库布里克作为一个男性导演，当然无法超出男权视点。在他目光所及的世界中，我们看到了这种向往——虚幻而又真实。库布里克以影像表达出了在现实中难以企及的人内心的真实世界。实际上，他所触及的是，人的内心深处对于性的恣意放纵的真实，不管是比尔·哈福德还是艾丽丝。

影片在开始时，给了我们一个背景，在齐格勒的家庭舞会上，一个名叫扎博的男子勾引艾丽丝，而她的丈夫也被两个女子喜欢上，后因哈福德医生被齐格勒叫上楼救护因抽大麻而昏厥的凯丽而打断。第二天他们议论起这件事，大约因为艾丽丝大麻抽得多了一些，首先向丈夫比尔·哈福德医生发难，说他对舞会上那位女子有意，并进而说他在为女病人看病时，面对女性身体也会有想法。哈福德医生认为妻子很荒唐，说这是不可能的。

后来他们扯到了“信任”这个问题，这倒勾起了妻子艾丽丝讲述了自己在婚前的一次意外遭遇。她说和丈夫曾在海边度假住在一所宾馆时，曾偶然碰见了一位海军军官，一见钟情。她说，当这位海军军官离开宾馆时，她真有一种冲动，甚至可以毅然决然地放弃一切，只要那个海军军官回过头来望她一眼，她就会跟他到天涯海角。

艾丽丝的这个故事刺伤了他的丈夫，甚至不仅是刺伤，而是震动了哈福德医生。原本他以为他们的感情是牢固的，没有疑问的。没想到，艾丽丝的一次意外相遇，就会整个儿改变自己生活的轨迹。爱情在瞬间的爆发和爱情对永恒性的追求就这样在哈福德医生和妻子艾丽丝之间奇妙地构成了。这种奇妙还在于这对感情不错、生活在安全的婚姻港湾中的夫妇，在一次舞会上，都具有一种越出婚姻雷池的可能性，都具有接受外部诱惑的可能性。这种可能性，只是给它罩上了一层安全障眼法，它让我们和剧中人都相信，这种做法是可以接受的。表现在艾丽丝身上，就是她在一眼望见那个海军军官时，假如那个军官稍微对她留意一些，有那么一点儿意思，她就会不顾一切跟他走。情感瞬息来临如此可怕，它的力量足以刹那间摧毁苦心经营多年的婚姻大厦。那么，情感的可靠性来源是什么呢？它在哪儿？既然情感随时随地爆发，就理所当然地会随时随地离去。感性的力量对理性的摧毁，的确具有强大的超现实的力量。

其实，影片《紧闭双眼》所展现的就是艾丽丝所表达的这个结。哈福德医生因为妻子的这个意外而震惊，于是在对妻子的怨恨不解之下，刚好被他的朋友马莉安打电话叫走。马莉安的父亲因病刚刚离开人间，哈福德理应去安慰她一下。结果，就在刚刚死去的父亲遗体前，马莉安向哈福德表达倾心的爱慕，她甚至想推翻她原有的到外地去的计划，跟比尔·哈福德待在一起。在她向比尔表达她狂热的爱恋的同时，她的男友正在赶往她家的途中，而且他们正打算马上结婚。在这个时候，只要哈福德愿意，她完全可以抛弃男友而跟哈福德走。在这个地方，影片回应了哈福德医生的妻子遇见海军军官时的相同境遇。在这儿，我们想要探讨的问题是，爱的这种瞬时性爆发，有没有现实依据？艾丽丝遇见海军军官和马莉安遇见哈福德表现出的这种瞬间不顾一切、摧毁一切生活常态的东西，在人的精神世界里，到底是一种什么状态？这亦是库布里克所要探讨的中心。马莉安真是疯狂！艾丽丝真是危险！哈福德真是真实！

我相信，艾丽丝的这种遭遇及其心理体验，具有人类的共通性。当然，库布里克所要探讨的是，人的这种非理性的行为如何成为可能？它的价值意义何在？有没有一种比这个更好的更稳定的行为方式作为人生活的依据。就是说，我们在追求生活的稳定、内心的安宁时，却时时有一种东西在窥视着我们，在朗朗的蓝天之下，瞬间却聚起黑压压乌云，搅动我们本来的稳定状态，打碎我们原有的生活秩序，使我们依从于它。它如此具有力量。我想，库布里克一定也被这种力量所震慑和惊讶，他一定在思想的深处曾经追问过，这种力量来自哪儿呢？看似无形，却在瞬间左右你的一切。我想，库布里克没有答案，找不到出处。只有在理性的回归之下，使人重归于沉寂。

这种状态，在库布里克的演绎之下，就是哈福德重新回到艾丽丝身边，并附在艾丽丝身边哭泣。我听到的哭泣不是哈福德，而是库布里克，是他在精神历险之后的无奈绝望；是他在自己狂风暴雨式的感性越轨之后又找不到出路的痛苦。或者可以说，这个隐藏在哈福德医生心中的怪魔，一直没有寻到机会爆发。艾丽丝的一番心灵剖白，刚好为他寻找到了一个好的借口，于是他就堂而皇之地释放出他的欲念。这个时候，他的一切行为都显得具有了一点儿合理的理由。于是，哈福德找了妓女，差点儿与她鬼混。在他张开眼睛时，就看到了租衣店老板手揽着自己的女儿，说出那句隐喻的“什么都可以租”的话语，他暗指了自己未成年的女儿。于是，他更看到了自己心灵深处欲望的现实呈现，在那座豪宅里，道德的藩篱似乎早已荡然无存了。

让我们再看看发生在这座远郊豪宅中的一切。哈福德在从马莉安家出来回家的路上，头脑继续被妻子和海军军官在一起的幻象所困扰，于是他并不想马上回家。接着，他就遭遇了一系列性历险。首先遇见的是一位好心的妓女，在和好心的妓女周旋时，在妻子的电话的打扰下，他才放弃了这个想法。然后又在酒吧碰见他的朋友——钢琴手尼克。尼克告诉他，自己晚上要参加的一个盛大的派对，被蒙住眼睛弹琴的事情。这件事激起哈福德极大的好奇心，他非要一探究竟。于是，他按照尼克所说，租了面具和礼服，参加了在这座豪宅举办的派对聚会。画面是一个极为豪华的大厅，由哈福德的视点展开来，我们看到了带有诡秘仪式的男女派对。音乐声中，一个个裸体女子在法师的手杖点派下，被一个个男子带离。随着哈福德的目光，我们看到了很多对男女交合的场面。豪华的宫殿式气派，显示了在这儿的人群绝非是等闲之辈，他们恰恰可能是这个社会的精英或上层人物。他们的生活状态，代表了这个社会的一个侧面，一个走向豪奢极欲生活状态的群体。

这个纵欲场面是颇有意味的，代表了人所恣意放达的一面，实际上宣泄了人暗藏在心底的无穷的贪欲。在中国，这种贪欲的极端化表现形式就是作为肉身之人的皇帝式生活，皇帝的生活是肉身之人的欲望的最大化，皇帝的财富有多少，贵有天下；皇帝的权力有多大，全天下的人都是他的子民；皇帝对异性的占有有多少，在理论上说，所有天下的女子，他都可以占有。以皇帝式拥有异性的性生活，实际上构成男权世界的一种潜在的性向往、性幻象。在这座豪宅里，汇集着最美丽的女子。这儿有一支魔杖，只要你属于这个俱乐部的一员，你就可以享有这个俱乐部向你提供的一切极限性满足。这支魔杖就会点到你所欲望的地方，你的欲望就可尽情在那儿满足。

下　篇

性幻想是库布里克在《紧闭双眼》中深入探讨的一个问题。哈福德医生在郊外豪宅经历的那场盛大的性派对，实际上和他的性幻想有关。我的意思是哈福德医生对性的感知意识，对异性之间接触的可能指向，存在着一个放大化的视界。尽管他不是这个俱乐部的一员，他却完全有可能成为其中一员，这是因为他同样具有这个俱乐部中男子所具有的一切欲望意识和物质基础。哈福德在艾丽丝讲到了和海军军官的一段遭遇之后，映现在他头脑中的就是艾丽丝和那个军官做爱的场景。这是一个夸大了的景象,这种性幻象促使哈福德有了一个荒唐的夜晚——连续的性冒险。在艾丽丝陈述的故事基础上，哈福德将艾丽丝的偶遇在意识里放大，于是这种放大了的景象参与到真实事件之中，成为它的一部分而使哈福德在自我放纵和堕落中获得理由。这种幻象的生成正是源于哈福德内心深处无限制的性欲望，这样哈福德的性幻想在这座神秘的豪宅中获得了想象性的极大化满足。

在这座神秘豪宅中所发生的性淫乱的场景，是库布里克这部作品的核心段落。这个段落，融入了批判和展示的双重因素。他并没有刻意批判这个穷奢极欲的悖逆人伦常态的生活样态，他让人们看见了人内心的黑暗深渊，看到了在可能的情况下，每个人都会最大化地实现或者满足自己潜在的欲望。因为，在人心的黑暗一角，涌动的正是永难止息的性幻想。甚至在未来的某一天，我们可以预料，人类将会冲破一切的道德藩篱，从头到脚地满足你的一切在今天看来是十分荒唐而黑暗的欲望。其实，在由库布里克所构想最终由斯皮尔伯格完成的影片《人工智能》里,已经出现了可以极大化满足人性欲的性爱机器人，从男女性爱机器人身上，我们已经见到了这种端倪。我们无法想象在人类欲望的极大化满足之后，人类还会有什么新生成的动力？失去了性作为原始动力的人类，会是怎样一种现状呢？我想，是不是欲望的触面将比现在更为扩大？

我暗自以为，库布里克的确是将男性心理深处的欲望阐述得淋漓尽致的大师。当然，裸露的男性欲望还需要一个外包装，这个包装就是道德的制约和检视。我们于是看到了齐格勒这个操控着这座豪宅的活动的人物，他的背后还有更大地“说出来可能会让人吃惊”的人物。在影片的叙述里，齐格勒身上更多地具有批判否定性特征。这样,这种展示就具有了一定的合理性。它让我们看到了丑恶，记住丑恶一定须得尽情展示，这样从罪恶中回归，就具有了动人的力量。在影片的结尾部分，哈福德医生重新回到妻子艾丽丝的身边，当他疲惫、绝望、无奈地要躺到妻子身边时，他看到了自己丢失的面具被妻子放在枕头上，于是忍不住哭了。他的哭泣使观众为迷途的灵魂所做的心理承担放松，长长地舒了一口气。

在故事的展开中，影片营造了豪宅中神秘的恐怖气氛。哈福德医生深入其中结果被发现，面临严重的惩罚，这时神秘女郎凯莉·克兰挺身而出，以自身代罚救了哈福德。她的死，是这种惩罚的结果还是如齐格勒所说吸食了过多的大麻？在影片的开头，我们知道了她是一个美丽且生活放浪恣睢的人物。齐格勒在家庭舞会上，就和这个女孩在一起，她因为吸食大麻过量而差点儿丧命。大麻和性具有隐喻关联，这两样东西，同是置人于沉醉。假如将性的沉醉推向极致的话，人在这种沉醉中会自我迷失，并且会感觉到身心享乐般沉迷，是一种快乐的病态自觉。这种沉迷，是人类的一种什么状态呢？凯丽·克兰是否就是迷醉于其中而无法自拔的欲望化女子？一直到死在这种欲望中？在齐格勒的世界里，有一部分是和凯丽·克兰重合的，这部分就是对待性的沉迷状态。但齐格勒有所不同，这种不同就是他作为主动性（统治者）的一方，而凯丽·克兰却带有被动接受的特点，被作为泄欲工具的角色。

那么，作为哈福德医生，是否有着妻子艾丽丝在迷醉状态下所猜疑的一面呢？面对凯丽·克兰，同样有着和齐格勒一样的性占有心理？就是说，在他以医生身份检查女子的乳房时，会不会仅仅就是医生和病人的关系？会不会涌动情欲？凯丽·克兰最后救了哈福德，到底是一场“游戏”还是可怕的真实？她死于吸食大麻过量还是被齐格勒暗杀？这是一个悬疑，但是一个无须过分费心的悬疑。因为，这种扑朔迷离，就是一个似真似幻的影像。她是否曾经存在过，这样一个事件，连哈福德也要怀疑起来,怀疑自己那一天所经历的是不是一种梦中幻游?所以，这是一种想象中的真实，或者是真实的想象。哈福德这一天的阅历，性幻想的实现、满足和回归，使我们在哈福德的哭泣声中感到了疼痛，但真的是疼痛吗？哈福德和艾丽丝的重归于好，这种理性的清醒状态，是不是就寓意着不管是艾丽丝还是哈福德，一生中再也不会遭遇那种狂烈的感情风暴，那种荒唐而又迷醉的某个时刻?

在影片中，库布里克想说什么呢？植根在一个极其脆弱的基础上的情爱，以何种方式升腾，就会以何种方式败落。来时如山崩,去时如无形。或者说去时如抽丝,一点一点地离你而去，你没有丝毫办法留住它。你可以以权势、以金钱、以声誉挽留住人本身，但人心离你而去，你又有什么办法呢？所以，库布里克将影片取名为《紧闭双眼》，大约有这样几层含义：首先，对于两性间这种情爱的忠贞性而言，你最好的办法是闭上双眼，你不要睁大眼睛去看对方,看他在什么地方、什么时候背叛了你。其次，假如你是一个对情感的真纯性要求很高的人，你就不会仅仅满足于对象身体上的忠诚，甚至你会更加看重他精神和思想上的忠诚，你会为之更加痛苦。因为你连对方思想的背叛也无法容忍，就像哈福德无法容忍艾丽丝曾经有过的那种可能性一样，尽管是一种可能，但这种可能里包含着的背叛还是令哈福德痛苦万分，这真是一种难以化解的矛盾。

你无法说出对方什么时候会越出藩篱，对方连自身也无法搞清。处于激荡情怀中的人，你怎能说清楚他内心深处的需要呢？所以，你所能做的就是紧闭你的双眼，不要看见为好。很多时候，你不仅仅是面对你的对象需要紧闭双眼，而是在面对你自己的时候，也不得不把双眼闭上。就如同哈福德尽管责怪他的妻子，面对海军军官时差点儿搞得他们劳燕分飞，但他在舞会上与另外几个女郎暗送秋波、隐晦地表达两性的游戏，也在预示着他同艾丽丝一样具有导致婚姻破碎的可能性。只要你是诚恳的，当你面向自己，面向你的心灵深处时，你一样也会闭上眼睛,你无法正视在你心的一隅,暗藏着的伺机而动的欲望。面对这种欲望，你还会只是仅仅责怪你的对象吗？

所以,《紧闭双眼》是一种无奈的痛苦的表达。在人眼的影像中，只要你张开眼睛，就会有物象进入你的眼中，射入你眼中的东西，你并不见得有力量将它驱除。你眼中的东西就会成为左右你思想和行为的东西。眼为心灵之门，关上你的门户吧，你也只有关上你的门户了。这是一种哀痛，我总是从库布里克的电影里读出了哀痛。你说，当你只有这样一种选择的时候，那不正是人的一种大哀痛吗？孔子说：非礼勿视，非礼勿听……看来，他在两千多年前就知道，当你看到不该看到的东西时，这种东西就成为反过来影响制约你的对象。从这个意义上来说，感性的力量、欲望的力量，的确是太强大了。这大约是库布里克深深叹息和感慨之处。但是你怎么可能 Eyes Wide Shut，紧紧闭上你的双眼呢？在现代社会，我们非但无法闭上双眼，而且唯恐两只眼睛不够用。因为世俗社会所呈现给你的迷人的五彩斑斓的生活图景，全部指向你的欲望，调动你的欲望。使你目之所及，看到的是一个令人心发狂的万花筒般的充溢着欲望的物质享乐，让你在这个社会组织面前发疯发狂，制造出诱导你欲望的种种物象，让你的眼睛不得有一刻消闲。有人概括得好，把它叫作“争夺眼球”的经济社会！你说，你能闭得上你的眼睛吗？

好莱坞电影：技术主义下的欲望开掘与人类命运预言[①]

一、创作理念：全球视野与人类命运

好莱坞电影所产生的全球性影响，其创作理念值得我们思考，那就是人类性主题和全球性视野。好莱坞本来是加利福尼亚的一个镇，镇上麇集了这么一大堆电影公司，在那里生产制作电影。其面对的市场，却不仅仅是具有相同文化背景的美欧，而是整个世界。它要把自己的产品打遍全球。当然谁都希望自己的影片能打遍全球，问题是你用什么样的理念去打遍全球，赢得全球电影市场的青睐？所以，在全球市场驱动下，电影理应具有世界性视野。比如，好莱坞的灾难片，它总是预示人类未来某一天，会发生毁灭性灾难。诸如地球自身的平衡系统崩溃，火山、地震、海啸同时发生；或者是外来的一个天体与地球相撞，引发海啸，城

① 2015 年 6 月 6 日，陕西省图书馆邀请我做了题为《美国梦与“造梦”时代——好莱坞制度下的美国电影》的公益讲座，本文是我讲座的部分内容，整理时有修改。

市被淹没；或者因为人类对环境的破坏而引发气候灾变，连锁带来风暴、大水和极寒天气等。上述这些灾难片题材，所涵盖的均是全球性事件。当我们埋下头来过我们的小日子时，他国、人类、地球正在发生什么？正在悄悄孕育哪一些变化？好莱坞就把这样一些宏大的主题搬进电影，引起公众广泛关注。

事实上，好莱坞的制片、编剧、导演们，他们的视野极其宏阔，走得很远，所选题材一直在人类命题的前沿。再比如，科技发展到今天，计算机和网络技术发展如此迅猛，达到了可能完全颠覆我们生活，实现人脑和计算机联结的程度。人机相联的那一天，将是多么可怕的一个可以望见的未来！我用可怕这个词，指的是它巨大的可以颠覆整个人类生存状态的一种科技文明。你的胳膊没了你还是你，你的腿没了你还是你，你的心、肝、肺、胃全部换一遍你也是你。只要你的大脑在，你作为个体的人就存在。大脑是整个人的中枢神经，脑子存在的证明是思维和记忆。我能回忆起我童年怎么样，青年时代怎么样，从我出生记事开始一路走来的这个历程，这几十年都印在我的记忆里，这使我区别于你和他。当人机相联的时候，它可能把你原来的记忆存储拷贝到计算机上，这意味着人可以做到永生不死，那是多么令人惊异的一个可能！这种可能会很快化为现实。在座的二十、三十岁的人，有可能不死。假如你再活三十年，三十年后技术就可以解决你的永生了。这种可能性是存在的。科技发展到一定程度，它就把你大脑的记忆储存拷贝到计算机上了。计算机不死，你就死不了。或者再克隆一个你，把那个存储的记忆拷贝到年轻的克隆人的大脑里。这是我们对现代科学所做的描述。

我陈述当代科技发展的前景，意在表达好莱坞电影的理念。好莱坞在这方面的想象力太厉害了。大量的科幻影片，总是跑在科技发展的前面，比科学家想象力还要丰富。科学家要把这些想象一步一步地推进和实现，编导们只管在科技发展的可能性方面，任意驰骋自己的想象力，然后反过来向人们提出新命题。比如,人类未来可能被机器人控制的问题。人发明了机器人，机器人进化到高级阶段，反过来控制人类，会产生人和机器人的战争。好莱坞那些编导马上会推导到这一步，把人类前沿命题,不管是灾难性命题,或未来可能之发展,抑或外太空来客等,无不在他们的表现之列。比如，地球上说不定哪天就来一批比人类更高级的生命体，和人类产生冲突。有的外来者是善良的，有的外来者是邪恶的。

前几天我看了一部影片《疯狂外星人》，刚刚上映，是动画形式的外星人入侵地球这样一个故事。这个入侵者却是搞笑的、善良的啵啵人。在这样一种变异当中,我们看到好莱坞的冲击力。这是它的精神指向，那就是涉及人类命运的主题表达。

二、电影对个人体验的“先在性剥夺”

人类知识的来源，本来是由实践获取。通过自我的感知，通晓事物的存在。如同马克思主义所说，一切知识都源自实践。小孩玩火，你告诉他不要玩，火会烧伤你。他不管，看见火伸手抓一把，手被烧疼，一下子缩回来，于是知道火是不能摸的。这就是通过实践体验获得的认知。你让他别玩刀子，他偷偷玩。刀子割破了手，他知道了刀刃的锋利。这些都是人通过自身实践，感知世间万物。今日科学技术离不开实验，人类的知识和智慧，多取自于实验实践。但是影视产生之后，人类的这一种规律发生了变异。电影给人们带来的影响里，最大的是直观性模仿。这种模仿,先于经验而在,我暂且将之称为“先验性获取”。先验就是先于你的经验而存在的东西。

一个人要搞对象谈朋友，假如他从来没有谈过朋友，那他跟朋友之间的一切接触，从亲密交谈到亲密接触，第一次拥抱，第一次接吻，都是自我初发性的体验感知。于是，自己始知拥抱和接吻的滋味。但是电影产生之后，情况起了变化。在一个人还是孩子的时候，他只有七八岁、十几岁，能懂一点事情，开始接触电影电视。看到一男一女之间这种恋爱式的情感交往，于是明白男女之间原来是这么回事，“拉手手，亲口口”，是这样的。感知到或说学习到男女之间这种事儿。这意味着人类这样一种男欢女爱的知识，在他个人未有直接性体验之前，已有了一个先在性的了知。这种了知把个人的直接性体验剥夺了，我把它称为“先在性剥夺”。本来个人的第一次拥抱接吻，假如没有影视对你的直观演示的话，你无法知道两人之间的私密图景，你只能通过自己的体验实践去感知获得，但是现在影视却将这种情况改变了。

一个朋友讲了这样一件事情，说起来很搞笑，所以印象深刻。他跟女友谈恋爱一段时间后，在一个月夜漫步后，深情地拥吻了女友，自己感觉非常美好、非常陶醉。没想到事后女友评价说："你吻得一点也不好。"他说自己当时简直傻啦，非常震惊。搞不明白，怎么才叫"吻得好"？他俩都是第一次谈恋爱呀。别小瞧这一句话，听起来像笑话，细细琢磨，其背后意蕴深长。当女友说他"吻得一点也不好"时，肯定大脑里有一个参照系矗立在那里。这就是影视故事，影视里那种俊男靓女的爱情，那种表演性的深情拥吻。她觉得那才是标准，才是真正的接吻。哪像你吻得这么笨拙、这么潦草。影视在某些方面，是不是就这样先在性地剥夺了你的第一感受，使你的体验成为一种向标准化靠拢的体验。所以说，讲到影视对人的体验性进行先在剥夺的时候，我不知道影视的这种影响是好还是坏，真是说不上来。反正我知道，它对人类整个的心理和文化，具有极其深远的干预，以致在我们未知的状态下，悄然地改变着我们。并且，我们还不知道，在未来的时月里，它的那种对人类文化品格的改变，会暗暗地起何种作用？有何等影响？

三、以感官刺激代替理性思考的灾难大片

好莱坞的灾难片，有一个显著特征，通过诉诸我们感官，

形成强大的视觉冲击力。以前大学里的文艺理论课程，其原理之一就是，文艺要向现实学习，作家、艺术家要深入生活。因为艺术的源泉在于生活。现在文艺理论在这一些方面，应该做一些修正，不能只说“艺术来源于生活”，应该加上“生活也模仿艺术”。生活与艺术是一种双向塑造影响的过程。作家、艺术家所有的创作，不管是影视、戏剧、绘画、舞蹈、音乐、文学，过去认为都和这个现实相关，是现实生活的影响所致。但事实是，生活也在学习艺术、模仿艺术。艺术先锋性的创造，使现实生活中的人在艺术中不断得到新的启发和滋养。

为什么说“艺术来源于生活”之说不全面？因为艺术的创作者，是人群中敏感前卫的那一小撮人。他的感知和想象是超前的。他感知体验和想象的生活，尽管所用质料与大众的感知对象相同，但就主体构建的这一层次而言，却是一种再造，而非简单照抄，依样画葫芦。艺术中所创造出的这种生活，是他凝视的产物，而非原有的纯质料性质。所以说艺术中呈现出的生活，反而常常成为大多数人言说的对象、习得和模仿的对象，而非仅仅是一种生活原样的再现。

我说好莱坞的灾难片，强调的是它表达灾难的这个特征，就是让灾难形成强大的视觉冲击力。这种冲击力，在我们过去的审美经验里，是没有的、难以想象的。就大多数人的想象力而言，是难以抵达和超越的。我的想象力还算丰富，阅读接触了各类艺术作品。但每每看灾难片，其中那些灾难景象，往往超出了我的想象。它多么厉害！它构成的视觉效果太震撼了。比如说它表达一种极端天气，这种天气形成海啸效应，几十层楼房高的巨浪洪峰，瞬间铺天盖地，如大山一般把一座城市一下子吞没，太可怕了。这样一种视听感觉，常人梦都梦不到，想都想不出来的。所以说，假如把电影称为一种人类的梦幻工厂、称为满足人的视听感官享受的需要的话，那么灾难片所表达出的感受，用“满足感官”远不足以表达这一震撼。它不是“满足”,而是“开掘”！开掘你的视听感官！你原有的视听感受，都没有电影给你的视听感受更强烈，它刻意开发你的官能，把你的视听感官推向极限。我是一个电影爱好者,每走到一个城市，肯定会到这个城市的电影院去看电影。到纽约去也没逛商场什么的，先到纽约艺术广场旁的电影院里去感受了一下，看了一部表现日本艺伎的成人电影。

电影发展早期，是一种简陋的投影设备，十六毫米的那种放映机，发展到现在的宽银幕高音质效果，调动观众视听感官的各种技术都用上了。有的电影院把动感都带上了，观影中椅子也晃动起来，有时你感觉到影片中的巨浪都打湿了你的头发。影院还配有立体的观影眼镜，你看见《阿凡达》中的人，一下子迎着你冲过来，你身体会不由自主偏到一边。这些，都造成了一种强烈的视听感官冲击。所以我说它不仅仅是满足你感官，而是开发你的感官。原有满足你感官的东西不够了，要拉出你感官系统的纵深感受,并强化它。我觉得就电影的这一特征而论，好莱坞影片实在厉害。

上述这些电影元素，毫无疑问是好莱坞电影的拿手好戏。它这一方面的美学追求，带来了什么效应呢？一方面它抛弃了电影叙事的深度模式和理性探索，变得浅层化。另一方面则是更多诉诸感官，而不是诉诸理性。一部警匪片，要表达警察抓捕一个歹徒的段落，三个镜头十几秒就可以说清楚。第一个镜头，警察发现了这个歹徒；第二个镜头，这个歹徒亡命奔跑；第三个镜头，警察赶上前去，一把将歹徒摁倒在地。这就交代清楚了。但警匪片不这样拍。这个歹徒跑，警察们追，假如歹徒驾着车，你会看到一个长长的飙车段落，表现这个歹徒怎么驾车狂奔，他怎么穿过闹市，从一个乱哄哄的市场奔过去，满大街的人惊慌失措，尖叫着向两旁躲避。卖菜的菜摊子，被横穿而来的车噼里啪啦给撞飞了。警车怎么与它并驰，歹徒又怎么撞向警车，撞来撞去，险象环生，又穿过大桥又飙飞车等。这个长长的段落，就表现这种惊险和刺激。假如说影片要表现人物的心理深度，表现他成长的社会环境，他犯罪的原因等，这样的叙事目的是导向现实历史深度的。这样的话，前面那些东西都该剪去。但经典的警匪片不是这样的，它宁肯把这个片段留下，并扩而大之，就是让你看这个刺激惊险的场面，仅此而已。所以说好莱坞的审美追求官能化、浅层化了，至少是在这种类型影片里。但观众看后觉得痛快过瘾，尽管看后很快就忘了。观者不会在这样的电影里，获得多少社会现实和历史文化方面的认知。这个现象很有意思。

电影发展的早期（1895—1913 年），法国的卢米埃尔兄弟和乔治·梅里爱，构成了两大传统。一个叫现实主义传统，由卢米埃尔兄弟创立。一个是技术主义传统，由梅里爱创立。好莱坞继承了梅里爱的技术主义传统。现实主义传统，要求影片表达社会历史内容。比如说张艺谋的影片《秋菊打官司》，表现一个村妇秋菊，因为村长踢了丈夫一脚，踢中下体，躺在床上不能活动，村长赔了两百元但是拒不道歉。于是秋菊很不服气，就一次一次告状，从镇政府到县法院到市上，非要讨个说法。你村长不能连个道歉的话都没有，我就要认这个死理。秋菊的行为表达了一种意念，一个村庄里的一个普通农妇的法律意识的觉醒，或者说维护自己尊严的权利意识的觉醒。我一定要把这个理和你辩清楚，不是你村长甩了两百元这事就可以了结的。就主题而言，它在社会历史方面，是可做深入分析的。这就是现实主义影片。这类影片，实景拍摄，花钱较少，几个演员，几十万、上百万就能拍出来。好莱坞的电影路径不是这样的。

好莱坞做的是大片，是技术主义的路子。技术主义的电影特征就是以假乱真，在摄影棚里搭景建景。在人类远未登上月球的时候，梅里爱就做了人类登上月球的影片《月球旅行记》。他做这部影片时是 1902 年，而阿波罗号宇宙飞船代表人类第一次登上月球的时间是 1969 年 7 月，这就叫技术主义传统。我国的影片过去少有好莱坞这样的大制作。这几年有了一些变化，像张艺谋这样的大导演，能找到大投资，也能拍出一些大片了，但与好莱坞还是有很大区别。中国大片拍的东西，类似于《十面埋伏》这样一些作品，是和武侠结合起来的东西。好莱坞影片不太一样，它有自己的传统，更多与科技结合。它的两种不同路向，也都发展得很充分，构成了两种不同的审美趋向。

好莱坞这种审美风格，的确大受观众喜爱，其票房价值也很高。坐在影院里，觉得很过瘾、很享受，算得上视听盛宴，凭的就是这一点。它未从思想深度方面，深入影片故事之中，却带来一个意外收获,具有了推向全球市场的力量。为什么呢?假如一部影片拥有了强烈的现实思想锋芒，并将其贯注在影片中，会比较麻烦。过多的意识形态放进作品里，别的国家肯不肯接受？你的意识形态和别国文化产生冲突碰撞，自然会影响到电影的发行市场。好莱坞的解决之道非常灵活，为了让市场受众接受我的电影产品，我只表达人类共性的东西，甚至还会在影片里加进不同国度的人物，诸如华人、印度人等。也许故事里本没有华人，为了中国市场，它可以做这种改变。好莱坞追求这种视觉上的美感和刺激，在思想层面上，它宁肯显示一种比较肤浅的表达；在视听感觉上，却要把它做到极致。上述阐发是就技术主义路线而言，另一路径的现实主义影片，暂未涉及。

后　记

就随笔散文写作而言，这是我最为满意的一部作品，敝帚自珍吧。自珍者，乃与前相比，这部集子的创作心境，颇为不同。“文章千古事，得失寸心知。”千古事说不上，寸心知却是真切的。正因寸心生喜，于是尤为自珍。这部集子里的文章，一多半来自我的公众号“皤然之得”。感谢互联网提供了这个平台，让我有了挥洒张扬自我精神的机会。作为自媒体，文责自负，好坏赖不得别人，也没有人为你承担连带责任。如若文章上报刊，出了错，编辑便也跟着受累。自己为自己负责，一下子没了羁绊，所以写得洒脱且随性。

我的公众号由刘晓芳博士打理，每到发稿前两日，她便来催稿。我只好从俗务中抽出身来，将自己埋在公众号的写作里。从 2021 年 6 月发布第一篇文章，距今已两年多。正因为写得恣意和放纵，真正体验到了写作的快乐。当然，也非绝对的自由，只能在隐约的边界之内自由挥洒。但因其没有了投稿目的之制约，没有了学报体文章的规范要求，没有了职称或课题的压力，没有了核心期刊发表的困窘，真有一种解放的感觉。

既然失去了这如许的功利性目的，那这样的写作到底是为了什么呢？为了吐出结在自己心中的丝来。这些思想之丝，本已长久蕴蓄心中，只待时机成熟，将它吐出就行。人呐，还有这样一种内在需要，就是通畅地表达内心深处的想法。除了口语，一个人习练了运用文字语言表达自我心境的能力，它生长为内在渴望，压抑它有如伤害。于此我相信，古代那些高悬文字之剑的年代，却总有人冒着生命危险犯禁，他实在是遵从了一个人之为人的自然法则,依从本己之愿,倾吐积郁心情。表达，恰是从自然原则里延伸出来的天赋人权。感谢上天赋予人这种能力，我喜欢运用这个天然权利。

人多有惰性，我也不例外，尽管内心有千丝万缕想吐露，但也须有契机。公众号每期的催促，就是一种达成，最终成就了这一组文章。在我而言，每期交出文章即可。但对公众号的管理者刘晓芳来说，则还有排版、配图、提炼段落等工作，这些都挺费事挺麻烦。她亦有自己的事情，一边读博，一边任教，忙得一塌糊涂。她的热心，也让我懈怠不得。

随笔集分三部分，第二、三部分多为这两年所写公众号文章，第一部分所收录多为《西安晚报》副刊为我开设的专栏文章。这个专栏，大约写了两个月。受报纸篇幅要求所限，文章皆为一二千字的小文。在此要感谢高亚平先生，没有他的美意，也就没有这一批小文章。

写作中，我还获得许多好友无私的支持和鼓励，王宏利先生就是一个。我们是老友，相识相交近三十年了。他知道我搞文艺批评，以他人作品作为研究对象，生发个人观点。批评当然不能天马行空，自说自话，它必须囿于研究对象所及的范围内。因之，宏利先生说：你为什么不写自己的东西？你有那么多思考，写出来多好哇！于人于己都好。他的话触动了我，也激励了我。后来，我每有新文发出，他常与我探讨，说出自己的观感。有时候是肯定和夸赞，有时候与我商榷，提出不同的想法意见，真诚恳切地与我交流讨论，动辄煲电话粥一两个小时。这些，都极大地鼓舞了我，使我在辛劳之余，感到了思想收获的喜悦与甘甜。

本随笔集取名《惊诧与漠视》，借用了目录中一个小标题。意在传达这样一种状态，就是人对日常习见之物，忽然获取的顿悟，仿若天窗打开，让你一下子看到天光云影，这种憬悟带来的神情就是惊诧、讶异，这是突发的开悟之感。本书所收之文，大多是有悟而思，有思而作。许多所得，常令自己惊诧莫名。我深知，一个时代有一个时代命题的打开，亦有这个时代命题的遮蔽，我发现我所憬悟的，在许多思考者那里，多能获得印证或回响。于是，我知道时代的天门打开了，我常因之激动不已。但我也看到，我所惊诧之事变，他人可能熟视无睹。当然，反过来，他人欣欣然之言说，我也可能置若罔闻。人与人是如此不同，所敏感的对象也是迥然有别，但愿我的惊诧能够给漠视者带来触动。本书初名为《訇然顿开的天地》，想表达我所顿开的悟彻，后终觉不洽，遂改名如此。

本书的出版，得到西安音乐学院诸位院领导、诸多部门的支持。他们给予的关照与促进，是本书得以出版的有力保障。在此一并表达我衷心的谢意。

仵埂

2023年8月20日于西安